O casamento da Princesa

Obras da autora publicadas pela Editora Record:

Avalon High
Avalon High – A coroação: a profecia de
Merlin
Cabeça de vento
Sendo Nikki
Na passarela
Como ser popular
Ela foi até o fim
A garota americana
Quase pronta
O garoto da casa ao lado
Garoto encontra garota
A noiva é tamanho 42
Todo garoto tem
Ídolo teen
Pegando fogo!
A rainha da fofoca
A rainha da fofoca em Nova York
A rainha da fofoca: fisgada
Sorte ou azar?
Tamanho 42 não é gorda
Tamanho 44 também não é gorda
Tamanho não importa
Tamanho 42 e pronta para arrasar
Liberte meu coração
Insaciável
Mordida

Série O Diário da Princesa
O diário da princesa
Princesa sob os refletores
Princesa apaixonada
Princesa à espera
Princesa de rosa-shocking
Princesa em treinamento

Princesa na balada
Princesa no limite
Princesa Mia
Princesa para sempre
O casamento da princesa

Lições de princesa
O presente da princesa

Série A Mediadora
A terra das sombras
O arcano nove
Reunião
A hora mais sombria
Assombrado
Crepúsculo

Série As leis de Allie Finkle
para meninas
Dia da mudança
A garota nova
Melhores amigas para sempre?
Medo de palco
Garotas, glitter e a grande fraude
De volta ao presente

Série Desaparecidos
Quando cai o raio
Codinome Cassandra
Esconderijo perfeito
Santuário

Série Abandono
Abandono
Inferno
Despertar

MEG CABOT

O casamento da Princesa

2ª edição

Tradução
Alice Mello

— **Galera** —

RIO DE JANEIRO
2015

CIP-BRASIL. CATALOGAÇÃO NA FONTE
SINDICATO NACIONAL DOS EDITORES DE LIVROS, RJ

Cabot, Meg, 1967-
C116c   O casamento da princesa: Diário da princesa vol. 11 /
2ª ed.   Meg Cabot; tradução Alice Mello. – 2. ed. – Rio de Janeiro:
Galera Record, 2015.
(Diário da princesa; 11)

Tradução de: Princess diaries: Royal wedding
Sequência de: Princesa para sempre
ISBN 978-85-01-10520-2

1. Ficção americana. I. Mello, Alice. II. Título. III. Série.

15-24530   CDD: 028.5
                                                                 CDU: 087.5

Título original:
Princess Diaries: Royal Wedding

Copyright © 2015 Meg Cabot, LLC

Todos os direitos reservados.
Proibida a reprodução, no todo ou em parte,
através de quaisquer meios.
Os direitos morais do autor foram assegurados.

Editoração eletrônica: Abreu's System

Texto revisado segundo o novo Acordo Ortográfico da Língua Portuguesa.

Direitos exclusivos de publicação em língua portuguesa
somente para o Brasil adquiridos pela
EDITORA RECORD LTDA.
Rua Argentina, 171 – Rio de Janeiro, RJ – 20921-380 – Tel.: 2585-2000,
que se reserva a propriedade literária desta tradução.

Impresso no Brasil

ISBN 978-85-01-10520-2

Seja um leitor preferencial Record.
Cadastre-se e receba informações sobre nossos
lançamentos e nossas promoções.

Atendimento e venda direta ao leitor:
mdireto@record.com.br ou (21) 2585-2002.

"Ela será mais princesa do que jamais foi —
cento e cinquenta mil vezes mais."

A PRINCESINHA
Frances Hodgson Burnett

Escândalo Real:
Príncipe Phillipe da Genovia preso

MANHATTAN — Príncipe Phillipe Renaldo, 50 anos, herdeiro do trono da Genovia, foi preso na manhã de quarta-feira por dirigir a nova Ferrari 312T3, um carro de Fórmula 1 modelo de 1978, pela West Side Highway, segundo o porta-voz do Departamento de Polícia de Nova York. Nenhum acidente foi registrado.

De acordo com testemunhas, o príncipe dirigia a mais de 280 km/h quando foi parado pela patrulha rodoviária de Nova York. Um porta-voz do DPNY confirmou que ele cumpriu todas as instruções dadas pelos policiais, inclusive o pedido de teste do bafômetro.

O Departamento de Polícia e os funcionários da embaixada da Genovia não compartilharam mais informações sobre a prisão. Príncipe Phillipe não tem nenhuma outra prisão registrada nos Estados Unidos nem em outros países.

No estado de Nova York, é proibido por lei dirigir automóveis projetados para pistas de corrida em vias públicas. Não se sabe se o príncipe, cuja residência principal é o principado europeu da Genovia, tinha conhecimento da lei. Fontes dizem que o carro havia sido comprado no mesmo dia em um leilão no interior do estado.

Recém-chegado ao esporte automobilístico, este foi o primeiro ano do príncipe no Grand Prix da Genovia, um circuito famoso por suas curvas sinuosas pelas ruas de chão de pedra do pequeno principado e por seus precipícios à beira do Mediterrâneo.

Segundo a mãe do príncipe, princesa viúva Clarisse Renaldo, cuja idade não é divulgada, essa foi também a última corrida dele.

Fontes afirmam terem ouvido a princesa Clarisse dizer "Ele só vai correr agora para o altar com minha neta" do lado de fora do Centro de Detenção de Manhattan enquanto aguardava para visitar o filho na cadeia.

No entanto, segundo o Palácio Real, não existem planos de um casamento real entre a princesa Mia Thermopolis Renaldo, 25, e seu namorado de longa data, Michael Moscovitz, 29. Moscovitz é fundador e CEO da Pavlov Cirúrgica, uma bem-sucedida empresa de medicina robótica.

Princesa Mia é filha única e herdeira do trono da Genovia. Ela foi criada pela mãe, a artista americana Helen Thermopolis, em Nova York, no bairro do Greenwich Village. Mia afirmou em inúmeras entrevistas ser grata por não ter descoberto que era princesa até a adolescência, embora tenha lhe custado o glamour de ser criada como uma jovem integrante da realeza na Riviera.

"Cresci em um ambiente praticamente normal", disse Mia em algumas entrevistas. "Se na época eu tivesse um celular e acesso constante à internet, como a maioria das crianças tem hoje, provavelmente teria descoberto mais cedo."

Esse não é o primeiro incidente infeliz a acontecer com a família da princesa nos últimos meses: seu padrasto, Frank Gianini, faleceu ano passado após uma parada cardíaca.

Em homenagem a ele, a princesa fundou o Centro Comunitário Frank Gianini em Nova York. O centro se dedica a ajudar crianças e adolescentes no desenvolvimento das habilidades necessárias para serem bem-sucedidas na escola e em uma futura carreira. Na declaração dada na inauguração, a princesa disse: "Meu padrasto sempre esteve presente para me ajudar com o dever de casa e espero que este centro perpetue esse legado em sua memória."

A Genovia é uma monarquia constitucional e integra a União Europeia, regida por príncipe Phillipe desde a morte de seu pai há mais de vinte anos. Ele também atua como primeiro-ministro sem oposi-

tores por mais de uma década, porém o conde Ivan Renaldo — primo distante do príncipe — tem avançado bastante nas pesquisas recentes ao conduzir uma campanha com foco na economia e na reforma política. A Genovia tem sofrido com a imigração ilegal e também com a queda do turismo nos últimos anos devido a uma recessão global, perdendo visitantes para destinos mais populares como Paris, Londres e Veneza.

Por esses motivos, muitos especulam que a prisão do príncipe não poderia ter acontecido em momento mais inoportuno.

Terça-feira, 28 de abril, 14h37, apartamento do terceiro andar, Consulado Geral da Genóvia, Nova York

Não sei o que está acontecendo comigo. Minto quando deveria dizer a verdade e falo a verdade quando deveria mentir.

Como aconteceu uma hora atrás, quando o Dr. Delgado, o novo "médico real", esteve aqui e me perguntou se eu estava sob algum estresse "fora do comum".

Eu ri e disse: "Não, doutor, imagina, nada me vem à cabeça."

Pensei que o Dr. Delgado fosse notar a horda de paparazzi acampada na porta do consulado ao chegar e concluísse que eu estava sendo sarcástica.

Mas não.

Em vez disso, ele falou que eu não deveria me preocupar com o meu olho esquerdo que está tremendo há uma semana, o motivo principal para eu ter marcado a consulta.

Segundo o Dr. Delgado, esse tipo de coisa "acontece toda hora e não é de forma alguma um indicativo de tumor no cérebro ou derrame".

Então ele sugeriu que eu parasse de consultar sintomas no Google e começasse a "dormir bastante e fazer exercícios". Ah, e que tentasse me alimentar melhor.

Dormir? Fazer exercícios? Quem tem tempo para dormir ou fazer exercícios? E como eu poderia comer melhor se por causa da imprensa estou literalmente presa dentro do consulado da Genovia e só posso pedir comida de lugares próximos às Nações Unidas (basicamente churrascarias, restaurantes chineses e lanchonetes gregas)?

Só percebi que o Dr. Delgado era imune a sarcasmo e realmente pretendia ir embora sem me dar uma receita quando ele já guardava o equipamento médico.

Aí eu disse: "Na verdade, doutor, ando me sentindo um pouco estressada. Deve ter ouvido sobre as dificuldades recentes da minha família, que levaram a..."

Apontei dramaticamente para a janela. A Dominique, diretora de imprensa e marketing da realeza genoviana, diz que se não encorajarmos a mídia, eles vão embora — como gatos de rua se não forem alimentados —, mas não é verdade. Nunca alimentei a mídia e ainda assim eles continuam aqui.

"Ah, sim, sim, sim", o Dr. Delgado respondeu, parecendo perceber que as coisas estavam um pouco fora do normal — como se não fosse dica suficiente ele me examinar no consulado, e não no consultório. "É claro. Mas seu pai está indo muito bem, não? Todas as notícias que ouvi dizem que ele provavelmente receberá uma advertência e logo voltará para a Genovia. A imprensa parece estar se divertindo com esse pequeno incidente com a lei."

Pequeno incidente com a lei! Graças à decisão do meu pai de dar um passeio na madrugada pela West Side Highway com o novo carro de corrida, o conde Ivan Renaldo, seu oponente na eleição para primeiro-ministro, está cinco pontos à frente nas pesquisas. Se o conde vencer, a Genovia deixará de ser um pequeno

Estado medieval murado e charmoso na Riviera Francesa para se transformar em algo parecido com a Main Street USA, na Disneylândia, cheia de gente passeando com camisetas que dizem QUEM PEIDOU? e comendo frango assado.

"Ah, meu pai está ótimo!", cometi o grande erro de mentir (percebi agora). É o que devemos responder sempre ao resto da família e à imprensa. Não é a verdade. A realeza nunca diz a verdade. Não é "cortês".

É por esse motivo que acredito estar perdendo o controle da minha sanidade e não sei mais diferenciar o que é real do que é mentira para lidar com a mídia. (O Google diz que isso se chama dissociação e é geralmente usado como mecanismo de defesa para lidar com o estresse.)

"Maravilha", o Dr. Delgado comemorou. "E vai tudo bem entre você e... qual é o nome do jovem?"

Juro que o Dr. Delgado deve ser a única pessoa no hemisfério norte que não sabe o nome do Michael.

"Será que Michael Moscovitz é o Melhor Amante do Mundo? 'SIM!', afirma a Tarada Princesa Mia", é o que está na capa da *InTouch* dessa semana.

O pai do Michael achou tão hilariante que comprou dúzias de exemplares para dar aos amigos e até para seus *pacientes*. Michael pediu que ele parasse, mas o pai não quis nem saber.

"Espera realmente que eu não compre isso?", foi o que o Dr. Moscovitz perguntou. "Meu filho é o melhor amante do mundo! Está dizendo bem aqui. É *claro* que vou comprar!"

Esse pode ser o motivo para o tremor no olho.

"Michael", falei para o Dr. Delgado. "Michael Moscovitz. E, sim, está tudo bem com a gente."

Mas é mentira. Michael e eu mal nos vemos mais, graças às nossas agendas de trabalho e ao fato de que estou presa na minha atual casa pelos paparazzi. Precisei me mudar do antigo apartamento ano passado por causa do meu stalker, o DemagogoReal, que curte dizer na internet que me vai me "destruir" por eu ter escrito um romance histórico (há alguns anos e sob outro nome) sobre uma heroína que faz sexo antes do casamento (ele afirma que isso prova como "o feminismo destruiu a essência da nossa sociedade").

O consulado é o único prédio em Manhattan com vigilância permanente feita por uma polícia militar especialmente treinada para proteger um membro da família real.

E, agora, nas poucas vezes que Michael e eu encontramos *algum* tempo juntos, basicamente pedimos comida em casa e assistimos *Star Trek* no Netflix, porque sair do consulado é um saco, a não ser que eu queira ouvir todas as perguntas horríveis que a imprensa grita para mim no caminho até o carro.

"Mia, como é ter um pai criminoso?"

"Mia, estou vendo uma barriguinha de grávida ou você comeu muito do falafel que entregaram aqui uma hora atrás?"

"Mia, como se sente ao saber que setenta e quatro por cento das pessoas entrevistadas acham que a Kate Middleton se veste melhor?"

"Mia, por que Michael ainda não pediu você em casamento?"

Tentei mostrar a Michael o tremor no olho pelo FaceTime, mas ele disse que tudo parecia perfeitamente normal.

"Se está tremendo, Mia, deve ser porque está ansiosa para sair comigo, o melhor amante do mundo."

"Pensei que a gente tinha combinado de não ler o que a imprensa fala de nós", lembrei a ele.

"Como posso resistir?", ele perguntou. "Ainda mais quando meus poderes eróticos parecem ter chegado até o Upper East Side, transformando você em uma tarada."

"Ha ha ha. Você mesmo deve ter plantado essa história."

"Ficou tão descrente e cínica desde a última vez que vi você. Mas, sério, Mia", ele continuou, finalmente falando a sério. "Acho que está se estressando demais com isso tudo. Não estou dizendo que as coisas não andam mal... porque andam mesmo. Mas talvez só precise se afastar por um dia ou dois."

"Me afastar? Como eu poderia me afastar? E aonde poderia ir sem a imprensa me seguindo e perguntando sobre uma suposta gravidez ou a aparência do meu pai em um macacão laranja?"

"Boa pergunta. Vou pensar numa solução."

Sei que ele estava tentando ajudar, mas sério, como eu poderia pensar em me afastar com o meu pai metido em tanta confusão, o país agitado com a eleição que se aproximava, minha mãe recém--viúva e a Grandmère mais louca do que nunca?

E, é claro, com o meu namorado tendo me transformado em uma tarada.

Não. Simplesmente não.

Mas é óbvio que eu não podia dizer nada disso para o Dr. Delgado. Era como se meus lábios tivessem se congelado em um sorriso permanente depois de todo o treinamento para a mídia (e de compartimentalizar meus sentimentos).

"Bom, está tudo bem, então", o médico disse, radiante.

Bem? Não está *nada* bem. Era muito errado esperar que, talvez, quem sabe, o médico do palácio pudesse me dar algo para fazer com que meu olho parasse de pular como um Chihuahua na hora da refeição, ou pelo menos para me ajudar a não passar a noite acordada?

E *quando* consigo dormir, tenho pesadelos, como o da noite passada em que sonhei que era casada com o Bruce Willis e sempre que o Bruce saía do chuveiro, secava suas partes íntimas cantando a música "Chitty Chitty Bang Bang".

Não posso contar isso nem para o Michael. Como poderia explicar tudo isso para o único senhorzinho médico que ainda faz consultas domiciliares?

Não dá.

"Vou me certificar de que o laboratório receba as amostras de sangue e urina que vossa alteza insistiu que eu pegasse", disse o Dr. Delgado. "Os resultados devem ficar prontos em uma semana. Mas preciso dizer que duvido que encontrem algum problema clínico. Seu batimento está forte, o tom da pele parece homogêneo e o peso está dentro da média para a altura. Apesar do tremor que afirma ter — e que sinceramente não consigo ver — e das suas unhas, que posso ver que rói, parece estar cheia de saúde."

Droga! É *claro* que ele reparou nas minhas unhas. Devo ser a única mulher no planeta a não fazer manicure porque não sobrou nada nas pontas dos dedos para lixar e menos ainda para pintar.

"Talvez", falei, tentando esconder a ansiedade na voz para não parecer os malucos viciados em *Oxy* daquele programa *Intervention*, que foi infelizmente cancelado, "eu devesse pegar uma receita para um calmante bem fraco".

"Ah, não", o Dr. Delgado respondeu. "Roer as unhas é um mau hábito, mas muito comum, e está longe de precisar ser tratado com psicofarmacologia. A pior coisa que pode acontecer ao roer as unhas é contrair uma infecção ou um oxiúro."

Ai, meu Deus. Nunca mais vou roer as unhas. Pelo menos não sem antes lavar bem as mãos com sabão antibacteriano.

"O que posso sugerir", ele acrescentou ao guardar o material na bolsa, "é que você escreva um diário".

"*Um diário?*" Ele estava brincando?

Não, não estava.

"É, sim, vejo que já ouviu falar nisso. Escrever um diário pode ajudar a reduzir o estresse e a resolver problemas. Minha esposa tem um que chama de diário da gratidão. Ela escreve três coisas todos os dias pelas quais se sente grata e também mantém um diário de sonhos. Parece que ajuda muito, especialmente com a oscilação de humor. Deveria tentar. Bom, entro em contato em mais ou menos uma semana para falar dos exames. Tenha um bom dia, princesa!"

E assim ele foi embora.

O que me leva a esta situação aqui. Escrevendo um *diário*.

Por que eu não podia ter mentido para parecer mais patética e ganhar uma receita de algum remédio para ansiedade ou, pelo menos, alguma dose baixa de sonífero? Até o veterinário faz isso quando levo o Fat Louie no jatinho da Genovia, e o Fat Louie é um *gato*.

Tudo bem que é um gato extremamente velho que precisa de uma escadinha para subir e descer da minha cama e tem a tendência a deixar fezes de raiva por toda parte caso não consiga o que quer. Mas, ainda assim. Por que um *gato* pode tomar tranquilizantes, mas o médico milionário que contratamos se recusa a dar tranquilizantes para *mim*?

Ai... Acabei de reler o que escrevi e soou um pouco estranho. É claro que não deixo fezes por aí quando não consigo as coisas que quero e sinto raiva. Estou apenas dizendo que me parece um pouco injusto que eu seja atendida pelo único médico particular em Manhattan que se recusa a prescrever ansiolíticos. Tenho certeza de que todas as outras celebridades (e membros da realeza) estão cheios deles.

- *Lembrete:* Confirmar isso. Na verdade, explicaria bastante coisa sobre o comportamento deles.

Mas se escrever um diário de "gratidão" e "sonhos" realmente ajuda com o estresse, não me custa tentar.

A essa altura, estou disposta a tentar *qualquer* coisa.

Vamos ver. Já escrevi sobre o que sonhei. Aqui estão três coisas pelas quais sou grata:

1. Não tenho um tumor no cérebro.

2. Meu pai não morreu naquele acidente com o carro de corrida.

~~Embora ele tenha sido tão inconsequente que provavelmente merecia.~~

3. Michael é o namorado mais engraçado, mais bonito, mais inteligente e mais compreensivo do mundo inteiro (ainda que ultimamente eu às vezes note que tem algo acontecendo nos olhos *dele* também. Não é um espasmo. É mais como se algo fervilhasse lá dentro. Se eu ainda escrevesse romances históricos — o que precisei abandonar, e não por causa das ameaças do DemagogoReal, mas porque não tenho tempo com todos os discursos e a administração do centro comunitário e as preocupações com o meu pai —, eu descreveria como uma "sombra" no olhar).

Sei que estou sendo egoísta, mas espero que se *realmente* houver algo errado com o Michael, que seja outra pedra no rim — embora ele tenha dito que, quando teve isso em maio, foi a experiência mais dolorosa da vida, e o nefrologista comparou a dor com a de um parto — e não que a morte do Sr. G o tenha feito reavaliar a própria vida, concluindo que está com a pessoa errada. Tenho total consciência de que seria bem mais fácil para ele se estivesse com uma garota com quem pudesse se encontrar num T.G.I. Friday's sem antes precisarem revistar o lugar à procura de bombas, ou ir ao cinema sem um fuzileiro à paisana sentado atrás, ou simplesmente passear pelo Central Park sem ser perseguido por uma infantaria de ávidos fotógrafos.

Mas nunca vou ser essa garota.

E meu maior medo é que um dia ele perceba isso e me abandone, do mesmo jeito que minha mãe abandonou meu pai, deixando-o assim: um resto de homem, vazio e aos pedaços, com seus carros de corrida.

Sinceramente, qual a graça de ter um castelo se a pessoa que você ama não quer compartilhar isso com você?

15h32, quarta-feira, 29 de abril, apartamento do terceiro andar, Consulado Geral da Genovia, Nova York

Tentei ir trabalhar no centro comunitário depois da consulta, mas Perin ligou quando eu estava a caminho para falar que outra horda de paparazzi também apareceu por lá, e estavam incomodando os adolescentes (e seus instrutores adultos) fazendo perguntas sobre o que eles achavam do percalço do meu pai com a lei e se eu estava ou não "grávida de gêmeos do Michael", então acharam melhor eu "trabalhar de casa".

Fofo, não é? Quem mais tem amigos tão gentis e preocupados?

E não é só o tipo de amigo que conhece você desde o colégio e que não tem nenhuma dificuldade em avisar caso esteja com a alça do sutiã aparecendo ou com um pedaço de alface no dente. Mas o tipo de amigo que está disposto a comandar o centro comunitário que você acabou de fundar, embora provavelmente pudesse estar ganhando milhões em alguma start-up no Vale do Silício.

(Está vendo? Já estou botando em prática o conselho do médico e sendo grata pelas coisas na minha vida.)

Respondi: "Obrigada, Perin, eu entendo."

Tem gente por toda parte rezando por um emprego no qual seja possível "trabalhar de casa", então, seguindo a tendência à gratidão, acho que deveria agradecer por essa oportunidade.

Mas eu queria saber como as pessoas que conseguem esses empregos não passam o dia inteiro no YouTube vendo vídeos de filhotes de veados que foram adotados por cachorros golden retrievers. Porque isso foi tudo que consegui fazer hoje.

Bom, fora falar com o Michael no FaceTime e perguntar de novo se dava para ver o tique no meu olho. Claro que ele perguntou se eu podia abaixar a câmera um pouco, e mais um pouco, e abrir a camiseta...

Aí percebi a *outra* coisa que as pessoas que trabalham em casa fazem o dia todo.

Só que o Michael não trabalha de casa, trabalha na empresa que ele fundou, a Pavlov Cirúrgica, então não conseguimos nos divertir tanto quanto gostaríamos, porque a sala dele é de vidro e qualquer um poderia ter visto o que a gente estava fazendo.

Mas ele me disse (mais tarde) que leu no MédicoOnline que o tremor nos olhos é frequentemente causado por deficiência de magnésio e que o esperma humano é uma fonte rica em magnésio.

"Ah, é?", falei. "Isso quer dizer que vai se voluntariar para vir aqui depois e me ajudar com essa grave deficiência mineral?"

"Bom, não quero me gabar, mas fui nomeado pela imprensa macho suficiente para transformar princesas perfeitamente respeitáveis em taradas a quilômetros de distância."

"Valeu a tentativa, Sr. Moscovitz", respondi. "Vou reportar você ao departamento de saúde pública por suas afirmações nutricionais inverídicas. Adeus."

Os olhos dele estavam tão normais quanto ele afirma estarem os meus, então quem sabe realmente esteja tudo bem e o negócio todo da sombra seja só coisa da minha imaginação que, admito, às vezes é bastante fértil.

Vou pedir magnésio agora mesmo no mercado aqui da rua (para entrega, embora, infelizmente, eu não possa fazer o pedido pelo celular porque o mercado mais próximo aprovado pela Guarda Real da Genovia não tem um aplicativo. E mais, não tenho autorização para usar aplicativos, a não ser, claro, o Google, que não imagino que faça mal algum).

Mas tenho certeza de que o meu pedido vai vazar para a imprensa de alguma forma e a próxima manchete sobre mim será algo como:

"Princesa viciada em remédios!
ALGUÉM PODERÁ SALVÁ-LA?
Papa promete ajudar."

TARANTINO'S
O Mercado do Seu Bairro

Nós valorizamos nossos clientes e agradecemos sua visita!

Valor mínimo para entrega: $25. Taxa de entrega: $5

O Tarantino's está aqui para ajudar! Sabemos que você tem coisas melhores para fazer com o seu tempo do que compras — brincar com seus filhos, terminar um projeto importante do trabalho ou simplesmente relaxar em casa.

Por isso, simplificamos a sua compra com nosso formulário de entrega! É só marcar os itens de que precisa e os levaremos até sua porta (ou porteiro) em menos de 90 minutos (não válido para os seguintes horários: Segunda-Sexta entre 18 - 20 horas).

Vamos começar!
Marque os itens desejados.

CARNES
Favor marcar quantidade/ corte desejado
- Bife:
- Porco:
- Filé:
- Cordeiro:
- Vitela:
- Frios:
- Outros:

OPÇÕES GOURMET:
Favor marcar quantidade/marca desejada
- Caviar:
- Patê:
- Salmão:
- Sushi:

✓ Pastas: *Cream cheese, normal, com gordura, 1 pequeno*
- Outros:

LATICÍNIOS:
Favor marcar quantidade/marca desejada
- Ovos (orgânicos):
- Queijos (tipo):
- ✓ Leite (tamanho): *4 litros, 2% de gordura*
- Iogurte:
- Manteiga:
- Margarina:
- Creme azedo:
- Creme de leite:
- Outros:

VEGETAIS:
Favor marcar quantidade/espécie desejada
- Alface:
- Tomate:
- Laranja:
- Grapefruit:
- Banana:
- ✓ Maçã: 2 vermelhas deliciosas
- Uva:
- Melão:
- Batata:
- Cebola:
- Pimentão:
- Cogumelos:
- Outros:

PADARIA:
Favor marcar quantidade/espécie desejada
- Pão de forma:
- Baguete:
- Babka:
- Challah:
- ✓ Bagels: 5 brancos
- Muffins:
- Bolo de café:
- Bolo de festa:
- ✓ Outros: 1 pote de cobertura de chocolate

ENLATADOS:
Favor marcar quantidade/marca desejada
- Café:
- Chá:
- Cereal:
- Açúcar:

Ração para gatos: 20 latas de Fancy Feast, sabores atum e frango, mix de frutos do mar, carne e fígado, truta
- Ração para cachorros:
- Geleias:
- Condimentos:
- Outros:

FARMÁCIA:
Favor marcar quantidade/marca desejada
- Shampoo:
- Condicionador:
- Sabonete para o corpo:
- Sabonete para as mãos:
- Higiene feminina:
- Aspirina:
- Vitamina C:
- ✓ Outros: 2 frascos de Magnésio Nature's Way, 1 frasco de Tylenol PM

ITENS DE LIMPEZA:
Favor marcar quantidade/marca desejada
- Detergente de louça:
- Sabão em pó:
- ✓ Papel higiênico: ultrasoft, 4 rolos
- Esponja:
- Outros:

LANCHE:
Favor marcar quantidade/marca desejada
- ✓ Pipoca: pipoca com queijo, pré-pronta, 2 pacotes
- ✓ Chips: chips de milho, 2 pacotes

- ✓ Molho salsa: 1 pote, picante médio
- Amendoim:
- ✓ Biscoitos: Cookies de chocolate, 2 pacotes
- Balas:
- ✓ Sorvete: Rocky Road, 1 pote
- ✓ Outros: amendoim de wasabi

BEBIDAS:

Favor assinalar quantidade/marca desejada

- Refrigerante:
- ✓ Água mineral: 1 pacote de 12 unidades de água com gás
- Suco:
- Vinho:
- Cerveja:
- Outros:

Observação: Se você desejar pedir bebidas alcoólicas, a pessoa responsável pelo recebimento deve apresentar documento de identidade e ser maior de 21 anos.

A venda ou doação de bebidas alcoólicas é ilegal para:
1. Pessoas com menos de 21 anos.
2. Pessoas visivelmente intoxicadas.

O Ministério da Saúde dos Estados Unidos da América não recomenda o consumo de bebidas alcoólicas para gestantes (ou que suspeitem de gravidez) por causar possíveis danos ao desenvolvimento do feto.

Afirmo abaixo que tenho mais de 21 anos:

X: Lars von der Hooten
Endereço: Consulado Geral da Genovia
31 East 69th Street
Nova York, NY 10021

Quarta-feira, 29 de abril, 20h32, evento beneficente para o Abrigo de Chernobyl, banheiro do Waldorf Astoria, Nova York

Preciso escrever rapidamente porque a moça que cuida do banheiro quer saber por que estou trancada dentro da cabine.

Só *precisava* registrar o que ouvi da cientista que está trabalhando num projeto de contenção para Chernobyl (não consigo acreditar que toda aquela radiação *continue* circulando pelo ar, mesmo depois de quase trinta anos da explosão do reator nuclear).

Então, a cientista disse que, às vezes, pessoas muito inteligentes são ruins em jogos como Imagem e Ação porque rejeitam qualquer informação que consideram "irrelevante" para abrir espaço para informações que possam precisar um dia (o que explica por que sou tão péssima em *Jeopardy!* E esportes.)

(Claro que não estou dizendo que sou *muito* inteligente.)

Mas qual seria o motivo para eu não saber nada sobre Chernobyl (ou qualquer coisa dita hoje à noite, por mais que fique feliz que a minha presença esteja ajudando a chamar atenção para essa causa tão importante) e tanto sobre etiqueta, história da Genovia e produtos cítricos europeus?

Embora nada disso explique por que sei tanto sobre *Guerra nas estrelas.*

Quinta-feira, 30 de abril, 5h22, apartamento do terceiro andar, Consulado Geral da Genóvia, Nova York

Esse negócio de escrever diário ainda não está funcionando, nem o magnésio. Eu provavelmente deveria ter aceitado a oferta do Michael. (Brincadeira.)

Não que eu pudesse aceitar mesmo se quisesse, porque ele acabou não conseguindo me visitar *de novo* hoje à noite, dessa vez por causa de algum tipo de defeito no sistema de segurança do consulado. Toda vez que alguém entra ou sai do prédio, por qualquer uma das portas, o alarme é ativado lá no Departamento de Polícia de Nova York.

Acho que isso deve ser uma coisa boa (é bom saber que o alarme funciona), mas não posso receber convidados à noite até descobrirem a origem do defeito, a não ser que eu queira aparecer na capa do jornal de novo com a manchete gigante "Princesa da Piranhovia!".

Botei uma máscara nos olhos, tampões nos ouvidos, o aparelho nos dentes, tomei Tylenol PM *e* roubei uma dose do conhaque de 200 anos que o cônsul esconde embaixo da mesa para os convidados de honra (o que, tecnicamente, eu sou). Ainda assim, continuo completamente acordada às 5 horas da manhã.

Pelas risadas do lado de fora, ao menos os repórteres parecem estar se divertindo.

A minha falta de sono é parcialmente resultado do erro que cometi ao fazer FaceTime com a Tina Hakim Baba antes de dormir (embora ela more a algumas quadras daqui, quase também não a vejo mais). Durante toda a conversa, não consegui parar de mentir. Que tipo de pessoa mente para a melhor amiga? Bom, uma das melhores amigas.

A conversa começou bem normal — Tina jurou que não via nenhum tremor no meu olho, mesmo quando eu disse as palavras que causavam o espasmo:

"Meu pai vai perder a eleição e o primo Ivan vai ser o novo primeiro-ministro da Genovia. Ele não vai fazer nada para resolver o problema de imigração, mas *vai* destruir o ecossistema e a infra-estrutura frágeis do país ao desobstruir a baía para atracar cruzeiros maiores que o *Costa Concordia* no Porto Princesa Clarisse."

"De verdade, Mia, não consigo ver nada", Tina me confortou. "Não estou dizendo que está imaginando coisas, mas não acho que precise se preocupar."

Dava para sentir a minha pálpebra pulsando como o estômago da Sigourney Weaver no filme *Alien*, então sabia que ela estava mentindo para eu me sentir melhor.

Talvez seja por isso que no final da conversa fiz o mesmo por ela.

Ainda assim, como Tina é estudante de medicina na NYU, foi bom ouvir o que ela tinha a dizer sobre o tremor, e ela sabia bastante coisa porque acabou de ter uma aula sobre oftalmologia. Ela confirmou tudo que o Dr. Delgado disse. É bom saber que não estou sendo atendida por um charlatão.

Mas não perguntei sobre o negócio que o Michael me disse. Não quis lembrá-la do seu ex, Boris, com quem acabou de ter um término bem doloroso.

"Acho que vai ser bom para você voltar a escrever um diário", Tina disse. "Também tentei, com a esperança de que fosse me ajudar a não pensar tanto no... bom, você sabe."

Lá se vai a tentativa de não falar sobre o ex. Nessa hora a conversa começou a degringolar e comecei a mentir descaradamente.

Eu me senti na obrigação de perguntar: "O diário ajudou?"

"Não", ela respondeu, suspirando. "Realmente acho que devo ser viciada no Boris. Você sabia que um estudo médico mostrou que os recém-separados tinham exatamente a mesma atividade cerebral de pessoas que estão passando por abstinência de drogas?"

Argh.

"Bom", falei, tentando manter a voz animada. "Você é uma mulher forte, independente e sei que vai superar esse vício!"

"Valeu." Tina suspirou novamente. "Mas é tão difícil. Achei que eu e o Boris fôssemos ficar juntos para sempre, que nem você e o Michael."

Argh. Argh, argh, argh.

Olha, sei que é estranho ter quase 26 anos e ainda namorar o mesmo cara desde o colégio. Pode acreditar, estou *mais* do que ciente sobre o tamanho do clichê.

Mas só piora: quase todos os meus amigos também são os mesmos desde o colégio.

Em minha defesa, quando você descobre aos míseros 14 anos de idade que é herdeira de um reino e de uma fortuna de 1 bilhão de dólares (porque minha mãe e meu pai nunca se casaram e meu pai sempre achou que poderia ter mais filhos. Mas não pode, por causa da quimioterapia para o tratamento do câncer, que felizmente continua em remissão), em quem vai confiar: nas pessoas que você já conhecia e que gostavam de você *antes* de entrar para a lista da *Forbes* dos Jovens Reais Mais Ricos ou nas pessoas que conheceu *depois* disso?

A resposta é óbvia. Não consigo nem contar a quantidade de caras com quem saí depois que descobri ser uma princesa que estavam só interessados na minha tiara.

(Bom, na verdade, posso: dois. Josh Richter e J. P. Reynolds-Abernathy IV. Não que eu guarde rancor ou tenha algo contra eles, ou tenha pedido para trocarem a senha do meu Facebook para não passar horas obcecada, olhando cada detalhe das vidas deles para me certificar de que estão infelizes sem mim, porque só uma maluca faria isso.)

- *Lembrete:* Perguntar a Dominique qual é a nova senha porque seria bem legal ver as fotos que a Lana anda postando do bebê. Tenho certeza de que, aos quase 26 anos, sou madura (e evoluída) o suficiente para não caçar meus ex-namorados. Além do mais, estou tão feliz no meu relacionamento que não me importo com o que eles estão fazendo. Não muito.

Um dos motivos para eu amar tanto a Tina é que ela entende e compartilha muitos dos meus problemas — por ser filha de um xeque árabe muito rico que também a obriga a andar cercada por guarda-costas o tempo inteiro —, mas também é o oposto de mim em muitas coisas. Ela é boa em matemática e ciências, e assim que tirar a licença médica, pretende entrar para o Médicos Sem Fronteiras e ajudar crianças doentes. Isso é tão admirável e incrível! Queria ser mais como ela.

Exceto pela parte de não conseguir esquecer o ex, Boris Pelkowski.

"Tina", falei. "Michael e eu somos uma anomalia. Quase ninguém fica para sempre com o primeiro namorado, a não ser em livros adolescentes. E, geralmente, quando ficam juntos é porque ele é um vampiro ou um lobisomem ou é dono de uma bela mansão chamada Pemberley ou algo do tipo."

"Mas..."

"Sério, você realmente achou que a Lilly Moscovitz e o Kenny Showalter ficariam juntos para sempre quando os dois foram estudar em Columbia depois do colégio?"

"Bom", Tina disse. "Acho que não depois do Kenny ter construído aquela tenda no meio do campus e se recusado a ir para as aulas."

"Exatamente", respondi. "É *normal* que as pessoas mudem e cresçam, e às vezes se distanciem."

"Você e o Michael nunca se distanciaram. E Perin e Ling Su?"

Suspirei. Assim como eu tenho uma quantidade desproporcional de amigos do colégio, uma quantidade desproporcional de casais da nossa turma ficou junto depois da formatura.

Eu culpo os professores. A quantidade absurda de dever de casa que passavam todas as noites fez com que muitos de nós ficássemos com estresse pós-traumático. A faculdade — embora eu tenha estudado na Sarah Lawrence, uma das melhores faculdades do país — foi moleza em comparação ao AEHS (Albert Einstein High School).

"OK, bom, Perin e Ling Su também são anomalias", expliquei para Tina. "Mas também tiveram problemas. Lembra quando elas precisaram fingir por um bom tempo que eram colegas de quarto?"

"Mas só porque os avós da Ling Su eram muito antiquados", Tina protestou. "Eles totalmente apoiam o casamento gay hoje em dia."

"É, mas porque a Perin se esforçou muito para conquistá-los. Até aprendeu *mandarim*. O que o Boris fez por *você* recentemente, Tina, a não ser trocar o violino clássico dele por uma guitarra, escrever um monte de música cafona e se tornar uma estrela internacional do pop que é bajulada por milhões de garotas que se autonomeiam Borettes, e ainda transar com uma delas?"

"Supostamente", ela me lembrou. "Ele ainda diz que não fez nada disso. Diz que sente minha falta e quer encontrar comigo para explicar..."

"Ah, *Tina!*"

"Eu sei. Mas ele continua insistindo que aquelas fotos foram photoshopadas e que ele nunca, jamais, me trairia."

Eu podia sentir que estava começando a ficar com o queixo tenso e tentei relaxá-lo. Quem diria que Boris Pelkowski, o gênio do violino que respirava pela boca na aula de Superdotados e Talentosos no nono ano, se tornaria "Boris P.", o cantor/compositor de cabelo roxo que toca em shows lotados no mundo inteiro e tem um monte de garotas em cima toda vez que sai da limusine (por mais que ainda não tenha dominado a arte de respirar pelo nariz, algo que as "Borettes" dizem na internet ser "total fofo").

Embora não tenha sido nada "total fofo" as fotos nuas que uma dessas garotas postou com ele num quarto de hotel.

"E as mensagens de texto que ela postou entre os dois?", perguntei a Tina. "Ele explicou essa parte?"

"Falou que deu uma entrevista para o blog dela, então as mensagens são reais, mas que todo mundo distorceu o que ele disse, e todo o resto foi inventado por ela para conseguir mais acessos no site. Quero dizer, acho que é possível, certo?"

"Hum", falei. "Claro. Acho que sim."

Primeira mentira.

O Boris contou exatamente a mesma coisa para o Michael (os dois ainda são amigos — eles se reúnem algumas vezes por mês para jogar *World of Warcraft*. O fato de o Boris gostar de um jogo de RPG online é ainda mais adorável para as Borettes).

O Michael se recusa a parar de falar com o Boris só porque ele "supostamente" traiu a minha amiga. Ele diz que toda história tem duas versões e, como também sou uma celebridade, eu deveria entender que esse tipo de coisa é distorcido pela imprensa e dar uma chance para o Boris.

Só que eu vi as fotos. Alguns violinistas ficam com uma mancha no pescoço por apoiarem o instrumento durante muito tempo no mesmo lugar.

O cara das fotos tem as mesmas marcas que o Boris (e eu sei bem, porque o vi jogar vôlei na piscina sem camisa, no palácio da Genovia, quando ele ainda tinha autorização para ir me visitar com a Tina).

Então, apesar dos protestos do Boris — e do Michael —, aquelas fotos *não* são photoshopadas. A história *só* pode ser verdade.

Mas como o Michael não me deixou tarada, talvez *não* seja. Argh.

Sempre achei que, ao virar adulta, as coisas seriam menos confusas, mas infelizmente, tudo só fica *mais* confuso.

"O Boris disse que a garota pode ter hackeado o telefone dele, escrito todas aquelas coisas horríveis sobre mim porque está obcecada por ele", Tina continuou. "Você sabe, num estilo meio stalker. Ele diz que ela sente inveja de mim. Mas nada disso faz muito sentido..."

"Tina!", gritei. "Você fala isso como se não tivesse nada para ela invejar. Sabe perfeitamente que você é gata. É a mulher mais gata e bonita que conheço." Isso, pelo menos, não era mentira.

"É fofo você dizer isso, Mia, mas não sou tão gata quanto essa menina", ela disse com um suspiro infeliz. "Viu como ela é? Manda muito bem naquele estilo hipster blogueira do Brooklyn."

"E, se você quiser, vou amar arrancar aquele piercing do septo dela. Posso dizer que tropecei e agarrei sem querer." Para o meu alívio, a Tina começou a rir. "Não, sério. As pessoas vão acreditar em mim porque já tenho a fama de ser estabanada, mas também sou princesa, e princesas nunca mentem."

HA HA HA HA.

"Own, obrigada, Mia", ela disse. "É por isso que amo você. É a amiga mais leal do mundo. Enfim, não sei o que fazer. O Boris me disse que a música nova dele 'Um milhão de estrelas' é sobre mim."

Argh! Não quero ser *essa* garota — aquela que diz para alguém não dar uma segunda chance a um ex, ainda mais depois da pessoa ter dito que você é "a amiga mais leal do mundo".

Porque é claro que sempre existe uma chance do Michael estar certo, e a coisa toda com o Boris ser realmente um mal-entendido. E estamos nos Estados Unidos. Amamos perdoar as pessoas e depois dar uma segunda chance.

Mas nada disso significa que "Um milhão de estrelas" não seja a música mais horrível e cafona da *história*.

Óbvio que isso é apenas a *minha* opinião. As Borettes amam tanto a música que a transformaram na música mais bem-sucedida da *história*. Não dá para ir a lugar algum — elevador, loja, aeroportos, saguão de hotel, restaurante, nem mesmo à *Times Square* em Nova York — sem escutá-la em alguma caixa de som.

O pior é que, no clipe (que também passa em todos os lugares sem parar), o Boris canta para uma garota que está numa *cama de hospital morrendo*, dizendo a ela (com a letra da música) que dará um milhão de estrelas (e seu amor) se ela encontrar a força dentro de si para não morrer e o amar para sempre.

Claro que a garota fica tão impressionada com a música maravilhosa do roqueiro gato que ela não morre. Porque é um fato médico que pessoas com doenças fatais precisam apenas de um roqueiro gato sentado na beira de suas camas no hospital, cantando uma balada, para que consigam ter forças para sobreviver.

As pessoas realmente acreditam nisso! Pelo menos as Borettes acreditam.

Tanto a música quanto o clipe me fizeram odiar o Boris Pelkowski ainda mais do que já odiava (por magoar a Tina), e agora toda vez que vejo ou ouço qualquer um dos dois, começo a ranger os dentes. Faço isso até dormindo, então preciso usar o aparelho, o que não é nada sexy quando o Michael vem dormir comigo.

Embora ele diga que prefere me ver dormir com uma coisa gigante de plástico na boca do que ficar com minidentinhos um dia.

- *Lembrete:* Isso, na minha opinião, é bem mais romântico do que um roqueiro cantando para uma garota à beira da morte. Mas ninguém me perguntou nada.

"Então, o que respondeu quando o Boris falou que queria voltar com você?", perguntei, cautelosamente.

"Disse que precisava pensar. Só porque ele tem cinco milhões de seguidoras Borettes no Twitter, não quer dizer que *eu* estou pronta para segui-lo."

Graças a Deus, pensei.

Mas, em voz alta, apenas falei, "Você foi muito sensata".

"E talvez seja melhor a gente terminar logo para se poupar de uma decepção futura. O que vai acontecer quando eu me formar e precisar me mudar de Nova York para fazer residência? Ou quando estiver no Médicos Sem Fronteiras? Não vou poder segui-lo por toda parte durante a turnê como uma Borette idiota. Preciso pensar na minha carreira."

"Com certeza", falei animada.

"Então expliquei para ele que agora preciso me concentrar em passar nas provas, mas que talvez a gente possa conversar depois."

"Bom, acho que fez a coisa certa." Segunda mentira. Realmente acho que a Tina deveria se concentrar nas provas, mas não tenho certeza se ela deveria falar com o Boris depois.

"Obrigada, Mia", ela disse. "Só é muito difícil, sabe, porque toda vez que entro na internet ou ligo a TV, ele está lá, sendo entrevistado sobre a turnê de quarenta cidades, todo malhado por causa daquele novo personal trainer dele."

"Eu sei." Terceira mentira. Boris não está *tão* bem assim, mas também nunca foi muito meu tipo. "Sinceramente, Tina, não tenho a menor ideia do que faria se estivesse no seu lugar."

Quarta mentira. Penso o *tempo inteiro* sobre no que eu faria se estivesse no lugar dela, o que é ridículo, porque o Michael é o melhor namorado do mundo (ou o melhor que consegue ser, levando em consideração tudo que precisa aturar por namorar uma realeza).

Mas a Tina achava que o Boris era o melhor namorado do mundo até aparecer a fã número um dele, a Borette Blogueira do Brooklyn.

E se a sombra nos olhos do Michael não for uma pedra no rim que ele está tentando esconder por macheza, mas culpa porque está saindo escondido com uma "Michaelette"? Não sei se eu teria a mesma classe que a Tina tem com o Boris de não falar nada (a não ser, claro, comigo). Acho que eu seria uma completa Elin Nordegren, a ex-Sra. Tiger Woods (embora a violência nunca seja a solução e Michael não jogue golfe ou tenha uma SUV como o Tiger Woods).

O problema, claro, é que sou descendente de uma extensa linhagem de princesas guerreiras. Às vezes, quando não consigo dormir — tipo agora —, fico ensaiando mentalmente como eu me vingaria se o Michael me traísse, embora eu seja evoluída o suficiente para saber que ele jamais faria isso e, mesmo se fizesse, quem sairia perdendo seria ele, não eu.

Ainda assim, de vez em quando, penso nessas coisas involuntariamente (eu deveria ter mencionado isso ao Dr. Delgado. Aposto que ele teria me dado algum remédio se soubesse disso), então me lembro de como minhas ancestrais reais lidavam com a traição de um homem:

Princesa Rosagunde

A primeira princesa da Genovia, Rosagunde, estrangulou o primeiro marido — o chefe de uma tribo invasora de saqueadores — com a trança do cabelo enquanto ele dormia, um ato heroico que a fez ser nomeada comandante do vilarejo por unanimidade.

Eu jamais faria algo do tipo com o Michael, claro, porque violência nunca é a solução (e meu cabelo não é longo o suficiente), e não quero passar o resto da vida como as meninas de *Orange is the New Black*.

Mas, sendo descendente da Rosagunde, esse tipo de brutalidade corre em minhas veias — embora infelizmente nunca consiga convocá-la quando preciso, por exemplo, quando estou no cinema e os adolescentes atrás de mim não param de mandar mensagens no celular, principalmente nos momentos mais dramáticos. Aí preciso pedir para o Lars, meu guarda-costas, levantar e fazer uma cara feia.

Princesa Mathilde

Ao receber relatos de que seu pretendente tinha diversas amantes, minha antepassada, princesa Mathilde, se vestiu em uma armadura completa, cavalgou até a casa dele, e destruiu todos os móveis com um machado de guerra.

Depois, foi embora, levando com ela os cachorros de caça, os empregados e os cavalos favoritos dele, alegando ser uma forma de compensação por seu coração partido.

Ele ficou assustado demais para contestá-la.

Michael não tem empregados em casa, muito menos cavalos, e o cachorro amado dele morreu há pouco tempo de velhice (cachorros não vivem tanto quanto gatos). Mas tem muitos móveis e uma tonelada de itens colecionáveis de *Guerra nas estrelas* que ele ama muito. Ele tem todos os bonecos da princesa Leia, alguns ainda estão na caixa!

Ainda assim, eu me sentiria mal de destruir a casa dele com um machado e de roubar as suas coisas. Talvez simplesmente ateasse fogo nas cuecas que ele deixou aqui (mas na pia, por questões de segurança).

Princesa Viúva Clarisse Renaldo

Não é segredo para ninguém que a minha avó teve muitos candidatos antes de o meu avô, o poderoso príncipe da Genovia, se apaixonar por ela. Um deles era um barão do petróleo do Texas que ela conheceu em Monte Carlo numa viagem de férias. Esse tal cavalheiro ficou tão encantado que pediu a mão dela em casamento na mesma hora (segundo a versão de Grandmère).

Infelizmente, pouco tempo depois, descobriu-se que o barão do petróleo tinha, para usar um vocabulário de romance, "uma esposa ainda viva" — mas não antes de Grandmère ter gastado uma fortuna no enxoval.

Então, ela fez o que qualquer garota sagaz da Genovia faria: processou o barão pelo custo do novo guarda-roupa (uma bagatela de cem mil francos genovianos).

"Aqueles vestidos foram feitos à mão pelo monsieur Dior! Cada um custou dois mil dólares", ela diz até hoje quando o assunto vem à tona. "O que mais eu poderia fazer?"

O cara desembolsou o dinheiro. Aparentemente era mais barato do que um divórcio.

Ah, argh. Todos os sites de insônia falam que para uma boa noite de sono é preciso estipular rituais calmantes antes de se deitar para dormir, como um banho quente ou o cheiro de lavanda ou um copo de leite aquecido.

Poucos sites mencionam fazer listas sobre como seus ancestrais se vingaram dos namorados traidores, e *nenhum* cita debater o recente incidente do seu pai com a lei — ou como ele só fez isso porque está tentando reconquistar a minha mãe.

Mas foi exatamente esse assunto que a Tina abordou mais tarde na nossa conversa, e é provavelmente por isso que estou mais acordada do que nunca.

"As coisas melhoraram um pouco depois que começaram a sair notícias sobre o seu pai", Tina disse logo antes de desligarmos o FaceTime. "Agora tem bem menos coisa sobre o Boris nos sites de fofoca e bem mais sobre como as pessoas acham que o seu pai quer uma segunda chance com a sua mãe."

"Calma..." Levei um susto. "O *quê*?"

"É verdade", Tina insistiu. "As pessoas acham que o seu pai resolveu participar de corridas automobilísticas para chamar a atenção da sua mãe, agora que seu padrasto morreu e ela está solteira novamente."

Já li muitas coisas mal-intencionadas e ofensivas sobre mim e a minha família, mas essa ganhava disparado. Não estou dizendo que não me magoa quando falam mal de mim, principalmente se não for verdade, mas sou jovem e forte: eu aguento.

Mas falar da minha *mãe*, que sequer é uma figura pública e não pode se defender, e do meu *pai*, que está envelhecendo e claramente se tornando uma figura trágica como o Mickey Rourke, apenas sem lutar boxe e sem os cachorros minúsculos?

"Bom, se é isso que o meu pai está tentando fazer, é uma péssima estratégia", debochei. "Minha mãe não é nem um pouco do tipo que se importa com troféus, a não ser que seja um Pulitzer ou, quem sabe, um Nobel."

"Né? Sua mãe nunca largaria tudo para ficar ao lado do seu pai depois de um acidente trágico em que ele queimou metade do rosto, porque ela falaria algo tipo: 'Ele mereceu isso por se envolver com um esporte perigoso.'"

"É verdade", falei, então acrescentei: "Embora isso fosse dar uma cena excelente de um filme que eu pagaria o valor integral para ver no cinema, e nem esperaria para ver em casa no pay-per-view ou na HBO."

"Ai, meu Deus, eu também."

É claro que não consigo dormir!

Mas se isso tudo for verdade, é tudo culpa do meu pai. Bom, pelo menos a parte sobre ele, supostamente, ainda ser apaixonado pela minha mãe depois de mais de 26 anos (que é quanto tempo faz desde que a engravidou enquanto ainda estavam na faculdade, na década de 1980, e beber muito e "curtir o momento" era uma desculpa aceitável para não usar nenhuma forma de contraceptivo, só que não, na verdade, se quer minha opinião. Bom, vinte e cinco anos e nove meses atrás. Amanhã é meu aniversário).

"É claro que não culpo o seu pai por acreditar que uma cena dessas pudesse funcionar", Tina continuou. "Sua mãe correu para ficar ao lado do seu padrasto quando ele sofreu o infarto no ônibus M14 a caminho do ensaio da banda no ano passado."

"OK", falei. "Mas o Sr. G e ela eram *casados*. E, outra, não ter conhecimento de uma doença cardíaca por adiar ir ao médico é completamente diferente de praticar uma atividade esportiva extremamente perigosa por vontade própria."

Pelo menos o Sr. G tinha seguro de vida e uma poupança incrivelmente gorda, então minha mãe e meu meio-irmão, Rocky, ficaram bem financeiramente (e as pinturas dela estão vendendo bem, considerando o tamanho do mercado para realismo contemporâneo).

Só que, pensando bem, a Tina — e aparentemente a mídia — não são os únicos que acreditam nessa teoria maluca sobre o meu pai. Os pais do Michael meio que falaram sobre isso na última vez que estive na casa deles (para o jantar de Páscoa).

Isso foi antes da prisão, claro. Mas, de alguma forma, a conversa se voltou para o meu pai e como ele anda se comportando de forma estranha ultimamente, e um dos doutores Moscovitz — não me lembro qual — disse que meu pai jamais seria feliz porque quer desesperadamente ficar com a minha mãe, por mais que ela seja o tipo de mulher — assim como Grandmère — que não se sente atraída por homens em posição de poder.

"Então está querendo dizer que meu pai quer se casar com a própria mãe?", perguntei, horrorizada.

"Bom", o Dr. Moscovitz respondeu, "segundo Freud, no fundo, todos os homens querem se casar com suas mães e todas as mulheres querem se casar com seus pais".

Sabia que tinha um motivo para não gostar de Freud. Michael não tem *nada* a ver com meu pai e não consigo ver onde pareço com a mãe dele. Ela parece uma versão morena da Dra. Ruth Westheimer, só que um pouco mais baixa e com mais pintas na cara.

Enfim.

Tina e eu desligamos depois que prometemos não pensar mais nos homens das nossas vidas que estavam nos chateando — no caso dela, o ex, e no meu, o namorado atual e meu pai.

Mas basicamente só fiz isso desde então.

Embora eu deva ter dormido um pouco, porque tive um sonho mais cedo em que era convidada pela Kate, duquesa de Cambridge, para um almoço no qual ela me daria dicas de como lidar com o estresse de ser uma princesa nos dias de hoje (algo que obviamente ainda não dominei, mesmo depois de uma década de prática).

Só que quando Kate me recebeu na porta de casa, ela disse que não tinha tempo para falar comigo sobre esse negócio de princesa porque tinha um encontro com o Bruce Willis. E me deixou sozinha no Palácio de Buckingham com o príncipe George!

Então fiz um bolo para ele e depois o ajudei a comê-lo.

Três coisas pelas quais sou grata:

1. Tina Hakim Baba.

2. Minhas nobres ancestrais.

3. Bolo.

Quinta-feira, 30 de abril 9h15, apartamento do terceiro andar, Consulado Geral da Genóvia, Nova York

Não consigo acreditar nisso.

Olhei pela janela hoje de manhã porque os paparazzi pareciam um pouco mais barulhentos do que o normal. Esperava vê-los em alguma brincadeira com bebida (como sempre), mas em vez disso tinha um grupo de *manifestantes!*

Não muitos, mas o suficiente. Estão segurando cartazes contra meu pai (e contra mim também).

Liguei correndo para a Dominique que disse (com seu sotaque francês adorável), "Eu sei, eu sei, sua alteza. Não se preocupe, estamos cuidando disso".

(A Dominique tem dificuldade para pronunciar o som do H em inglês, porque em francês é mudo, então um dos meus passatempos favoritos é perguntar o nome "daquele garoto bruxo" sempre que fico presa no trânsito com ela. "Está falando do 'airy Pottair, princesa?", ela sempre responde, animada. "'airy Pottair, o que foi para 'ogwarts?" Bobo, mas sempre divertido.)

"Cuidando disso?", perguntei. "Como estão 'cuidando disso'?"

"Ah, temos algumas ideias..."

"Tipo o quê? Acha que devemos fazer uma coletiva de imprensa? Quer que eu escreva uma declaração oficial? O quê?"

"Não, não, nada do tipo. É melhor ignorá-los por enquanto."

"Foi o que você disse sobre os paparazzi, mas eles não saem daqui faz duas semanas."

"Eu sei, mas não se preocupe. Isso é apenas uma jogada do oponente do seu pai para conseguir a atenção da mídia."

Ah, certo. Claro.

Sobre o que mesmo os genovianos poderiam reclamar? A Genovia tem a menor taxa de desemprego, violência e pobreza do mundo (zero por cento), além de uma temperatura amena o ano inteiro (23 graus) por ficar localizada na idílica Riviera Francesa. A população da Genovia não paga impostos, e os impostos para negócios são os mais baixos da União Europeia.

Até a família real da Genovia tem renda própria (ao contrário da inglesa, que é financiada com dinheiro público). Segundo o Ranking da Realeza, eu tenho uma fortuna pessoal de cem milhões de dólares.

HA! De onde esses sites tiram essas coisas?

- *Lembrete:* Bom, é claro que provavelmente tenho uma fortuna desse valor, mas só se eu contar coisas como cetros medievais de pedras preciosas, o que não dá para vender no eBay.

Por isso, se o primo Ivan quiser ter alguma chance de vencer meu pai nas eleições para primeiro-ministro, precisa inventar *algo* que faça as pessoas pensarem que a Genovia não é assim tão maravilhosa.

Então, por que não pagar um monte de expatriados genovianos idiotas para ficar do lado de fora do consulado em Nova York com cartazes, causando uma comoção em torno de assuntos desimportantes, como a autorização de cruzeiros, a proibição de transgênicos e reclamações sobre o artigo de opinião que escrevi outro dia para o *Wall Street Journal*?

Aparentemente, *algumas* pessoas pensam que a herdeira do trono de um principado não tem o direito de expressar sua opinião sobre o governante de outro país, mesmo que ele tenha tirado de metade da sua população os poucos direitos que ela tinha (a porção feminina, claro) e esteja ameaçando degolar o próprio filho por ter se casado com uma plebeia (felizmente, o príncipe Rashid e sua esposa receberam asilo dos Estados Unidos).

Tudo o que fiz foi comentar o quanto não concordo com o Xeque. Não levantei um cartaz gigante que diz EI, PESSOAS OPRIMIDAS DE QALIF, VENHAM PARA A GENOVIA! Como esses manifestantes aparentemente acham que fiz.

Ainda assim, quando alguém que está sendo maltratado em seu próprio país viaja uma longa distância em condições terríveis para chegar ao país do outro, não se deveria oferecer pelo menos abrigo e comida enquanto se decide o que fazer? Parece um princípio básico para mim.

Então, qual é o problema das pessoas?

Ai, Deus, agora apareceu um carro de televisão lá embaixo para filmar os manifestantes. *Por quê?* Por que um casal famoso não anuncia a separação hoje para que a mídia tenha outra coisa para cobrir?

Queria saber quanto magnésio alguem pode tomar em um só dia.

- *Lembrete:* conferir no Google.

Quinta-feira, 30 de abril, meia-noite, apartamento do terceiro andar, Consulado Geral da Genovia, Nova York

Lilly acabou de me mandar uma mensagem de texto:

> Lilly Moscovitz "Virago": O que você está fazendo?

* Dei codinomes a todos os meus contatos caso eu seja hackeada. Kate, a duquesa de Cambridge, foi hackeada 155 vezes. *Virago* significa "guerreira" e também "mulher com mau temperamento". Não que a Lilly tenha um temperamento ruim, mas ultimamente, desde que começou a estudar para o exame da ordem dos advogados, anda mais difícil que o normal.

Acho que eu também ficaria difícil se precisasse fazer um teste que demora dois dias para ser terminado. É um pouco decepcionante a minha melhor amiga, que mostrava ter tanta vocação como produtora de televisão, ter escolhido direito, mas como a Lilly diz, a verdadeira paixão dela é o debate, então pelo menos como advogada ela vai ser paga para fazer isso.

> SAR Mia Thermopolis "FtLouie": O que acha que estou fazendo? Estou "trabalhando de casa". Mas, na verdade, estou presa no apartamento, vendo o canal NY1 entrevistar os manifestantes genovianos sobre o ódio deles por mim e por meu pai.

Houve uma pausa, e Lilly escreveu:

< Lilly Moscovitz "Virago"   SAR Mia Thermopolis "FtLouie">

Ai, meu Deus, lá está você! Bom, não você, mas o consulado, bem na TV. Uau, que dia sem notícias.
Por que não vem para cá e a gente tuíta ao vivo enquanto bebe tequila?

Valeu, mas o palácio não resolveu lidar bem assim com essa situação e também seria uma violação do protocolo diplomático. Além do mais, a Guarda Real da Genovia me proibiu de sair caso um dos manifestantes seja o meu stalker.

Ainda não pegaram esse cara?

Não. Acham que o DemagogoReal usa um VPN (um software de privacidade) para esconder o endereço de IP, porque não conseguem descobrir a localização dele.

Uau, isso não é nem um pouco assustador. Mas, de qualquer jeito, essa multidão não parece muito violenta.

Não os subestime, um deles já jogou uma laranja da Genovia na cabeça do Lars.

> Por que uma laranja da Genovia?

>> Além de todas as outras reclamações, os manifestantes são antitransgênicos e acham que os fazendeiros da Genovia não deviam poder plantar laranjeiras que sobrevivam à época de seca (embora a comida geneticamente modificada ajude a erradicar a fome mundial e tenha ocorrido um aumento na procura da laranja genoviana em 25% no ano passado. E provaram ser mentira aquele estudo sobre os ratos com tumor no cérebro).

> Me arrependi de perguntar. Achei que a Genovia fosse famosa pela produção de azeitonas. Ou eram peras?

>> Não importa. A demanda por suco de laranja na Europa é imensa, então agora só plantamos laranjas.

> Claro. O que o Lars fez quando jogaram uma laranja geneticamente modificada na cabeça dele? POR FAVOR diga que atirou gás lacrimogêneo neles, POR FAVOR.

>> Ele não fez isso. Ele pegou a laranja do chão e deu uma mordida gigante. Com casca e tudo.

>

> **Pare.**

Juro que algum dia ainda vou amarrar aquele escandinavo na minha cama e fazer coisas impensáveis com ele.

> **Sei que faz um tempo que você não sai com alguém, mas lembre-se que o Lars é meu guarda-costas desde que eu tinha 14 anos, então o considero um irmão mais velho.**

Tenho quase certeza de que você faz coisas impensáveis com o MEU irmão mais velho regularmente.

> **Você bebeu quantas latas de energético hoje?**

Não o suficiente. Então tudo isso é por causa de algumas laranjas transgênicas?

> **Claro que não. Também querem que a gente autorize a entrada de cruzeiros maiores (3 mil pessoas por dia não é o suficiente) e a reforma de imigração.**

Que imigração? Achei que ninguém ganhasse cidadania na Genovia a não ser que tenha nascido lá (ou tenha um pai nascido lá, como você) ou se case com um genoviano.

Sim, e eles querem que fique assim. Mas estamos oferecendo vistos humanitários para os refugiados de Qalif que andam chegando aos montes de barco desde o meu artigo.

É isso que quer dizer os cartazes que estão segurando, "Deixem que morem com a Mia"?

Sim.

Faça o seu próprio cartaz e pendure na janela dizendo para chuparem seu [CENSURADO].

Muito obrigada pelo conselho sábio. No entanto, isso não é muito digno da realeza ou fisicamente possível. Na verdade, estamos tentando encontrar uma solução mais diplomática, que inclui abrigo de emergência para os refugiados em hotéis locais, mas todos estão lotados por causa da 125ª Regata Anual da Genovia.

Ah, é claro. Que burrice da minha parte não saber que a 125ª Regata Anual da Genovia está acontecendo agora. Tenho certeza de que Muffy e Carrington estão muito chateados com toda a sujeira nas praias causada pelos plebeus.

Não importa porque, mesmo se houvesse disponibilidade nos quartos, ninguém receberia os refugiados, uma vez que o primo Ivan espalhou o boato de que todos têm tuberculose e cólera, então o controle de fronteira não os deixa sair do Porto Princesa Clarisse.

De novo, me arrependi de ter perguntado. Posso ir até aí com um cartaz dizendo para os manifestantes chuparem o MEU [CENSURADO]?

Fico tão feliz que alguém como você tenha decidido seguir carreira em lei contratual, considerando que é visivelmente tão calma e sensata.

Por falar em calmo e sensato (não), onde está seu pai?

Provavelmente no Oak Bar do Plaza Hotel, onde anda afogando as mágoas enquanto espera o juiz decidir quando ele vai poder sair dos EUA.

Típico. O que você vai fazer amanhã no seu aniversário?

O que acha?

Espere, deixe eu adivinhar: sua avó vai levar você ao Cirque du Soleil. DE NOVO.

Ela vive para a mágica do circo.

HA HA HA! Quantas vezes já foi?

Ela diz que precisamos ser "corajosas para o público" durante os protestos e a prisão do meu pai, além de agir como se "tudo estivesse normal" pelo bem do povo da Genovia.

É por isso que tem uma van que diz "*Parrucchiere di Paolo*" estacionando em frente ao seu prédio nesse momento?

Não. O Paolo vai fazer minha escova para que eu esteja bonita quando for recepcionar corajosamente os convidados de hoje à noite na frente dos manifestantes. A Grandmère decidiu oferecer um jantar aqui no consulado.

E se um deles invadir e jogar uma laranja em você?

Isso é um risco que eu, enquanto realeza, sou obrigada a enfrentar.

Own, você é como aquela princesa do filme *Valente*. Só que sem nenhuma coordenação motora. Por que não recebi nenhum convite no meu e-mail?

Porque convidamos apenas os cidadãos expatriados da Genovia pré-aprovados (e que não tenham atirado nenhuma laranja no Lars), para que vejam como somos "sinceros" e "preocupados" e, com sorte, para que postem tudo nas redes sociais.

Se eu for convidada, vou postar tudo nas redes sociais e não vou jogar uma laranja em você OU no Lars. Posso me jogar em cima dele, mas não uma laranja.

Sério, pare. Tem um limite para o que posso aguentar.

O meu irmão foi convidado?

Acha que eu arriscaria o belo rostinho dele por causa de algo tão idiota?

Bom, se ele vai ser o futuro príncipe consorte, é bom se acostumar com esse tipo de coisa, não acha?

Existem certas coisas de que até mesmo um futuro príncipe consorte precisa ser poupado.

Falou como uma verdadeira princesa.

Quinta-feira, 30 de abril, 15h10, apartamento do terceiro andar, Consulado Geral da Genóvia, Nova York

Não tenho muito tempo para escrever porque o Paolo está fazendo escova no meu cabelo e é grosseiro escrever no diário enquanto outra pessoa presta um serviço de embelezamento (também é difícil, especialmente quando a pessoa em questão botou unhas postiças sobre as unhas mordidas, e a cola/esmalte ainda estão secando).

Enfim, o Paolo ficou chateado porque não deixei que ele cortasse meu cabelo (citação do Paolo: "Fica melhor curto, exibe o seu pescoço longo"), mas eu sei a verdade:

Ele só quer fazer algo diferente para que a foto pare em todos os sites de moda, e a melhor forma hoje em dia seria fazendo um corte pixie "ousado" como muitas famosas de vinte e poucos anos.

Mas não sou uma atriz em um filme no qual alguém morre de câncer/tuberculose, então:

Respondi, "Não, obrigada, Paolo, gosto do meu cabelo comprido, mas se seus braços estão cansados, pode pedir para um de seus assistentes segurar o secador."

Isso o deixou muito ofendido. Choramingou, "Não, Principessa! Paolo nunca fica cansado", o que me deixa feliz porque agora não precisamos mais conversar (Paolo não gosta de gritar com o barulho dos secadores de cabelo. Outra coisa boa: ele não consegue entender o que estou escrevendo porque não consegue ler inglês muito bem. Ou, até onde sei, qualquer outra língua, a não ser a língua da beleza).

Mas, infelizmente, ele reparou no meu tique no olho mais cedo e disse, "Principessa, parece um pirata, mas não do tipo gato como o Johnny Depp, o que aconteceu?"

Geralmente, não sou a favor de abrir o coração para o cabeleireiro porque, como Grandmère sempre diz, "Sua bagagem pessoal deve ser compartilhada apenas com a família, Amelia... e o mensageiro do hotel, claro". Seria um conselho muito bom se a família não fosse a frequente *causadora* dos problemas de bagagem emocional, por isso acredito que terapeutas e bons amigos podem ser mais úteis nesses casos.

Só que o Paolo está aqui há tanto tempo que é *quase* da família. Então, antes que me desse conta, estava desabafando.

Foi uma das poucas vezes em que eu devia ter ouvido a Grandmère.

O Paolo não foi nem um pouco compreensivo, especialmente quando mencionei que acessei o Google News assim que acabei de conversar com a Lilly para ver o que a imprensa estava falando sobre o protesto de hoje. A primeira manchete que li foi do *Post* e dizia em letras gigantes:

"Por que ele não se casa CoMia?"

Sério? Foi *isso* que o editor achou a notícia mais importante do dia: os motivos para Michael Moscovitz ainda não ter me pedido em casamento?

Óbvio que não é a notícia mais importante, é só o que eles acham que vai receber maior número de acessos.

E é claro que funcionou; até *eu* cliquei na chamada, sabendo que não deveria, porque Michael e eu somos adultos maduros e óbvio que já debatemos longamente a questão do casamento, e a decisão à qual chegamos (e nossos motivos para isso) é problema apenas nosso e de mais ninguém.

(A não ser claro da Grandmère, que acredita ser da conta dela e sempre me pergunta com uma casualidade elaborada, "Então, quando acha que você e Michael vão se casar?" do mesmo jeito que uma pessoa pergunta, "Então, quando acha que você e Michael podem vir aqui em casa para tomar um drinque?")

Mas, aparentemente, o *Post* acha que é da conta de todo mundo, considerando que enumerou os motivos para Michael não querer casar comigo, os quais incluem (mas não apenas):

1. O fato de que, depois de casado, Michael terá de abrir mão da cidadania americana e será chamado de príncipe Michael, "Consorte Real". (Verdade)

2. Terá de ser escoltado o tempo inteiro por guarda-costas. (Verdade)

3. Precisará frequentar eventos beneficentes praticamente todas as noites da semana, algo que, embora seja extremamente gratificante e digno, também pode ser bem cansativo. (Não sei nem dizer quantas noites quero ficar em casa com

meu pijama mais surrado, comendo pizza direto da caixa enquanto assisto ao agente especial Leroy Jethro Gibbs e sua equipe acabarem com a raça de alguns canalhas malandros na série *NCIS*, em vez de me vestir e apertar a mão de estranhos endinheirados que só querem falar do último safari que fizeram, e ainda ouvir algum discurso sobre a rica herança cultural da Letônia.)

4. Vai ter *sempre* alguém com um drone caseiro espionando a gente, geralmente no exato momento em que bebi muitos daiquiris e decidi que seria perfeitamente aceitável fazer topless. (O que aconteceu *uma vez*, e talvez tenha sido o *Post* que comprou as fotos. Ainda assim, uma vez já é demais.)

5. Algum dia ele terá que se mudar e levar toda sua empresa para a Genovia em tempo integral. (Infelizmente, isso também é verdade.)

6. O fato de que uso apenas sapatos plataforma porque ainda não consegui aprender a andar graciosamente de salto e que, de vez em quando, fico da altura do Michael ou um pouco mais alta. (Verdade, mas por que isso seria um motivo para um homem não casar com uma mulher, a não ser, é claro, que ele tenha uma autoestima muito baixa, o que não é o caso do Michael?)

7. A suposta aversão do Michael ao meu envolvimento com a política nas monarquias constitucionais. (Mentira descarada.)

8. Nosso recente "distanciamento" por causa das nossas carreiras ocupadas. (MENTIRA. Pelo menos espero que seja mentira. É *bom* ser mentira. Ai, Deus, faça com que seja mentira!)

9. Minha família. (Verdade. Muita verdade.)

"Não acho que jamais tenha ocorrido aos editores do *Post* que a culpa do meu distanciamento de Michael — que não existe — é por causa *deles*", reclamei com o Paolo depois de ler a lista em voz alta em um tom cômico. O Dr. Loco, meu terapeuta de nome infeliz, recomenda que eu faça isso sempre que estiver lendo histórias ou comentários maldosos sobre mim. Ler essas coisas em voz alta com um tom cômico supostamente ajuda a me afetar menos.

Só que não. Nada ajuda. A não ser não ler nada.

"A imprensa se diverte com o meu nome toda vez que me flagram saindo do apartamento do Michael de manhã, ou quando ele é visto saindo do meu. Você sabe como a *Page Six* me chamou da última vez que um fotógrafo me viu na porta do prédio do Michael?", perguntei ao Paolo. "A Princesa da VAGI-novia!"

Ele botou a mão sobre a boca para fingir que estava horrorizado, mas pude ver que ria secretamente por trás dos dedos. Só que não tem nada de engraçado nos nomes que a imprensa inventou para mim, incluindo:

- A Desonra dos Tronos.

- Mia Má Companhia.

- Se Você Ceder Antes do Casamento, Ele Nunca Vai Entrar Nessa Fria, Mia.

E é claro, *Por Que Ele Não Se Casa CoMia*. (Pegou? Por Que Ele Não Se Casa Comigo? Ha ha.)

Era de se imaginar que, na era evoluída em que vivemos, uma garota solteira deveria poder ter um namorado e uma carreira e também uma vida sexual saudável (e ajudar o pai a governar um país) sem ser xingada.

Mas, aparentemente, é exigir demais de certas pessoas.

"Sabe, existem muitos motivos para o casamento — vantagens na declaração de imposto e o fato de que pessoas casadas vivem mais tempo e são estatisticamente mais felizes do que pessoas solteiras, e coisas do tipo", eu disse para o Paolo. "Mas Michael e eu temos motivos tão bons quanto para *não* nos casarmos, como por exemplo, o casamento ser uma instituição antiquada que acaba em divórcio metade das vezes, e sermos perfeitamente felizes com o nosso relacionamento como é agora... a não ser pela parte de quase não nos vermos, embora a gente more na mesma cidade."

E o fato de ter começado a parecer de vez em quando que meu namorado está guardando um segredo terrível e obscuro. Isso pode ser um bom motivo para não me casar ou pelo menos para ter uma conversa séria em breve, por mais que eu não esteja muito ansiosa para isso.

"E que tal o motivo de que não achamos justo a gente poder se casar quando muitos casais gays que são nossos amigos não podem?" Polemizei, porque não ia mencionar a outra coisa em voz alta. "Pelo menos não em todos os lugares do mundo."

Paolo se animou. "Sim, mas graças a você, Principessa, o casamento gay é legal na Genovia desde 2013."

"Certo", falei. "*Você* pode se casar na Genovia com o homem que ama, mas *eu* não posso. Não sem helicópteros de notícias e drones quadricópteros voando sobre minha cabeça, competindo para ver quem consegue a foto mais vergonhosa da minha bunda."

Ele parecia horrorizado. "Por que Paolo casaria? Paolo tem tanto esplendor para compartilhar com muitos e muitos homens. Ele não gostaria de limitar seu esplendor a só um homem para sempre."

"Sim, eu sei, Paolo", falei. "Estou apenas dizendo. Você ouviu a parte sobre os drones?"

Nessa hora, ele largou a tesoura (deixei que cortasse apenas as pontas) e disse firmemente: "Principessa, todo mundo precisa fazer sacrifícios pelo amor! É o que faz valer a pena. Até mesmo as principessas. E acho que é aí que você tem problemas, porque pensa 'Não, sou uma principessa, posso fazer o que quiser. Não preciso sacrificar nada.' Mas precisa."

"Paolo" respondi. "Não me conhece? Eu sacrifiquei *tudo*. Não posso sequer sair pela porta da frente nesse momento sem as pessoas jogarem laranjas em mim."

"Acho que nesse momento você precisa encontrar um equilíbrio", ele continuou, me ignorando. "Na vida, a gente nunca sabe aonde a estrada vai levar. A sua levou a um lugar onde encontrou sapatos de diamante, mas agora tudo que sabe dizer é, 'Ai! Esses sapatos de diamante! São tão apertados e machucam muito!'. Ninguém está interessado em saber se seus sapatos de diamante incomodam. Você conseguiu os sapatos de diamante! Muita gente não tem sapato nenhum."

"Humm", interrompi. "Acho que está querendo dizer sapatos de cristal. Cinderela tinha sapatos de cristal..."

"Então precisa decidir, Principessa, o que quer fazer: vai calçar os sapatos de diamante e ir ao baile? Ou vai tirá-los e ficar em casa? Sei o que faria se alguém me desse um par de sapatos de diamante. Eu iria ao baile e não pararia de dançar até meus pés caírem."

Só percebi que o Paolo estava certo quando ele explicou bem ao modo Paolo.

É claro que não tenho sapatos *literalmente* de diamantes. (Bom, tenho um par de Jimmy Choos que tem um acabamento de diamante.)

Mas se eu parar para pensar, não tenho problemas de verdade. A não ser pela minha situação atual extremamente irritante de moradia, minha família com problemas mentais e o stalker que quer me matar.

Nunca nem precisei sacrificar nada em nome do amor, ou perdi alguém que amo, a não ser por meu querido padrasto e, embora isso tenha sido extremamente trágico, os médicos nos asseguraram de que o Sr. Gianini não sofreu e que provavelmente nem tinha noção do que estava acontecendo logo que perdeu a consciência (ainda assim lamento que a última coisa que ele viu tenha sido uma propaganda do Dr. Zizmor, Dermatologista, Não Aceite Substitutos).

Então, comparativamente, não tenho nada — absolutamente *nada* — do que reclamar.

Senti vergonha de mim mesma e, no mesmo instante, quis pegar meu talão de cheques para fazer uma grande doação em nome da causa preferida do Paolo (a não ser, claro, pelo fato de que já fiz muitas somente esse ano — sem falar na quantidade do meu tempo doado, incluindo ontem à noite, quando fui ao evento beneficente para Chernobyl).

"Desculpe, Paolo", falei. "Você está muito certo. *Realmente* preciso encontrar um equilíbrio na minha vida. Só que não sei como. Tem alguma sugestão, que não seja escrever um diário de gratidão, porque isso já estou fazendo?"

"*Sì!* Acho que meu novo namorado, Stefano, pode ajudar você, Principessa."

"Ele pode? Que maravilhoso! Como?"

"Stefano tem o poder da cura nas mãos!", Paolo gritou orgulhosamente. "Ele pode curar você com um toque!"

"Ele é massagista? Ah, como..."

"Não, não, não é massagem! A antiga arte do Reiki, através das mãos. Só que as mãos nunca tocam o corpo."

Eu estava confusa. "Se as mãos não tocam o corpo, como podem curar qualquer coisa?"

"A corrente de energia do universo! E, para você, Principessa, Stefano faz de graça. Mas, é claro, depois da primeira meia hora, cada trinta minutos custam duzentos dólares."

"Humm", falei.

É *claro* que o fofo do Paolo se apaixonou por um cara que acredita poder curar os problemas das pessoas passando as mãos sobre elas e canalizando a energia do universo.

Mas se alguém pudesse fazer isso mesmo, todas as mazelas da vida já não estariam curadas?

Eu disse, abrindo um sorriso falso: "Obrigada, Paolo, é muito gentil da sua parte, mas não acho que eu tenha tempo agora. Quem sabe outro dia, tudo bem?"

Ele pareceu decepcionado. Sei que deve ter fantasiado sobre o atual namorado devolvendo magicamente equilíbrio ao meu universo para depois eu contar isso animadamente para imprensa. Aí os dois poderiam abrir um tipo novo de spa — *Centro Paolo e Stefano de Beleza Universal e Bem-Estar. Se podemos curar a realeza, podemos curar você!*

Mas acho que será preciso mais do que um par de mãos curandeiras para eu encontrar o equilíbrio no meu universo.

Quinta-feira, 30 de abril, 23h36, apartamento do terceiro andar, Consulado Geral da Genovia, Nova York

Argh. Estou tão feliz que acabou. Pelo menos eu estava bonita. Paolo é um verdadeiro artista capilar.

Eu não pude dizer a verdade à Lilly sobre não querer a presença dela ou do Michael hoje à noite. Não era porque estava com medo de que fossem receber laranjas na cabeça (nenhuma laranja foi lançada; todos se comportaram perfeitamente quando Grandmère e eu recepcionamos os convidados do lado de fora. Exceto pelas vaias).

Não é nem por causa do sistema de segurança que ainda está com defeito e por eu ficar com medo do Michael ser visto entrando no prédio de madrugada, gerando ainda mais fofocas na imprensa.

É que os cidadãos da Genovia são esnobes.

É por *isso* que não querem que os refugiados de Qalif recebam cidadania, mesmo que seja temporária. Eles mal acreditam que *eu* sou boa o suficiente para ter a cidadania genoviana.

Meu olho tremeu insanamente o tempo inteiro (quando meu maxilar não estava doendo de tanto forçar o sorriso), mas não acho que alguém tenha notado, a não ser pela Grandmère.

É óbvio que, embora eu tenha ouvido comentários de metade deles sobre eu ser uma "plebeia" e, pior, uma *americana* (claro que minha outra metade é nobre, então isso compensa), eles ficaram se contorcendo para conseguir uma selfie comigo (e com o retrato do meu pai no Grande Salão, considerando que ele não apareceu — o que deve ter sido bom, dado seu estado atual de quase-constante intoxicação).

Agora ficarão ocupados postando as fotos nas redes sociais, falando do quanto se divertiram.

Como Michael não estava, muitos fingiram preocupação e perguntaram se "estava tudo bem" entre nós dois. Dava para ver que torciam para que *não* estivesse tudo bem e tivéssemos terminado, assim eu poderia namorar um de seus filhos idiotas covardes (que então se tornaria o príncipe consorte e pai do futuro herdeiro do trono).

"Não', falei, com um grande sorriso falso. "Está tudo bem com o Michael. Apenas trabalhando até mais tarde."

"Ah", respondiam, dando um sorriso tão falso quanto o meu. "Ele trabalha? Que maravilha." (Dava para ver que não achavam isso nem um pouco maravilhoso.)

Mas será que o primo Ivan (que insiste em ser chamado por todos de conde Renaldo, embora nem seja um Renaldo e isso nem seja um título que existe, e nem acredito que sei disso, mas é o que se ganha depois de uma década de aulas de etiqueta com a própria avó, a princesa viúva) inventou algum tipo de braço cirúrgico robótico que ajudou a salvar a vida de uma criança doente?

Não. Não inventou nada.

Tudo que o primo Ivan faz é administrar as propriedades compradas por sua família há milênios, e quando digo "administrar", quero dizer aumentar os aluguéis a preços absurdos para que os cidadãos trabalhadores genovianos não possam mais pagar; por isso que não existe mais nenhuma livraria em toda a Genovia.

Mas quando mencionei isso (educadamente) hoje à noite a um dos eleitores do conde, ele disse, "Livros? Ninguém mais lê livros! Veja todo o turismo que esse cara conseguiu com as lojas de camisetas e bares. Já foi ao Crazy Ivan's? O lugar é irado. Tem um bar só de topless! Todo mundo que vai, homem ou mulher, precisa tirar a camisa. É obrigatório!"

Eu disse que nunca tinha ido ao Crazy Ivan's, mas agora certamente não queria ir.

Nessa hora a Grandmère me puxou de lado e disse que eu estava sendo grosseira.

"*Eu* estou sendo grosseira?", perguntei. "Sou uma adulta, pelo amor de Deus, de quase 26 anos, a idade determinada pelos neurocientistas para o desenvolvimento cognitivo completo. Posso dizer que não quero ir a um bar onde ficar sem camisa é obrigatório se eu quiser, ainda mais quando estamos em território americano."

(É um erro frequente achar que consulados e embaixadas ficam no "solo" do país que representam. Então, sabe todos aqueles episódios de *Law & Order* em que o Detetive Briscoe e sua equipe prendem diplomatas estrangeiros que depois alegam imunidade por estar em "solo floquistanês"? Pois é, não podem.)

Então a Grandmère me levou para a sala de visitas — ela tem uma pegada forte para uma senhora de idade, embora é claro que ninguém saiba a sua idade porque ela não diz e mandou destruir as cópias da certidão de nascimento, o que se pode fazer quando se é a princesa viúva — e disse: "Você *vai* ser civilizada quando estiver falando do seu primo e dos negócios dele."

Eu falei, "Não entendo o porquê, quando todos os planos que ele tem para a Genovia vão destruir o lugar caso ele ganhe. Por que estamos sequer recebendo essas pessoas em um jantar? Elas são obviamente amigas dele. Ou, melhor, *espiãs*."

Aí, Grandmère se aproximou e cochichou, "São cidadãos da Genovia e este é o consulado da Genovia, e sempre estará de portas abertas a eles. Além do mais, mantenha seus amigos perto e seus inimigos mais perto ainda."

Fiquei chocada. "Você está realmente citando *O poderoso chefão?*"

"E se eu estiver?" Ela soltou uma nuvem de fumaça do seu cigarro eletrônico — felizmente adotado por ela, porque nenhum de nós conseguia mais aguentar seus Gitanes. "Sério, Amelia, está deixando a desejar. E depois de tudo que ensinei a você. Acho que está deixando essa besteira da prisão do seu pai afetar você. O que há de errado com o seu olho?"

Cobri o olho com a mão. "Nada."

"Endireite a coluna. Está parecendo o Corcunda de Notre- -Dame. E, não sei se sabe, mas ele não teve um final feliz como naquela versão insípida da Disney, que você deve adorar. Quasimodo se deita sobre o túmulo de Esmeralda — que também morre — e sucumbe por conta de um coração partido. Isso, sim, é literatura de *verdade*, não essa besteira sentimental que você tanto ama. Este é o problema da sua geração, Amelia. Só querem finais felizes."

Fiquei tão atordoada que acho que meu olho parou de tremer momentaneamente.

"Na verdade, não queremos", respondi. "Queremos finais que nos deem esperança, provavelmente porque o mundo em que vivemos parece estar desmoronando. As pessoas não conseguem empregos para sustentar suas famílias nos próprios países, mas quando tentam migrar para países onde teriam empregos, são escravizados — como em Qalif — ou barrados na fronteira e informados que não são bem-vindos, como na Genovia. E você convidou as pessoas que disseram isso para jantar! Que tipo de mensagem estamos enviando à população?"

As sobrancelhas desenhadas dela subiram tanto que pensei que fossem jogar sua tiara longe. Grandmère é das antigas e ainda acredita ser necessário se vestir impecavelmente para um jantar. Deve ser por isso que é tão popular (com o pessoal do Iate Clube e do jóquei).

"Não me importo com a mensagem", ela disse dramaticamente, "e sim com a população. Graças às últimas aventuras do seu pai, Ivan Renaldo provavelmente será o novo primeiro-ministro, Amelia, então seria inteligente de nossa parte nos posicionarmos como aliadas agora. Embora eu me culpe por tudo isso... tem ideia de por que ele desgosta tanto de nós, especialmente do seu pai?"

"Não, mas tenho a impressão de que você vai me contar."

"O avô dele, conde Igor, era muito apaixonado por mim e ficou muito mal quando decidi casar com seu avô em vez de me casar com ele."

Revirei os olhos. "Claro. Por que não pensei nisso antes?"

Segundo Grandmère, existem aproximadamente três mil homens que um dia foram perdidamente apaixonados por ela e que sofreram muito quando ela escolheu se casar com o príncipe da Genovia. Eles todos já tentaram se vingar de diversas formas, por exemplo, mas não somente:

1. Escrevendo livros sobre ela.

Você ficaria surpreso ao saber que a maioria das obras de literatura é uma homenagem muito mal disfarçada à minha avó, como tudo que já foi escrito por Mailer, Vidal e, é claro, J. D. Salinger e mesmo obras escritas muito antes de ela ter idade o suficiente para ter conhecido os autores. Óbvio que a Daisy de Fitzgerald, em *O Grande Gastby*, é inspirada em Clarisse Renaldo.

2. Competindo contra a Genovia em todos os esportes em todas as olimpíadas existentes.

Não deve saber isso, mas todos os atletas que venceram a Genovia em qualquer categoria olímpica (especialmente vela e hipismo, basicamente os únicos esportes nos quais os atletas da Genovia são qualificados) fizeram isso para se vingar da minha avó.

3. Fazendo esculturas ou pintando quadros que retratem mulheres.

Segundo Grandmère, ela inspirou o período cubista do Picasso ao dizer, "Querido, acho que você é muito talentoso, mas deveria desenvolver um estilo próprio", o que não pode ser verdade porque significaria que tem mais de 127 anos de idade. Mas quando eu disse isso, ela me falou para "não ser tão obtusa".

"Sério, Grandmère?", perguntei. "Acha que Ivan Renaldo está fazendo campanha contra o meu pai porque está chateado que você não se casou com o avô dele?"

"Eu *sei* que é isso", Grandmère disse. "Mas é claro que você não pode jamais mencionar nada disso ao seu pai."

"Não se preocupe, não vou."

"O pobre Igor passou várias noites no Maxim's bebendo Chambord do meu sapato de ponta."

"Ecaa." Fiz uma careta, não só porque o cara bebeu direto de um sapato da minha avó, mas porque Chambord é um licor de framboesa que só fica bom sobre sorvete de baunilha. "Esse foi antes ou depois do barão do petróleo texano que era casado?"

Ela me ignorou. "Chegou uma hora em que os pais dele tiveram de ir buscá-lo. Tentaram deixá-lo sóbrio a tempo do próprio casamento, mas era tarde demais. O rapaz quase não suportou o *delirium tremens*. Mas sinto por incomodar você com isso, Amelia. Hoje deveria ser um momento muito especial para você, tão perto do seu aniversário. Deveria estar pulando de um evento social a outro e comprando quinquilharias, aproveitando a companhia dos seus amigos enquanto pode, antes de precisar assumir o difícil papel de gerar um herdeiro para o país. Deixe que *eu* me preocupo com o governo da monarquia. Preocupe-se em ser jovem e se divertir."

Era impressionante como ela conseguia dizer tudo isso, levando em consideração o *quanto* havia bebido — sério, é um milagre científico ela ainda estar viva. Parece que a cada duas semanas anunciam algum novo estudo alertando que o consumo de mais de uma bebida alcoólica por dia aumenta as chances de uma mulher desenvolver câncer em uma boa porcentagem.

Mas Grandmère, que bebe pelo menos uns seis ou oito drinques por dia, e fuma o equivalente a sei lá quantos maços de cigarros (é difícil saber com cigarros eletrônicos), continua firme e forte.

Minha mãe diz que é porque ela está conservada em álcool.

Ainda assim, Grandmère tinha razão sobre tentar me dar bem com os eleitores do primo Ivan em vez de implicar com eles. É irritante a frequência com que minha avó está certa.

"OK, Grandmère", falei. "Vou entrar no seu joguinho. Mas o primo Ivan não vai ganhar. Ainda podemos derrotá-lo. *Sei* que podemos."

"Adoraria ouvir sua estratégia", ela disse, soltando uma nuvem de fumaça com odor de laranja (apesar das afirmações das empresas de cigarro eletrônico, ainda tenho bastante certeza de que tem nicotina no "suco" que Grandmère fuma). "A não ser, é claro, que esteja planejando ser fotografada com ele em uma posição comprometedora. Mas acredito que isso apenas o faria mais popular e cimentaria para sempre sua reputação de princesa da VAGI-novia."

Foi um golpe baixo, além de ser desanimador pensar que até mesmo minha própria avó acha que uma mulher só pode ser bem-sucedida nos dias de hoje se usar a sexualidade.

Fiquei tão enojada que precisei sair da sala de jantar e voltar ao meu apartamento para me deitar com um pano gelado na testa e assistir à televisão (algo bem difícil de fazer com o olho tremendo sem parar).

Sexta-feira, 1º de maio, 00h01, apartamento do terceiro andar, Consulado Geral da Genovia, Nova York

Michael acabou de mandar mensagem.

> Michael Moscovitz "FPC*": Queria ser o primeiro a desejar feliz aniversário. Queria estar aí.

(*Futuro Príncipe Consorte)

> **SAR Mia Thermopolis "FtLouie": Não queria, não. Ainda posso ouvi-los lá embaixo. Estão tomando shots e comparando histórias de terror sobre a Regata Anual da Genovia.**

<Michael Moscovitz "FPC"   SAR Mia Thermopolis "FtLouie">

> O que poderia fazer a Regata Anual da Genovia virar uma história de terror? Manifestantes?

> **Pior. Programadores de computação.**

> O Povo Escolhido? O que a gente fez agora?

Chegaram com sua tecnologia avançada e ganharam todos os troféus e fizeram com que eles se sentissem inferiores.

A nossa tecnologia avançada não é a única coisa que faz com que se sintam inferiores.

Os homens realmente só pensam em sexo?

Nem sempre, às vezes pensamos em comida. Por quê, as mulheres não pensam nisso também o tempo todo?

É, também pensamos nisso — e em comida — o tempo todo, mas num contexto mais narrativo em que a garota acaba trancada num quarto secreto cheio de bolos com uma cama no meio, então um homem de armadura chega e diz: "Largue o bolo e faça a gentileza de ficar nua."

Anotado, embora eu não tenha certeza de como seria o sexo com uma armadura. O que estava acontecendo hoje à noite em frente à sua casa com a sua avó e aqueles manifestantes?

Ah, nada.

Não iam jogar fruta se não fosse nada.

O que você está vestindo?

Mia, estou falando sério.

Também estou. A armadura tem uma braguilha. Eu pesquisei.

Vamos conversar sobre isso amanhã.

Não pode ser agora? Acho que preciso de alguém especializado em apagar fogos. Porque tem um incêndio na minha calcinha.

Estava falando sobre debatermos os manifestantes.

Antes ou depois do espetáculo dos espetáculos, a atração das atrações, a visão das visões?

Se está falando do Cirque du Soleil, o que acha de pularmos essa tradição este ano?

Hum, Michael, você sabe que a Grandmère sempre paga a mais pelos assentos VIPs na primeira fileira.

E se eu inventar algo melhor para a gente fazer?

O que pode ser melhor do que a mistura da arte circense com performance urbana encenada ao vivo sob uma tenda gigante ao lado da maior prisão de Nova York? A não ser, é claro, o já mencionado quarto secreto cheio de bolos.

Vai descobrir amanhã.

Michael, sabe que odeio surpresas, né?

Acho que vai gostar dessa.

Já posso afirmar com certeza que não vou gostar, a não ser que envolva bolos e armaduras.

Você realmente precisa fazer alguma coisa sobre essa negatividade. Posso sugerir um retiro de ioga/meditação?

Isso não é nada engraçado. Só de ler a palavra meditação já fiquei com mais tremedeira no olho.

Boa noite! Bons sonhos...

Ele acrescentou um emoji que ele mesmo fez de um gorila com olhos de coração. Sim, em seu tempo livre, Michael desenha emojis.

Acho que vou precisar ver mais uns três episódios de *NCIS* antes de conseguir me acalmar.

Queria ser uma agente especial da equipe do Núcleo Especial da Polícia Marítima, e não uma princesa de um principado minúsculo na costa do mediterrâneo. Então eu poderia salvar o país de ameaças terroristas ininterruptas e jamais precisaria ouvir falar de laranjas (ou Reiki, ou retiros de meditação) novamente.

Três coisas pelas quais sou grata:

• Pela minha TV com acesso ao Netflix.

• Michael.

• Tylenol PM. Sério, estou com tanto sono, acho que vou...

Sexta-feira, 1º de maio, 8h37, apartamento do terceiro andar, Consulado Geral da Genovia, Nova York

Acordei com 1.479 posts, mensagens de texto, e-mails e mensagens de voz de aniversário, e muitos até eram de pessoas que realmente conheço.

É o que acontece quando se é uma pessoa pública. Estranhos completos nos desejam feliz aniversário, o que é muito, muito, legal.

Mas votos de feliz aniversário de pessoas que nos conhecem (e se importam com a gente, apesar de saberem dos nossos defeitos) é ainda mais legal.

Nenhum sinal da "surpresa de aniversário" do Michael.

Vou tentar ser uma pessoa menos receosa e cínica agora que estou com um ano a mais de idade e inteligência, mas não posso afirmar que sou fã de surpresas. "Adivinhe, Mia? Você é a princesa da Genovia." Apenas um exemplo de uma surpresa que recebi que acabou não sendo tão maravilhosa.

Mas o Michael é muito bom na escolha de presentes, então acredito que essa será melhor.

E é o início de um novo ano, portanto vou aceitar o conselho do Paolo e descobrir um jeito de fazer os sapatos de diamante funcionarem a meu favor.

Essas são as pessoas que já me deram parabéns (que eu conheço, mas não necessariamente intimamente):

I.   Minha mãe e meu meio-irmão, Rocky (cantando "Parabéns" juntos).

Esse é o primeiro ano que cantam sem o Sr. Gianini acompanhando na bateria, o que me deixou um pouco triste. Mas quando liguei de volta (falei apenas com a minha mãe porque o Rocky já tinha ido para a escola), ela parecia animada. É bom que esteja tão bem, porque às vezes me pergunto se não se afunda no trabalho como uma forma de ignorar a dor, como as mães solteiras viúvas que sempre vejo nos filmes feitos para a televisão, nos quais o fantasma do marido morto cuida dela e das crianças até a mulher conhecer um cara novo por acaso.

Dessa vez, minha mãe mencionou que tinha visto uma matéria sobre a prisão do meu pai no *Access Hollywood* e queria saber se eu achava que ele andava usando drogas e, caso estivesse, se precisávamos nos juntar e fazer uma intervenção.

Eu disse não para as duas coisas.

Isso me faz achar que ela deve estar voltando ao estado espirituoso de sempre (e que o Sr. Gianini foi para o céu ou para a próxima vida ou sei lá, porque se fosse um fantasma, *jamais* a deixaria prestar atenção no meu pai).

2.   O presidente (dos Estados Unidos. Mas tenho bastante certeza de que era uma mensagem gravada).

3.   Minhas ex-colegas de faculdade e quarto, Shawna e Pamela, que agora dividem um apartamento sobre a loja delas de maionese artesanal em Williamsburg, no Brooklyn.

4.   Os Windsor (apesar do que muitos dizem, eles são bem fofos, na verdade).

5. Tina Hakim Baba. (Ela estava se esforçando tanto para parecer animada. Sei que o Michael falou que eu deveria levar em consideração a versão do Boris, mas seria muito errado se, na próxima vez que estivermos no mesmo cômodo, eu dissesse para o Lars que suspeito que Boris esteja armado? Uma revista de orifícios da Guarda Real da Genovia poderia ensinar uma lição valiosa para ele.)

6. Meu pai, desejando um ótimo 25° aniversário. O que seria lindo, se hoje não fosse meu 26° aniversário. Mas como o aniversário é meu, escolhi ser magnânima. (Ele nunca acertou minha idade. Uma vez, recebi um cartão com meu nome escrito errado, o que pelo menos confirmava que ele o havia escrito por conta própria.)

7. Ling Su e Perin. Fiz questão de não comentar meu niver com *ninguém* do trabalho, então não faço ideia de como se lembraram. Mas é apenas um exemplo de como a Perin é extremamente organizada e fico feliz de a ter contratado.

8. Ex-inimiga do colégio, Lana ~~Weinberger~~ (quer dizer, Rockefeller. É muito difícil lembrar que agora ela usa o nome do marido).

Isso foi surpreendente porque não falo há séculos com a Lana, embora ela more a apenas uma quadra daqui, na Park com a Sétima (na *cobertura L*, como sempre faz questão de nos lembrar. Até mandou gravar em letras maiúsculas nos convites de casamento e chá de bebê).

Lana deixou uma longa mensagem, na qual ficou tagarelando sobre como precisamos passar mais tempo juntas porque *Melhores*

Amigas São Para Sempre! e faz muito tempo que a gente não se vê e ela sabe como estou superenvolvida com "essa coisa de atividade extracurricular" que inventei para "todos os jovens delinquentes" (embora eu tenha explicado para ela na última vez que nos vimos que é um centro comunitário para *todos* os estudantes, de todas as zonas da cidade, não só para os que têm uma ficha criminal), mas será que eu não podia "tirar *um dia de folga* de ser uma humanitária politicamente correta para irmos fazer a mão e o pé e depilação em nome dos velhos tempos?".

"E, também", ela continuou, "preciso falar com você sobre uma coisa superimportante. É um favorzinho e só você pode ajudar, Mia, então se puder me ligar de volta o quanto antes? OK, tchaaau, piranha!".

A vantagem de ter vinte e poucos anos é que você já sabe que nada de ruim vai acontecer se não retornar a ligação ou o recado de alguém... ainda mais quando são mensagens e ligações de pessoas que provavelmente só querem usar sua influência ou contatos políticos.

9. Shameeka Taylor. Shameeka disse o quanto se sentia mal pelos manifestantes (eles foram embora hoje, graças a Deus. Acho que Grandmère tinha razão — isso ou o primo Ivan os pagou apenas por um dia) e que vai tudo bem com o novo namorado (e que embora houvesse planejado ter apenas um caso de uma noite, ele faz cafés da manhã tão incríveis que ela decidiu prolongar o caso por trinta dias) e que me agradecia por ter vestido o terno vermelho da Vera (ela

faz o marketing da Vera Wang) no evento beneficente para as vítimas do furacão Julio.

- *Lembrete:* Ela me mandou o terno ou eu o comprei? Realmente não me lembro. Confirmar.

Tenho frequentado tantos eventos ultimamente a ponto de confundi-los? Será que estou com demência precoce? Qual é a idade mínima para desenvolver demência precoce, e quais são os sintomas além de esquecer de onde vieram suas roupas? Será que tremor nos olhos é um sintoma?

Ou será que é o Tylenol PM? Sei que acabei de começar a tomar, mas sério, não consigo nem me lembrar de cair no sono, muito menos do que sonho.

E, finalmente:

10. Meu ex-namorado J. P. Reynolds-Abernathy IV. Não posso acreditar que ele teve a coragem de me procurar.

Ah, espere, esqueci: é o J.P.

Enfim, ele postou o seguinte comentário no meu Instagram (onde, claro, TODO MUNDO pode ler).

Embora na aula de ioga restaurativa que fiz com Grandmère para provar que a atividade não é tão ruim assim e que ela deveria praticar para melhorar a articulação o iogue tenha me dito que o ódio bloqueia o caminho para a evolução espiritual, eu realmente odeio o J. P. ou pelo menos desgosto muito dele:

Mia, ando acompanhando você pelas redes sociais. Posso só dizer como estou orgulhoso da mulher que você se tornou? Está cada dia mais bonita. Não entendo por que o Michael ainda não fez um pedido de casamento. Sinto muito que a imprensa ande chamando você de "Por Que Ele Não Se Casa CoMia".

Sério? Precisava falar sobre *isso*? E, mais, precisava falar que estou bonita e ignorar tudo que conquistei, como a fundação do centro comunitário ou o artigo que acabei de escrever para o *Wall Street Journal*?

Então, ele piorou tudo ao listar as próprias conquistas.

Eu tenho me mantido bem ocupado! Como sabe, sempre tive um lado criativo. Sempre gostei de escrever roteiros e peças, mas fiquei surpreso quando, no inverno passado, tive a inspiração para escrever um romance! Fiquei ainda mais surpreso por ser um livro jovem adulto distópico, que tem como pano de fundo uma heroína determinada e multirracial que se envolve em um triângulo amoroso, mas também está com uma intoxicação radioativa.

É claro que é esse o tema. Porque J.P. sabe tudo sobre todas essas coisas, por ser um homem branco que nunca teve uma intoxicação radioativa e não conhece ninguém multirracial (só Shameeka, Ling Su e Tina, mas elas deixaram de ser amigas dele há muito tempo, logo depois do que ele fez comigo).

As palavras parecem jorrar de dentro de mim. Acho que pode acabar se transformando numa trilogia!

Óbvio.

Como você é uma escritora publicada, Mia, pensei que eu podia mandar *O amor nos tempos da escuridão* para você ler e me dizer o que achou e, quem sabe, talvez pudesse enviá-lo para o seu editor. (Não tenha pressa, sei como está ocupada, especialmente depois da prisão do seu pai. E, aliás, sinto muito pelo Frank. Por favor, dê meus sentimentos à sua mãe.)

É claro que tinha que falar da morte do meu padrasto e da prisão do meu pai. PORQUE NA CABEÇA DELE AS DUAS COISAS SÃO IGUALMENTE RUINS.

AIMEUDEUS, realmente espero que o J.P. tenha uma intoxicação radioativa e precise ir morar num futuro distópico.

Ah, espere. Talvez ele já more lá:

Infelizmente, as coisas também não andam muito bem para mim. Meu último filme, dirigido, escrito e produzido por mim, *Ninfomania 3-D*, não foi muito bem recebido pela crítica (ou pelo público). Estou em maus lençóis com meus investidores e precisei aceitar um trabalho na cidade, na empresa do meu tio. Mas não vou entediar você com os detalhes!

Tarde demais.

Obrigado, Mia. Independentemente do que deve achar, sempre vou amar você e desejar que as coisas pudessem ter sido diferentes com a gente.

Bjos, J.P.

Argh. ARGH, ARGH, ARGH, ARGH.

Alguém evoluído espiritualmente e com total desenvolvimento cognitivo *jamais* sentiria prazer na dor alheia — mesmo que seja seu ex-namorado que a traiu completamente e agora está passando por momentos difíceis e fez um filme chamado *Ninfomania 3-D* (que, aliás, fui pesquisar e é sobre "a sensual jornada de uma jovem da frigidez para o despertar sexual nos abraços de um experimente amante mais velho" e que por acaso é um escritor chamado John Paul) —, mas vou ser sincera:

É possível que esse seja o melhor presente de aniversário que já ganhei. Porque me dá a liberdade de não me sentir nem um pouco mal de ODIAR COMPLETAMENTE O J.P.

Mas, como sou uma princesa, em vez de me regozijar com a dor do J.P., simplesmente responderei "Obrigada pelos votos de feliz aniversário" e direi para que envie o livro para mim, mas como sou muito ocupada, não sei quando poderei ler, se é que um dia vou poder.

(Mentira: vou ler imediatamente e rir sem parar da idiotice do livro. E, vou arranjar uma cópia de *Ninfomania 3-D* e projetar no cinema do palácio e vou rir disso também.)

(Bom, provavelmente não, porque o filme parece totalmente nojento.)

Mas não são todas boas notícias.

O RankingdaRealeza.com contribuiu e me informou que bati um recorde de impopularidade real, "graças aos acontecimentos divulgados recentemente". Agora sou menos popular que um bebê real.

Obrigada, Ranking da Realeza. Feliz aniversário para mim.

Sexta-feira, 1º de maio, 9h05, apartamento do terceiro andar, Consulado Geral da Genovia, Posição no Ranking da Realeza: 5

Marie Rose acabou de trazer meu café da manhã (waffles ainda quentes da cozinha lá de baixo *e* um ovo de gema mole numa torrada com manteiga *e* um bule de chá preto da Genovia escaldante com leite *e* um suco de laranja natural).

Eu disse que não precisava fazer isso sempre — ela deveria ser chef do cônsul geral, não minha —, mas ela apenas revirou os olhos e disse, "*C'est pas grave.*"

Ela é uma mulher adorável e uma verdadeira patriota da soberana cidade-estado, embora tenha conseguido o Green Card em 1997 e as duas filhas sejam cidadãs americanas.

É claro que a Marie Rose também conferiu o Ranking da Realeza. Ela disse que é um absurdo e que deveriam tirar aquilo do ar. Falou que sou "com certeza a quarta", logo depois de Kate, William e o príncipe Harry. Segundo ela, os bebês reais não deveriam valer.

"Num dia bom, depois de uma escova, Princesse", ela argumentou, "você merece um segundo lugar, logo depois da Kate, ou até o primeiro, se o Paolo tiver usado aquela maquiagem com airbrush que deixa a sua pele superlisa na televisão HD."

Tentei explicar que o Ranking da Realeza não é uma escala de beleza, e sim de popularidade*, mas ela não me ouviu.

Eu queria poder levar a Marie Rose para todos os lugares aonde vou. Mas, claro, é falta de educação roubar a equipe de outra pessoa.

Tenho certeza de que a minha impopularidade atual não tem nada a ver com o que aconteceu ontem (sarcasmo).

Segundo Brian Fitzpatrick (fundador e programador do Ranking da Realeza), no momento, os reais com a menor popularidade mundial (além de mim) são:

1. Sua alteza general xeque Mohammed bin Zayed Faisal, príncipe herdeiro e vice-comandante supremo de Qalif, que apenas instaurou ontem a lei marcial depois de descobrir que a própria mulher tentava fugir do país pela fronteira com a Arábia Saudita.

2. Meu pai, o príncipe regente da Genovia, Artur Christoff Phillipe Gérard Grimaldi Renaldo (surpresa nenhuma).

3. Minha avó, a princesa viúva Clarisse Renaldo (quem, tenho certeza, ficaria muito orgulhosa de sua impopularidade,

---

* (Não que seja legal ranquear uma mulher por nível de beleza, mesmo quando fazemos isso com nós mesmas. É sempre sexista e errado. Mas rankings de popularidade não são muito melhores, porque julgam basicamente quão bem uma celebridade — nesse caso, uma pessoa de sangue azul — faz seu marketing pessoal, o que é um trabalho exaustivo por si só.)

caso soubesse. Grandmère ama ser a número um, mesmo que seja de Membro Real Mais Desprezado).

Ela, sem dúvida, entrou para a lista por causa de um paparazzo que conseguiu tirar uma foto dela tragando o cigarro eletrônico do lado de fora da Casa de Detenção de Manhattan quando foi pagar a fiança do meu pai.

Grandmère teria se safado e até elevado sua pontuação no ranking (de um jeito não-é-engraçado-quando-uma-velhinha-fuma) se não tivesse visto o fotógrafo e o atingido na cabeça o mais forte possível com a bolsa Birkin de 20 mil dólares.

Não que eu a culpe. Tenho vontade de bater na cabeça dos paparazzi toda hora, embora, é claro, eu nunca o faria com uma bolsa de 20 mil dólares, porque:

a) Jamais compraria uma bolsa de 20 mil dólares, e
b) Sei me controlar.

Mas é claro que o fotógrafo tirou uma foto da minha avó batendo nele e agora está processando o principado da Genovia por 200 milhões de dólares por danos — mais um assunto que foi levantado pelos manifestantes, como se o dinheiro saísse do bolso deles (não sai).

- *Lembrete:* Seria possível um paparazzo ganhar esse valor tirando fotos furtivas de celebridades durante uma vida inteira? Provavelmente não, a não ser que ganhe na loteria, e aquele microarranhão não vai impedir aquele cara de comprar uns bilhetes da Mega Sena.

Enfim, ainda me sinto um pouco culpada, porque nada disso teria acontecido se eu tivesse ido a White Street pagar a fiança. Meu pai *me* ligou primeiro, mas fiquei tão irritada de ele ter feito algo tão idiota, que disse: "Pai, quando alguém é preso, geralmente pedem ajuda ao advogado ou aos *pais*, não aos filhos."

Aí desliguei na cara dele.

Argh, isso soou péssimo.

Mas, sinceramente, ele deveria dar um bom exemplo, não ser preso em países estrangeiros por dirigir carros de corrida em vias públicas, ainda mais logo antes de uma eleição. Uma coisa é ter uma crise da meia-idade porque seu primo está vencendo nas pesquisas da eleição para primeiro-ministro e a mulher que você supostamente amou a vida inteira está finalmente disponível, mas não parece notar a sua existência — ou se importar.

É uma outra coisa completamente diferente tentar chamar a atenção dessa mulher ao dirigir um recém-adquirido carro de Fórmula I antigo a 280 km/h por uma das ruas mais movimentadas do mundo. Ele podia ter morrido... ou, pior, podia ter matado alguém.

Espero ter expressado a gravidade da situação para ele.

Mas, sério, qual punição seria melhor do que enfrentar a princesa viúva da Genovia depois de passar a noite em uma cadeia apelidada de "A tumba"? Não consigo pensar em nenhuma.

Sinceramente, meu pai deu sorte de o paparazzo aparecer naquela hora, senão *ele* teria apanhado com a bolsa Birkin.

Ainda assim, parte de mim ainda sente culpa (não pelo que aconteceu com meu pai, claro, ou o que minha avó fez. Eles são responsáveis por seus próprios atos) por estar tão mal agora. *Por que entrei no site Ranking da Realeza????*

Dominique vive me dizendo com aquele sotaque francês: "Sua alteza, por que faz isso com você mesma? Pare de entrar na internet! Nada bom sai da internet. Vai ver apenas coisas horríveis que vão fazer você se sentir mal, coisas sobre como princesas não podem ser exemplos feministas ou algum outro comentário do seu stalker maluco sobre como ele gostaria de matar você!"

Dominique tem razão. É ridículo como um comentário negativo pode acabar com o seu dia. Depois de todos esses anos, por que ainda me deixo afetar? Eu deveria ser mais esperta. Sou uma mulher com ensino superior, cheia de energia e atraente, de 26 anos recém-feitos, com um emprego significativo, uma família amorosa (embora às vezes seja difícil), um namorado incrível, muitos amigos maravilhosos e um monte de coisas a oferecer para o mundo.

Então, por que me importo com o que um maluco diz sobre mim no Ranking da Realeza? Que se dane o Ranking da Realeza. Todo mundo sabe que quando não se é odiado por pelo menos 95 por cento das pessoas, não se está fazendo um bom trabalho.

Portanto, vou ignorar os *haters*, levantar da cama e trabalhar, fazendo o que todo ser humano posto na terra deveria fazer: deixá-la melhor do que quando chegou aqui.

(Algo que o Ranking da Realeza jamais poderá fazer.)

P.S.

Ai, céus, estou vendo que esqueci de novo de botar chá na lista de compras, ou seja, assim que eu acabar de tomar esse bule que a Marie Rose trouxe, vou ficar sem nenhum.

Mas, por algum motivo, tenho um monte de biscoito, sorvete, pipoca com queijo e comida de gato. Pelo menos o Fat Louie vai ficar garantido. Ele tem uma vastidão de opções alimentares para escolher nessa velhice mimada.

Tenho certeza de que se o Ranking da Realeza visse como sou boa e generosa com os animais, eu ganharia mais um ponto. O príncipe Harry nem *tem* um gato.

P.P.S.

Não! Preciso parar com isso! *Não me importo!* Preciso parar de descer ao nível do Brian Fitzpatrick. Você achou que ia conseguir me afetar, não é, Brian? Mas tudo que conseguiu foi me deixar mais determinada a conquistar o universo com meu humor, charme e bondade.

P.P.P.S.

Seria um abuso de poder pedir para a Guarda Real da Genovia descobrir o endereço de ISP do Ranking da Realeza para eu enviar uma notificação judicial pedindo o fechamento do site? Confirmar isso. Porque é o que eu *realmente* gostaria de fazer no meu aniversário.

Além de fugir do Cirque du Soleil hoje à noite. E, é claro, enviar ao Brian Fitzpatrick uma caixa cheia de escorpiões letais.

Sexta-feira, 1º de maio, 9h25, apartamento do terceiro andar, Consulado Geral da Genóvia, Posição no Ranking da Realeza: 5

Estava saindo do banho quando recebi as seguintes mensagens de texto:

> Michael Moscovitz "FPC": Passo para pegar você em exatamente uma hora para sua surpresa de aniversário. Leve a mala que a Marie Rose arrumou e me encontre no saguão do consulado. Não traga seu laptop. Não tem internet aonde vamos.

Antes que eu pudesse responder avisando que seria impossível fazer o que ele pedia, recebi:

> Não discuta. Apenas faça.

E então isso:

> P.S. Confirme se ela botou na mala aquele biquíni que você usou na praia no último ano-novo. O branco.

Ele acrescentou um emoji de um pinguim que parecia sofrer um enfarte fatal, porque o coração estava saindo do corpo.

Acho que era uma expressão de amor ou possivelmente desejo, não um animal marinho sofrendo uma morte terrível, embora eu não tenha tanta certeza assim. Garotos são tão estranhos, ainda mais os que trabalham com computadores (e robôs) o dia inteiro, como Michael, e que também gostam de desenhar seus próprios emojis como hobby.

Sei que o Michael achou que esse novo emoji ia ser engraçado, mas considerando a forma como o Sr. G. morreu, foi um pouco insensível.

Calma...

Será que era *isso* a sombra estranha nos olhos dele? Que estava simplesmente armando alguma coisa pelas minhas costas?

Não.

Mas que tipo de lugar não tem acesso à internet? Será que isso quer dizer que também não tem TV a cabo? E se de fato *for* um retiro de ioga/meditação?

Meu Deus, espero que não seja. Michael sabe que surto quando fico muito tempo sem TV. É vergonhoso, mas televisão é o meu vício. Como vou ficar a par do que está acontecendo ~~com todos os NCIS~~ em Qalif?

Sexta-feira, 1º de maio, 9h45, apartamento do terceiro andar, Consulado Geral da Genovia, Posição no Ranking da Realeza: 5

Acabei de ligar para o celular do Michael e ele não atendeu.

Então liguei para o escritório, mas o novo assistente (Michael troca de assistente na mesma proporção que eu tomo chá, mas só porque ele não para de promovê-los, não porque os mergulhou em água fervente) disse que ele estava no carro vindo *me* ver.

"Quer que eu passe a ligação para o celular dele, vossa alteza?"

Falei para o assistente que não precisava me chamar de "alteza" porque não é cidadão da Genovia e estamos em solo americano. Depois disse que não, que já havia tentado falar com o Michael no celular, agradeci e desliguei.

- *Lembrete:* É coisa da minha cabeça ou o assistente do Michael pareceu decepcionado com a coisa da alteza? Espero que não seja mais um daqueles esquisitos com fetiches da realeza. Preciso perguntar o nome completo dele para o Michael e pedir para o Lars investigar.

Ah, mais uma mensagem:

> Está sentada escrevendo no diário ou está de fato se arrumando?

Ai, meu Deus. Como ele FAZ isso?

<Michael Moscovitz "FPC"   SAR Mia Thermopolis "FtLouie">

> Michael, isso tudo é muito fofo, mas você SABE
> que não posso ir seja lá onde for que você planejou.
> É insano. Por que não atende o telefone?

> Porque não quero debater isso com você. Não entendeu o
> "não discuta"?

> Não estou discutindo, estou falando em fatos. Sério,
> é uma péssima hora para eu viajar. A Genovia
> precisa de mim. O centro precisa de mim. Minha
> família precisa de mim.

> *Eu* preciso de você. *Nós* precisamos de um final de semana
> relaxante, longe dos genovianos atiradores de laranja e da
> sua família louca.

> A minha família louca acabou de sofrer uma MORTE,
> Michael, e uma QUASE morte (se incluir meu pai).
> E minha avó? Não posso viajar.

> PODE, sim, e você vai. Perin e Ling Su podem cuidar do
> centro — foi para isso que você as contratou. Faz um ano
> que o Frank morreu. E não se preocupe com o seu pai, ele
> sabe se virar. E também já me encarreguei da sua avó.

Como? O que isso quer dizer? Ninguém se "encarrega" da minha avó. Grandmère é igual à condessa viúva de *Downton Abbey* (só que não tão legal). Ela se encarrega de si mesma, embora ocasionalmente permita que os criados preparem sua comida e bebida e a levem de carro para os lugares (graças a Deus, pois a proibiram de dirigir anos atrás, o que também deveriam fazer com o meu pai).

> **Isso é fofo da sua parte, Michael, o que quer que tenha planejado, mas sabe que é loucura. É exatamente por causa dos genovianos jogadores de laranja que não posso viajar. E, além do mais, prometi ir a uma gala beneficente no sábado à noite. E não posso deixar meu laptop aqui. Nem você pode! Preciso lembrar que trabalha com computadores?**

Não quero que me achem previsível (quem quer?), mas era quase como se ele soubesse a minha resposta, porque respondeu imediatamente:

> Nós dois estamos precisando nos desconectar do trabalho e da internet. Nem tente me dizer que não conferiu o RDR hoje de manhã. Sei que você olha aquilo a cada cinco minutos para ver se está entre os três primeiros.

Isso é uma calúnia obscena! Olho o Ranking da Realeza no máximo uma vez por dia.

Mas antes que eu pudesse reclamar, recebi isto:

> Já pedi para a Dominique pedir desculpas em seu nome sobre a gala e ela disse que faria isso com prazer. Sei que está ansiosa para reconstruir o que considera ser a "reputação manchada" da sua família, mas acho que botar seu nome em todas as causas para as quais você é convidada (como uma sociedade que deseja reverter "o declínio alarmante de borboletas e mariposas em áreas urbanas") talvez não seja a maneira mais eficiente de fazer isso acontecer.

Ele falou com a minha assessora sem eu saber? Como pôde?

Mas, de novo, antes que eu pudesse digitar uma palavra em resposta, recebi isto:

> Além disso, sua mãe E seu pai disseram que ficariam bem sem você. Eles concordam comigo e acham que você precisa de uma folga depois de todo o estresse do último ano. Está deixando você doente de verdade.

Lilly teria acusado o irmão, com razão, de ser patriarcal e controlador nesse cenário, falando com meus pais sem eu saber como se eu fosse uma criança...

... mas meio que amo quando ele me diz o que fazer, especialmente na cama, quando brincamos de Bombeiro, o jogo que inventamos no qual ele é um bombeiro e eu sou uma moradora desobediente que ignorou o detector de fumaças e não saiu do prédio a tempo.

Então, ele me encontra semiconsciente na cama com uma lingerie sexy e precisa fazer uma respiração boca a boca para me reanimar. Só que, quando acordo, percebemos que a única saída foi bloqueada por pedaços de madeira em chamas, e ele não tem outra opção a não ser me dar uma lição sexy de segurança contra incêndios enquanto esperamos o resgate.

> E, mais, falei sobre a viagem com a GRG e eles deram OK. A juventude de Nova York, as mulheres e crianças de Qalif e as laranjas geneticamente modificadas da Genovia sobreviverão a um final de semana sem você.
>
> Agora pegue a bolsa e desça. Por acaso já se vestiu? O tempo está passando, Thermopolis. O jatinho sai de Teterboro às 11 horas.

Jatinho? Ele alugou um *jatinho* particular?

Quem ele pensa que é agora, Christian Grey?

Não estou achando isso legal. Não sou uma estudante tímida e virginal que só tem uma camisa. Sou uma mulher de 26 anos completamente capaz de fazer minhas próprias escolhas sobre querer ou não sair de férias.

Mas amo quando o Michael me chama de Thermopolis. Mesmo que seja por escrito, acontece algo dentro de mim, algo que normalmente só acontece quando estou algum tempo sem vê-lo e ele aparece e me abraça, aí sinto aquele cheiro incrível e limpo do Michael, ou quando ele sai do banho apenas de toalha e o cabelo preto recém-aparado está todo molhado e colado na nuca, e ele anuncia que sente cheiro de fumaça...

Talvez ele tenha razão. Talvez eu *realmente* precise de umas férias relaxantes. Preferencialmente longe da minha família louca, e do consulado, e da internet, e...

Ai, droga. É melhor admitir logo: depois desse tempo todo, ainda sou completa e ridiculamente apaixonada por ele, com pinguins que explodem e tudo. Até iria a um retiro esquisito e sem internet com ele.

Agora, *isso* sim é amor.

Sexta-feira, 1º de maio, 10 horas, saguão do Consulado Geral da Genovia, posição no Ranking da Realeza: <u>5</u>

Sentada no saguão esperando o Michael me buscar para o retiro sem internet de meditação/ioga, ou o que for.

Todo mundo que entra (bastante gente para uma sexta-feira de manhã em maio, mas elas provavelmente adiaram a vinda de ontem por causa dos manifestantes atiradores de laranja) me olha desconfiado.

Acho que não esperavam encontrar a princesa Mia Thermopolis sentada no saguão do consulado da Genovia escrevendo em seu diário quando resolveram tirar um visto ou uma certidão de nacionalidade. A maioria parece positivamente surpresa...

Queria poder dizer o mesmo sobre os funcionários do consulado. Assim que botei os pés aqui, fui imediatamente:

- repreendida pela madame Alain, secretária do embaixador, por entrar na cozinha do consulado (para roubar chá, mas ela não sabe disso) e

- ordenada a retirar os quatro iPhones dourados e uma dúzia de cartões de aniversário e outros pacotes que chegaram para mim pelo endereço do consulado.

Isso foi só um pouco constrangedor, uma vez que a Guarda Real da Genovia abre todas as minhas correspondências graças ao DemagogoReal, que jurou "destruir meu mundo".

Um dos pacotes que chegou hoje era certamente um destruidor de mundo, mas esse não veio do stalker, mas da irmã (e futura ex-melhor amiga) do meu namorado. Consistia em um vibrador à prova d'água em forma de golfinho, com um bilhete:

Estou DANDO CAMBALHOTAS pelo seu aniversário!

BJOS, Lilly

Quando o Lars me trouxe o pacote agora há pouco (embrulhado novamente, mas não muito bem; aparentemente o departamento de segurança está sem durex, então ele usou um esparadrapo azul do kit de primeiros-socorros), nem se deu ao trabalho de esconder o risinho.

"Da senhorita Moscovitz, alteza", ele disse, "com um cartão de feliz aniversário".

O pior é que ela sabe que o Lars abre tudo que me mandam. Então, isso foi sua maneira de fazer uma pegadinha de aniversário e de instigar meu guarda-costas.

Feliz aniversário para mim de novo.

Ele deve ter reparado na minha expressão porque perguntou "O que foi?" sobre os ombros quando se dirigia de volta ao departamento de segurança (ele também precisa fazer a mala, pois vai comigo para onde quer que seja que o Michael vai me levar).

"Acho que é um presente extremamente atencioso e criativo. Bem mais original do que um iPhone dourado que você nem vai poder usar."*

Mas esse tipo de coisa aconteceria em qualquer lugar que eu morasse (a parte sobre a Guarda Real da Genovia olhar minhas correspondências). Mesmo se voltasse a morar com a minha mãe e o Rocky (algo que nunca farei porque e se as ameaças de morte forem verdadeiras? Eu não botaria as vidas deles em perigo. E, também, amo minha mãe e meu meio-irmão, mas não quero voltar a morar com eles. Rocky passou da fase de infante adorável para a fase que os otimistas chamam de "desafiadora", e nem tem a ver com a morte do pai. Ele já era um "desafio" antes disso).

Minha mãe sequer tem um porteiro (nem o Michael. O loft dele fica em um condomínio). O DemagogoReal podia conseguir entrar no prédio da minha mãe, subir até o apartamento, bater na porta e enfiar uma torta na cara dela... ou algo pior. Sandra Bullock deu de cara com o stalker dela *dentro* do banheiro de casa enquanto ela saía do banho, e a rainha Elizabeth uma vez acordou e viu o dela sentado na beira da cama no Buckingham Palace, querendo conversar (ele entrou por uma janela aberta — duas vezes — depois de escalar um cano).

---

*(Não tenho autorização para usar produtos da Apple — só o meu laptop — muito menos carregar nada para a "nuvem" porque é fácil demais de hackear/rastrear, por isso que todos os iPhones que ganhei serão devolvidos em troca de crédito na loja. Mas, tudo bem, porque os produtos que compraremos serão doados para o programa vocacional do Sr. Gianini.)

- *Lembrete:* Dominique diz que é melhor não ficar pensando nessas coisas nem deixar que elas decidam como devo viver a vida, mas é mais fácil falar, especialmente quando não é você que recebe ameaças dizendo que o mundo seria melhor "sem você nele".

Ai, Deus. Madame Alain acabou de vir até aqui e dizer: "Vossa alteza, acha que poderia escrever em seu diário em outro lugar? Está distraindo os funcionários."

"Mil desculpas, madame Alain", falei. "Não se preocupe, vão me buscar em um minuto e aí você não terá que se preocupar comigo durante o final de semana inteiro."

É coisa da minha cabeça ou ela pareceu aliviada?

"Ah, entendo. Tudo bem, então."

Sei que é errado porque ela é uma funcionária pública que dedicou a vida (praticamente) toda ao desenvolvimento econômico e turístico da Genovia, mas eu *gostaria* de ter uma conversa séria com o embaixador sobre a possibilidade de transferir a madame Alain para outro cargo no qual eu não precisasse vê-la com tanta frequência. Acho que ela seria uma excelente diretora da Academia Real da Genovia.

- *Lembrete:* Ver se isso é possível.

Tentei convencer a Marie Rose a me contar aonde Michael vai me levar, mas ela apenas riu e disse, "Não posso, Princesse. Prometi. Mas vou me certificar de que o Fat Louie seja alimentado enquanto você estiver viajando."

Fat Louie! Quase me esqueci dele. Espero que fique bem. Está ficando velho, por isso fica mais fácil de ser esquecido do que antigamente, porque ele basicamente só dorme e come. Não come uma meia há anos, não tem mais nenhum interesse nelas como comida, come apenas comida de verdade.

Ah, do que estou falando? Ele está tão velho que nem vai reparar que viajei.

Nem me pergunte quando foi que a Marie Rose conseguiu arrumar minha mala sem eu reparar.

Ah, acabo de receber uma mensagem de aniversário da Tina Hakim Baba:

<Tina "TruRomantic"   SAR Mia Thermopolis "FtLouie">

> Feliz aniversário, Mia! Espero que você se divirta muito. Queria ir com vocês. Mas isso seria estranho, ha, ha! Além do mais, tenho provas.

> P.S. Não se preocupe com o RDR. Para mim, você está em 1º lugar!

Own. Ela é tão fofa.

Então a Tina também sabe da surpresa do Michael? Como ele...

ELE CHEGOU!

15 horas, sábado, 2 de maio, Sleepy Palm Cay, Ilhas Exumas, Bahamas, posição no Ranking da Realeza: <u>Quem se importa?</u>

Preciso admitir que quando o Michael sugeriu que tirássemos férias, ainda mais em um lugar sem televisão, wi-fi ou sinal de celular, falei: "De jeito nenhum, como vou saber o que está acontecendo no ~~NCIS~~ trabalho e no mundo? Sou herdeira do trono de um pequeno principado e fundadora de uma nova organização beneficente, meu pai acabou de sair da cadeia, e preciso ficar em contato com minha equipe e família o tempo inteiro. Não posso *ir.*"

Mas então sobrevoamos as Exumas (que são umas ilhotas nas Bahamas) e vi a água transparente turquesa se estendendo por quilômetros à nossa volta e o céu azul acima, como uma gigante tigela celeste de cabeça para baixo, e comecei a pensar melhor. *Talvez eu consiga aceitar isso. Afinal, são apenas dois dias.*

Quando a limusine que pegamos no aeroporto estacionou em uma *marina*, não na entrada de um hotel, e havia uma lancha à espera, soube que tinha algo incomum acontecendo.

Mesmo assim, Michael continuava sem me dizer aonde estávamos indo. "É uma surpresa", ele ficava repetindo, mexendo as grossas sobrancelhas pretas que tanto amo, especialmente quando ficam bagunçadas e tenho que ajeitá-las com a ponta dos dedos.

Daí, a lancha nos levou pelo mar, ora azul, ora verde, ora transparente, até *uma ilha só nossa* com um píer privativo que levava até uma cabana de teto de palha, e dentro havia uma cama king tão grande que era necessário um banquinho para subir nela (bom, pelo menos eu preciso. Michael é alto o suficiente).

A cabana tem dois banheiros, um para cada pessoa (com persianas de madeira que se abrem diante das banheiras Cheshire para uma vista espetacular do oceano, assim, enquanto se descansa ali, lendo um livro, também é possível ver as ondas, como num comercial de disfunção erétil). Tem uma sala de jantar e outra de estar, decorada no estilo daquelas casas de praia meio antigas de filme, em que as pessoas usavam roupas de safari e bebiam gin tônicas para prevenir a malária enquanto diziam coisas do tipo: "Estou bastante preocupado com o vulcão, Christopher."

E é claro que tem um chuveiro e uma banheira do lado de fora, mas não é necessário se preocupar com ninguém espionando se estiver pelado, porque o lugar é cercado por uma praia completamente privada, *sem nenhum ser vivo por quilômetros de distância*, a não ser pássaros exóticos ou o ocasional peixe-rei que salta da água contra o pôr do sol rosa e um grupo de golfinhos que mora por perto e vem espiar, curiosos com o que estamos fazendo.

Golfinhos. GOLFINHOS.

Tem também o Mo Mo, nosso mordomo designado pelo resort, que vem de barco trazer refeições suculentas três vezes ao dia, além de reabastecer o bar e limpar nossas máscaras de snorkel, antes de nos deixar completamente sozinhos novamente. Ele toca uma buzina bem alta do barco sempre que está prestes a se aproximar para que a gente possa se vestir.

Não que eu não esteja *sempre* vestida do lado de fora da cabana, porque não quero fazer mais uma *miazice* e ser vista por um satélite do Google ou um drone fotográfico (embora eu saiba que o Lars e o resto do time de segurança estão a postos na ilha mais próxima com rifles de longa distância para abater um negócio desses. É o novo hobby favorito do Lars).

Assim que chegamos aqui, falei: "Michael, isso é insano. É *muito exagerado*. Quanto isso está custando? Está gastando *dinheiro demais*. Não é que eu não esteja gostando, mas pelo menos deixe eu pagar a..."

Michael enfiou um pedaço de abacaxi cheio de rum na minha boca e perguntou: "Não consegue relaxar por cinco minutos?"

Então me concentrei bastante para relaxar e, no fim das contas, não é tão difícil quando a areia é tão branca e macia e as ondas são tão fracas que é possível caminhar alguns passos, deitar na praia e deixar a água morna envolver seu corpo gentilmente enquanto o sol e a areia abraçam você até cair no sono (felizmente tenho lembrado de passar protetor solar com fator 100).

Quando acordei, a maré estava subindo, por isso as ondas estavam um pouco mais fortes e a praia havia diminuído. Michael estava inclinado sobre mim sem camisa me perguntando se eu estava gostando (e também se eu queria mais protetor), e eu disse sonolenta: "OK, Michael, acho que consigo ficar aqui... só por um final de semana."

Ele riu e disse, "Achei que conseguiria", depois me beijou.

Aí ele perguntou se eu estava sentindo o cheiro de fumaça...

Sábado, 2 de maio, 19 horas, Sleepy Palm Cay, Ilhas Exumas, Bahamas, posição no Ranking da Realeza: <u>Não sei/Não me importo</u>

Esse lugar é tão *incrível*. Não estamos fazendo absolutamente *nada*. Nada além de nos beijar e comer e dormir sob o sol e brincar de bombeiro e mergulhar de snorkel (o que é bem fácil depois que se aprende) e observar os pássaros e golfinhos com binóculos.

Embora os binóculos nem sejam necessários, porque eles nadam muito perto.

Estou tão relaxada que até meu olho parou de tremer. Pode ser a quantidade absurda de magnésio que ando tomando ou pode ser porque deixei todo meu estresse de lado... ou pode ser por causa do amor.

Escolho a opção do amor.

A melhor vista, no entanto, é a de agora, e nem preciso de binóculos: Michael vestido apenas com o short de praia, deitado na rede em frente à minha, lendo um livro sobre microprocessamento (realmente espero que o micro seja feliz para sempre com o processamento no final do livro).

Eu sei como sou sortuda, e que não deveria me vangloriar, e é claro que a beleza está nos olhos de quem vê, mas será que já existiu espécime masculino mais bonito? Acho que não. Gosto de homens de cabelo escuro (não falaremos sobre o breve momento infeliz no meu passado quando me senti atraída por um garoto de cabelo claro, porque, ainda bem, logo caí em mim), quanto mais escuro, melhor.

E, embora algumas garotas gostem de caras sem pelos no corpo, sinceramente acho muito estranho. Ainda bem que o Michael tem bastante. Se ele um dia começasse a depilar o corpo (como o Boris, mas é melhor falar o mínimo possível sobre *ele*), teríamos que ter uma conversa séria.

Mas a melhor coisa sobre ele não é a beleza; é o fato de ser alguém com quem posso ser completamente eu mesma. Quando estou com o Michael, jamais me preocupo se vou dizer a coisa errada porque, para ele, tudo que digo é engraçado ou interessante.

E independentemente do que eu estiver vestindo (ou não estiver vestindo), ele me acha linda. Eu sei porque estamos superjuntos há tanto tempo, então ele não pode estar mentindo quando me preocupo de estar sem maquiagem e ele diz: "Você fica melhor sem maquiagem." (Eu não fico; sem rímel, pareço um marsupial sem cílios que ficou tempo demais num laboratório experimental do governo, mas incrivelmente, mesmo quando sou um marsupial sem cílios, ele continua bastante interessado em ter relações carnais comigo.)

Além do mais, quando a gente deita de conchinha, nossos corpos se encaixam perfeitamente, quase como se tivessem sido feitos um para o outro.

E o Michael nunca reclama quando o Fat Louie sobe na cama com a gente, embora tenha ficado bem fedido com a idade porque desistiu completamente de se dar banho (eu tenho que o enfiar na banheira de vez em quando, senão nunca fica limpo).

O Fat Louie. Não o Michael. O Michael toma de dois a três banhos por dia, dependendo se tiver feito ioga ou não.

Felizmente, não precisamos mais lidar com o cachorro do Michael subindo na cama do apartamento dele, porque o Pavlov morreu dormindo depois de uma vida longa e feliz. Geralmente cachorros não vivem tanto quanto gatos, a não ser pelo poodle miniatura da Grandmère, Rommel, que ela nunca deixará morrer. Rommel ficou um pouco caduco com a idade, mas como nunca foi castrado, ainda tem um impulso sexual bem forte.

Isso significa que nos últimos meses ele foi pego tentando fazer amor um tanto agressivamente com: um pufe; um porta guarda-chuvas; outros cachorros de outras raças (e sexos); Dominique; meu pai; Michael; eu; Lilly; Grandmère; o prefeito da cidade de Nova York; Clint Eastwood (de passagem por Nova York para a estreia de um filme); um tapete persa de 84 mil dólares; uma quantidade incalculável de sofás; inúmeras bolsas femininas; muitos atendentes de quartos de hotel; e quase todos os porteiros do Plaza Hotel.

Falei para Grandmère que deveríamos escrever um livro — *O que o Rommel encoxou* — e doar os lucros para o Sociedade Protetora dos Animais. Tenho certeza de que ganharíamos uma fortuna.

Mas ela não achou a ideia muito engraçada. Também não gostou quando sugeri que castrasse o Rommel e me disse: "Imagino que quando eu envelhecer e ainda estiver interessada em sexo, você vai mandar *me* castrar. Lembre-me de não deixar você como meu contato de emergência, Amelia."

Ai, céus. O Michael acabou de perguntar sobre o que estou escrevendo. Claro que eu não podia dizer a verdade.

Então respondi que estava escrevendo sobre como eu o amava. É *meio* que verdade... foi o que me levou a esse assunto, de qualquer forma.

Ele parou de ler o livro, me olhou com aqueles seus olhos castanhos (de cílios tão longos e bonitos! Totalmente desperdiçados num homem. Se eu tivesse cílios assim, jamais precisaria de rímel novamente) e disse: "Eu também amo você."

Tão sério! Ele nem sorriu.

Nunca sei bem o que fazer quando ele me olha tão seriamente e diz "eu te amo" desse jeito. Sei que ele me ama — o amor dele é como esse lindo mar à nossa volta, quente, confiável, tranquilo e calmo, um lugar onde os golfinhos podem saltar e brincar em segurança.

Mas mesmo aqui, de *férias*, consigo ver uma sombra naquela adorável escuridão castanha... e estou com a impressão de que temos uma tempestade à frente, com águas escuras e profundas em que não se pode ver o fundo.

Se eu pudesse fazer um pedido, pediria para que a gente ficasse aqui para sempre sob o céu azul cristalino, nessas ondas calmas e quentes, sem jamais precisar enfrentar a dura realidade que eu suspeito estar por vir.

Mas imagino que todo mundo que vem aqui queira a mesma coisa. Quem desejaria tempestade e nuvens e mar revirado? Só um idiota.

Ah, lá vem Mo Mo no barco com o nosso jantar.

Domingo, 3 de maio, 1 da manhã, Sleepy Palm Cay, Ilhas Exumas, Bahamas, posição no Ranking da Realeza: Sei lá

Preciso escrever rápido porque não quero que o Michael acorde e me veja escrevendo no diário dentro do banheiro que nem uma maluca.

Mas descobri o que a sombra nos olhos dele quer dizer e por que ele anda tão sério ultimamente. Sabia que era alguma coisa. E *não é* porque está com uma pedra no rim, ou me traindo com uma blogueira de música, ou quer terminar comigo para ter uma vida normal.

É totalmente o oposto.

Comecei a suspeitar de algo quando o Mo Mo trouxe uma ajudante com ele hoje à noite — nunca tinha feito isso antes para nenhuma das refeições. A ajudante era uma chef profissional chamada Gretel.

O Mo Mo preparou a mesa para nós dois na areia, de frente para o pôr do sol, com uma toalha branca e duas cadeiras de vime. Então fincou duas tochas na areia e as acendeu.

Enquanto isso, Gretel arrumava a mesa e a comida, e não pude deixar de reparar que vários eram pratos que tinham recentemente se tornado meus favoritos, como camarão grelhado com macarrão e mozarela, bolinhos de caranguejo gigantes e tataki de atum.

E mais, Michael se arrumou de verdade — e tenho certeza de que não era apenas por causa da Gretel, porque ele trocou o short de praia por calças — khakis — e uma camisa de botão branca.

Também espiei uma garrafa de champanhe num pote com gelo

Eu não *queria* pensar que nada fosse acontecer além de um jantar de sábado à noite, apesar do que a imprensa (e Tina Hakim Baba) afirmava havia SÉCULOS. Também amo ler romances, mas como sempre digo para a Tina, na vida real as coisas nem sempre acontecem do mesmo jeito.

Mas, de repente, comecei a achar que a Tina poderia estar certa uma vez na vida. Ela vinha fazendo umas perguntas estranhas ultimamente, embora eu tivesse pensado que estavam relacionadas ao término com o Boris ou ao seu amor pelo programa *The Bachelor*.

"O que você acha mais romântico:", Tina me perguntou menos de uma semana atrás, "encontrar um anel de noivado numa concha ou numa taça de champanhe?"

"Nenhum dos dois", respondi na época. "Ambos são melhores do que um pedido público, como num estádio, que é o pior deles, porque e se a pessoa quiser dizer não? Ela se sentiria péssima."

"Eu sei, mas se tiver que escolher um desses."

"Acho que a taça de champanhe. Enfiar um anel numa concha deve matar o que mora lá dentro."

"Verdade", Tina disse.

"O que a pessoa no *The Bachelor* escolheu?", perguntei.

"Ah", ela disse. "Hum, a concha."

"Típico", falei.

Então, quando vi o Michael de camisa, pensei: *E se não estiver se vestindo simplesmente para o jantar? E se ele for me pedir em casamento?*

É claro que aquela voz de insegurança sempre presente na minha cabeça (a que as pessoas que me veem nas revistas provavelmente jamais acreditariam que existe, por causa da maneira como me projeto publicamente) sussurrou: *Não seja idiota. Ele não vai perguntar se quer casar com ele. Vai anunciar que não aguenta mais e terminar com você!*

Mas como diz o Sr. Spock em *Star Trek*, isso não é lógico. Ninguém traz uma mulher até Exumas para terminar com ela. Então rapidamente matei a voz.

Meu pensamento seguinte e mais racional foi: *E se ele tiver* um anel *no bolso?*

Decidi que o Paolo tinha razão: *realmente* preciso aproveitar meus sapatos de diamante. Não só aproveitá-los, mas dançar com eles.

Por isso, corri para a cabana, tomei um banho e botei um vestidinho de verão que a Marie Rose havia felizmente botado na mala. Depois, coloquei um pouco de rímel e voltei correndo para o lado de fora, com o cabelo penteado (porque independentemente de levar um pé na bunda ou ser pedida em casamento, não queria que fosse enquanto estava de biquíni, Havaianas velhas e a camiseta do Yankees do próprio Michael com buracos embaixo do braço, além do cabelo embolado num nó no alto da cabeça).

Mas, embora eu tivesse sido *muito* rápida, pela minha estimativa, Mo Mo, Gretel e o barco já tinham partido havia muito tempo, e apenas o Michael estava ali...

... no fim de um caminho de pétalas de rosas feito por alguém, que ia da porta da cabana, onde eu estava, até a pequena mesa, onde Michael estava de pé, segurando uma taça de champanhe para mim.

"Está com sede?", ele perguntou. Atrás dele, as tochas flamejavam alegremente.

OK. Eu provavelmente não estava prestes a levar um pé na bunda.

"Hum", falei. "Claro." Segui a trilha de rosas pela areia até onde ele estava e peguei a taça de champanhe das mãos dele. "Obrigada."

Ele sorriu, encostando a taça na minha, e disse, "Saúde", o que fez tudo dentro de mim (assim como algumas partes de fora) derreter porque vi a leveza no sorriso dele dominar seus olhos, e embora a sombra fosse tão profunda quanto o oceano depois dos corais — o que era bem grave porque o Mo Mo avisou que lá tinha tubarão —, ele estava finalmente me deixando entrar. Aliás, sorria de orelha a orelha.

"OK", falei, abaixando a taça. "O que está acontecendo?"

"Como assim?" Ele também abaixou a taça. "Não tem nada acontecendo."

"Certamente tem algo acontecendo. Tem pétalas de rosas pela praia e você está sorrindo de um jeito esquisito."

"Estou apenas curtindo uma refeição romântica com a mulher que amo. Qual o problema?" Ele puxou a cadeira para que eu sentasse, posicionada perfeitamente para o mar e o pôr do sol, que havia deixado o céu com um tom dramático de cor-de-rosa e azul-violeta.

"É esquisito", respondi, me sentando. "Eu amo você, mas está agindo de forma muito esquisita. Está com um olhar esquisito. Faz algumas semanas já. Não tente negar. Achei que você estava com outra pedra no rim."

Michael me entregou um guardanapo. "É uma lástima que um homem não possa curtir um jantar com a mulher que ama sem ser julgado como esquisito."

"Eu não disse que você *é* esquisito, disse que *está* esquisito."

"Você também disse que pensou que eu estava com uma pedra no rim."

"Bom", falei, "sabe como você fica".

"Aparentemente não sei, porque achei que estava me comportando de forma perfeitamente normal."

"Não, está obviamente escondendo algo de mim."

"Posso garantir que não é uma pedra no rim."

"Bom, então, o quê...?"

Nesse exato momento, algo duro tocou meus lábios — algo que estava dentro da taça de champanhe. Na hora, achei que fosse um morango — as pessoas adoram cortar morangos e botá-los na lateral da taça, o que é simplesmente irritante porque ocupa bastante espaço onde poderia ter mais do delicioso champanhe.

Mas, então, quando olhei para dentro da taça, vi que não era um morango, mas algo que brilhava como metal. E uma pedra. Uma grande e brilhante pedra branca em um anel de platina.

Meu coração parou, e não foi por causa de um enfarte do miocárdio.

Não havia som algum (porque meu coração não estava batendo), a não ser pelas ondas do mar que cobriam gentilmente o litoral branco e pelo chamado ocasional de um pássaro ao longe. Éramos os únicos seres humanos por quilômetros (não estou contando com Lars e sei lá mais quem da equipe de segurança da GRG que estavam posicionados na ilha ao lado, vigiando o perímetro contra barcos e drones espiões).

Éramos apenas Michael, eu e os pássaros (e os golfinhos e milhões de peixes a apenas alguns passos de distância).

Levantei o olhar do anel para Michael.

"O que é isso?", perguntei a ele, levantando a taça.

"Acho que é bem óbvio", ele disse. "É um anel de noivado. Achei que você gostaria desse porque é um diamante criado em laboratório. Sei que combinamos de não nos casarmos, mas estou cansado de não conseguir ver você e essa me parece a solução mais prática para o problema."

Aí, antes que eu pudesse entender o que estava acontecendo, ele se ajoelhou na areia, segurou minhas mãos e olhou para mim.

"Posso trocar o anel por um com um diamante natural, se quiser", ele disse, "mas achei que gostaria desse porque não vem de uma zona de conflito".

Eu queria rir e chorar ao mesmo tempo. Existia no mundo um pedido de casamento mais pé no chão e num estilo tão perfeitamente Michael Moscovitz?

"Não", respondi. "É perfeito."

"Você mal olhou para ele. Aqui, pelo menos experimente." Ele pegou a minha taça, jogou o resto do champanhe na areia e pescou o anel do fundo. "Espero que o tamanho esteja certo. Você quase nunca usa anéis. Tina me ajudou a adivinhar..."

"Tina?" O anel se acomodou perfeitamente no terceiro dedo da minha mão esquerda, onde o diamante incolor refletiu os raios do sol e se acendeu como uma das chamas das tochas perto de nós. "A Tina sabia?"

"Claro que sabia. Bom, sabia de algumas partes."

Isso explicava tudo. Não acredito que a pobre da Tina guardou isso sem deixar escapar uma só palavra.

"Você gostou?", Michael perguntou novamente. Para falar a verdade, parecia um pouco ansioso, mas também parecia animado, como uma criança no Natal. Ou Hanukkah, para ser exata.

"Eu *amei*."

Abaixei a cabeça para beijá-lo, porque quando um homem está ajoelhado na areia pedindo sua mão em casamento com um diamante criado em laboratório, é claro que o certo é jogar os braços em volta dele e beijá-lo, intensamente, por um bom tempo, enquanto as ondas batem suaves à sua volta.

"Mas, Michael", falei um tempo depois, ao conseguir recuperar o fôlego, "achei que a gente fosse esperar para casar quando..."

Ele estava com os braços em volta da minha cintura e a cabeça repousada confortavelmente no meu peito, de uma forma meio maravilhosa. Mas quando falei o negócio de esperar, o Michael levantou a cabeça.

"Desculpe, Mia, mas estou cansado de esperar", ele explicou, de uma maneira objetiva e não romântica. "Não podemos nem morar juntos, graças aos abutres da imprensa. Pense bem, porque eu pensei, e muito. E se acontecesse alguma coisa com você? Eu não seria a primeira pessoa a saber. Duvido que sequer alguém lembrasse de me avisar. Não ia nem poder entrar no quarto do hospital..."

"Ah, Michael, como pode dizer isso? Não é verdade." Passei os dedos em seu cabelo grosso e escuro, ainda levemente úmido do banho e com aquele cheiro irresistivelmente limpo típico dele. "Primeiro, não vai acontecer nada comigo..."

O olhar ficou novamente tomado por um furacão sombrio, e me dei conta de que era *isso* que o estava perturbando esse tempo todo. "Como pode dizer isso depois do que aconteceu com seu padrasto?"

"Michael, nós todos amávamos o Frank, mas você sabe como ele era terrível para seguir as recomendações do médico. Nada do tipo vai acontecer comigo porque eu cuido da minha saúde."

"Está bem, mas e aqueles manifestantes? Ou o seu stalker? Da próxima vez, talvez não joguem apenas uma laranja em você."

"Sim", falei pacientemente. "Mas é para isso que serve a Guarda Real da Genovia. Lars amaria levar um tiro por mim..."

"*Eu* quero levar um tiro por você", Michael disse com as mãos se fechando em punhos sobre meu colo.

"Michael, essa é a *última* coisa que eu quero."

"Não entendo por que está discutindo isso comigo. Você não *quer* se casar comigo?"

"Claro que não! Quero dizer, sim. Sim, claro que sim, mas..."

"Mas o quê?"

"Mas não quero que me peça em casamento apenas porque precisa, ou porque quer levar um tiro por mim, ou porque se sente pressionado a isso..."

"Mia, sou um homem adulto. Ninguém pode me pressionar a fazer algo que não quero fazer." Ele parecia bastante destemido ao dizer isso, seus olhos escuros brilhavam. Não havia mais sinal de sombra alguma neles. Estavam bem claros. "Quero me casar porque amo você e quero passar o máximo de tempo que ainda tenho nesse planeta com você. E a maneira mais prática disso acontecer é se a gente se casar. Agora, quer se casar comigo ou não?"

Botei ambas as mãos sobre as dele. "Sim, Michael Moscovitz, claro que quero me casar com você, mais do que tudo. Mas..."

"Que bom." Ele ergueu minhas mãos e as beijou, depois as abaixou novamente no meu colo e se levantou da areia. "Agora coma seus bolinhos de caranguejo antes que fiquem frios."

Sério, alguém conhece um futuro marido mais sensato — também amável e romântico — no mundo? Provavelmente, mas ninguém nunca ouve falar porque não se escreve sobre eles em livros nem são vistos em filmes ou programas de TV. Simplesmente cuidam da própria vida, fazendo com que as coisas aconteçam. Como Albert, o príncipe consorte da rainha Vitória. Ninguém nunca ouve nada sobre ele (a não ser pelos trotes de cigarro sobre "Albert dentro da lata"* e, claro, quando falam do boato sobre um certo piercing genital, o que sabemos historica-

---

* (*N. da T.*) Prince Albert foi uma marca de cigarro famosa comercializada em uma lata de metal, o que originou o trocadilho.

mente que o príncipe Albert não tinha, além de obviamente sabermos todos, por ver *Sexo me levou ao hospital*, que pode ser clinicamente perigoso tanto para a pessoa com o piercing quanto para o parceiro sexual).

Mas no início do casamento de Albert com a rainha Vitória, o príncipe consorte avistou um aspirante a assassino sacar uma arma enquanto viajavam na carruagem aberta. Em vez de surtar, Albert fez a coisa mais prática do mundo: jogou a rainha Vitória (e a si mesmo) no assento da carruagem para que a bala o atingisse de raspão e não pegasse nela (pelo menos de acordo com o que me lembro do filme. Claro que não posso confirmar agora porque não tenho acesso à internet, além de estar no banheiro).

Isso não é incrivelmente sensato — e também completamente romântico?

E algo que o Michael faria, se tivesse a oportunidade... e vou fazer o possível para que nunca precise. Porque proteger seus súditos, e isso inclui os que ama, é a essência da realeza.

É claro que se fizerem um terceiro filme sobre a minha vida, seria adorável se mostrassem o Michael levando um tiro por mim, só para dar uma animada. Mas apenas uma bala pequena, que faça pouco estrago, e não no rosto dele (ou nas partes baixas).

Só quando vi o Michael comendo seus bolinhos de caranguejo (com uma ferocidade surpreendente) que percebi ser *isso* o que atormentava os olhos dele ultimamente: a morte do Sr. Gianini, um homem possivelmente louco querendo me matar e manifestantes atirando laranjas geneticamente modificadas no meu guarda-costas o haviam feito perceber como a vida é passageira e como, quando realmente amamos alguém, tudo que queremos fazer é ficar todo o tempo possível com aquela pessoa.

Por que adiar a felicidade — mesmo que por princípio — se pode tê-la imediatamente? Claro, teremos que conversar em algum momento sobre todas as coisas que o *Post* menciona naquele artigo — tipo, sobre como ele vai precisar abrir mão do sobrenome (e da cidadania americana etc.) quando a gente se casar. As mulheres abrem mão dessas coisas quando se casam de forma natural — bem, geralmente, não da cidadania —, então não deveria ser nada de mais (além disso, acho que ele já sabe), mas vivemos em uma sociedade em que, para a maioria dos homens, sinto dizer que isso seria inegociável.

Mas o Michael não é como a maioria dos homens.

Eu disse para ele que teríamos que nos casar absolutamente em segredo porque não tem a *menor chance* de eu passar pelo o que o William e a Kate passaram no dia do casamento deles. *Aquilo* foi completamente absurdo. Fofo de ver na televisão para quem não estava lá, mas o drama que aconteceu por trás das câmeras foi insano.

Ele concordou.

Só que, um pouco mais tarde, depois que havíamos terminado de comer — preciso admitir que estava tão animada e feliz que mal consegui terminar de comer meu macarrão com camarões, embora tenha limpado o prato de bolinhos e o sorbet de limão com licor limoncello — e estávamos os dois na rede, procurando por estrelas cadentes (realmente não acho que aquela última era um satélite, não importa o que ele diz), ele falou:

"Meus pais vão ficar muito decepcionados se não fizermos uma cerimônia de casamento."

"Mas, Michael, seus pais são tão modernos! Eles assinam a revista *Mother Jones*."

"Sim, mas estão ficando mais velhos e, ultimamente, andam falando sobre como só existem apenas duas ocasiões nas quais a família se reúne e apenas uma delas é feliz."

Demorei um tempo para entender o que o Michael queria dizer. Levantei a cabeça do peito dele com um susto. "Nossa!"

"Sim", ele disse fazendo uma careta. "Pense na quantidade de enterros que tivemos nas nossas famílias ultimamente."

"Claro", murmurei, abaixando a cabeça novamente. "O Sr. Gianini."

"Minha tia-avó Rose."

"Pavlov..."

Ele riu e me beijou. A gente não fez um enterro para o cachorro dele. O Pavlov agora existe em forma cremada em uma lata elegante no formato de Rosie, o robô dos *Jetsons*, na prateleira do quarto do Michael.

"E se fizermos uma cerimônia pequena?", perguntei. "Apenas os amigos e a família."

"Realmente acha que isso seria possível?"

"Por que não? Brad e Angelina fizeram isso."

Ele pareceu descrente. "Eles são estrelas do cinema. Você vai governar um país."

"Isso torna as coisas mais fáceis de certa forma", falei. "Tenho uma equipe nacional de segurança para me ajudar a manter tudo em segredo."

"Verdade, mas o que a gente faria para não deixar a imprensa descobrir?"

"Do mesmo jeito que Brad e Angelina. Eles não convidaram os mais fofoqueiros da família..."

Ele ergueu as deliciosas sobrancelhas pretas e grossas. "Está querendo dizer que não convidaria sua própria avó para o seu casamento?"

"Ou a gente pode convidá-la e não falar o que é até o último minuto", respondi dando de ombros. "Pense no que aconteceria se não falássemos nada. No casamento dela com o meu avô, ouvi dizer que fizeram um feriado de dois dias, um desfile militar, um vestido que hoje em dia deve valer algo em torno de 200 mil dólares de tantos diamantes e pérolas, uma cerimônia religiosa e outra civil, câmeras de televisão, bolo suficiente para alimentar toda a população, vinte mil garrafas de champanhe, fogos de artifício e um passeio de carruagem pela praça da cidade, um selo comemorativo com a cara dela..."

"Espere um minuto", Michael disse, ficando tenso. "Vão fazer alguma coisa assim comigo? Tipo um selo com a minha cara?"

"Ah", respondi de uma forma reconfortante. "Não, claro que não."

Com certeza iam fazer isso com ele. Tenho apenas um selo comemorativo, mas existem três do meu pai e *dezesseis* da Grand-mère (os selos são refeitos toda vez que o custo postal aumenta, e ela existe há muito tempo).

Pessoalmente, adoraria lamber um selo com a cara do Michael e colá-lo num envelope, mas vou esperar até depois do casamento para contar que ele vai ter que posar para um retrato oficial. Como a Beyoncé mais ou menos diria, não sei se ele está pronto para tudo isso.

"Eu não sei", ele disse. "Estou começando a achar que talvez a gente *devesse* arriscar a decepção dos meus pais e se casar secretamente."

Droga! Ele deve ter detectado o tom de luxúria pelos selos na minha voz.

"Michael, não podemos. Não quero que o nosso futuro juntos comece já decepcionando todo mundo. Não me incomodo de talvez decepcionar a minha avó — ela está sempre decepcionada comigo mesmo —, mas seus pais, não. Não aguentaria isso."

Ele levantou uma das minhas mãos e a beijou. "Bem, quando fala desse jeito, como posso dizer não?" Ele ergueu minha mão, fazendo o diamante brilhar sob o luar. "Mas não quero que fique estressada novamente."

Eu o abracei. "Nunca vou ficar estressada de novo com você ao meu lado. Nosso casamento vai ser *incrível*, igual ao nosso futuro."

Acho que nunca estive tão feliz na minha vida.

Três coisas pelas quais sou grata:

1. Estrelas cadentes.

2. Diamantes feitos em laboratório.

3. Ser noiva de Michael Moscovitz.

Segunda-feira, 4 de maio 15h05, no híbrido do Teterboro até o consulado, posição no Ranking da Realeza: ?

Tão feliz. Não consigo nem pensar em nada para escrever de tão feliz.

Mas estou triste de ter ido embora da nossa ilhazinha... Queria poder morar lá, nadando e mergulhando e dormindo no sol o dia todo, depois deitando na rede e assistindo às estrelas cadentes (e satélites) à noite. Até inventamos um novo jogo... Se chama Alienígena Espacial. A gente fingia que um dos satélites era na verdade uma espaçonave vinda de uma galáxia distante que por acaso aterrissava na *nossa ilha minúscula.* Aí quando a porta se abria, o Michael saía de dentro, um alienígena (com muitas qualidades humanas) enviado para explorar os limites do espaço porque todas as fêmeas do setor dele haviam morrido por conta de uma epidemia terrível, então ele me sequestrava e me levava de volta ao seu planeta para que eu pudesse ajudar a repovoá-lo (embora eu fosse voluntariamente porque ele era bem atraente e mais gentil e cavalheiro do que a maioria dos homens no meu planeta).

Claro que na vida real não seria nem um pouco divertido viajar até um planeta onde se é a única mulher com um monte de humanoides brigando por você o dia inteiro, mas essa é a graça das fantasias: não *são reais.* Outra fantasia divertida seria se a gente pudesse morar em Exumas. Michael poderia pescar e eu venderia o peixe numa pequena barraca na praia e brincaríamos de Alienígena Espacial todas as noites e deixaríamos de lado todas as nossas outras responsabilidades.

Mas isso também não é real.

Por isso, acabo de ter que religar meu telefone. Preciso saber como vão as coisas no centro e com meu pai e...

... e agora está apitando sem parar. O que está *acontecendo*? É bom ter acontecido algum incidente internacional ou...

Tenho 1.327 novos e-mails, mensagens de texto e de voz.

Eu estava brincando sobre a necessidade de ter havido algum incidente internacional. *Por favor*, não deixe nada ter acontecido com minha família ou amigos ou com as crianças do centro ou os refugiados de Qalif ou o povo da Genovia...

Segunda-feira, 4 de maio 15h15, ainda no híbrido, posição no Ranking da Realeza: 1

Não houve nenhum incidente internacional. Bom, *houve*, mas sou eu. Mais uma vez, *eu* sou o incidente internacional.

Finalmente:
Estão noivos!

Você leu aqui primeiro! Ela oficialmente não é mais "Quando Ele Vai Se Casar CoMia"!

O empreendedor biotecnológico multimilionário Michael Moscovitz, 29 — namorado de longa data — finalmente pediu a mão da princesa Mia Thermopolis da Genovia — a nova realeza *Número Um* — em casamento!

RankingdaRealeza.com tem todos os dados *vitais*:

- ❤ O casal ficou noivo no aniversário de 26 anos da princesa, no último final de semana, durante uma viagem exótica para as Bahamas.
- ❤ Antes da viagem, Michael pediu ao pai de Mia — o príncipe Phillipe Renaldo da Genovia — permissão para o casamento.
- ❤ A joia é uma safira de 10 quilates envolvida por diamantes em um anel de platina.

- O casamento real acontecerá neste verão no palácio genoviano em uma cerimônia católica que será transmitida *ao vivo* mundialmente, com uma audiência estimada de um bilhão de pessoas!
- Michael levará sua empresa médica bilionária para a Genovia, onde ele e Mia viverão no palácio real depois do casamento!
- A avó de Mia: "Sempre gostei muito do Michael."
- Mia está "muito feliz", segundo uma porta-voz do palácio.
- Os advogados já estão escrevendo os acordos nupciais.
- As casas de aposta divulgaram que a data de 20 de julho é a favorita para a cerimônia.

◇◇

O anúncio oficial do palácio da Genovia diz:

A princesa viúva Clarisse Renaldo da Genovia anuncia com extrema felicidade o noivado de sua neta, a princesa Amelia Mignonette Grimaldi Thermopolis Renaldo, com o ilustríssimo senhor Michael Moscovitz da cidade de Nova York.

O casamento acontecerá na Genovia no verão de 2015. Mais detalhes sobre a cerimônia serão anunciados em breve.

A princesa Mia e o Sr. Moscovitz ficaram noivos no 26º aniversário dela, durante uma viagem para as Bahamas no último final de semana.

O Sr. Moscovitz pediu permissão ao pai da princesa antes de fazer o pedido.

Após o casamento, o casal viverá na Genovia, onde a princesa e seu consorte devotarão suas vidas às necessidades do povo da Genovia.

Segunda-feira, 4 de maio, 15h15, ainda no híbrido, posição no Ranking da Realeza: 1

Vou matar a minha avó.

Michael e eu havíamos prometido que contaríamos primeiro aos nossos pais (o que seria hoje à noite depois que ele voltasse de uma conferência sobre próteses neurológicas em Elizabeth, onde foi dar uma palestra).

Só que agora vão ficar sabendo pelo jornal.

É claro que não consigo falar com o Michael. Ele seguiu de Teterboro para a conferência médica no próprio carro e agora, por sei lá qual motivo, as ligações estão caindo direto na caixa postal.

Ele provavelmente já foi sequestrado pelo DemagogoReal e está preso num abrigo subterrâneo, esperando o resgate no valor exato da minha fortuna segundo o site Fortunas de Celebridades. Só que como vou poder pagar em cetros?

Agora, sério, sei que a minha avó está por trás disso. Mas como ela descobriu?

Só pode ter sido o Mo Mo. Ele era tão simpático, mas ela deve ter tirado algo dele. Ela tira algo de todo mundo em algum momento.

Segunda-feira, 4 de maio 15h25, ainda no híbrido graças ao péssimo trânsito no Upper West Side, posição no Ranking da Realeza: 1

Nem sinal do Michael.

Estou olhando todas as minhas mensagens.

<Tina HBB "TruRomantic"   SAR Mia Thermopolis "FtLouie">

Mia, vc tá de volta? Como foi?

Sim, estou. Imagino que já saiba da novidade?

Não foi você quem anunciou?

Claro que não.

Ai, Mia, sinto muito! Meio que fiquei em dúvida, porque os detalhes do anel estavam errados. Pensei tipo, "Será que o Michael mudou o anel na última hora?". E faz mais seu estilo contar esse tipo de coisa para os amigos mais próximos antes de anunciar para a imprensa.

Você acha?

Calma, está sendo sarcástica?

Sim, desculpe. Só estou chateada.

Que pena! Mas parabéns mesmo assim! Ficou surpresa?

Claro que fiquei surpresa! Foi *incrível*. Melhor viagem — melhor aniversário — melhor experiência da vida! Até agora. Aliás, obrigada por ajudar o Michael a planejar tudo.

E gostou do anel?

AMEI o anel. Amei amei amei amei. Só fico triste que você tenha ficado sabendo pela imprensa. Aliás, decidi que não vou mais entrar na internet, ainda mais depois disso. Sabe, hoje de manhã vi uma arraia incrível pular para fora da água só porque ela queria e percebi que perco muito do pouco tempo que tenho nesse planeta me preocupando com a minha imagem social online.

Ah. Legal o negócio da arraia, mas o que tem de errado com a sua imagem social? Acho que se saiu muito bem.

> Você quer dizer que a Dominique se sai bem, mas obrigada por dizer isso. Só que a questão é: por que a gente precisa ter uma imagem social online? As arraias não têm e estão completamente felizes com suas vidas.

> Arraias não têm um córtex cerebral de alta performance, então não têm a habilidade de se preocupar com coisas como presença online.

> Ah. Bem lembrado.

> Além disso, pulam para fora da água para conseguir comida ou fugir de predadores ou se livrar de parasitas que podem estar incomodando. Não acho que tenham sentimentos fortes tipo felicidade.

Não vou dizer que é inútil debater assuntos mais esotéricos com a Tina ultimamente (ainda mais depois do que aconteceu com o Boris), mas ela está com essa mania desde que começou a faculdade de medicina de ter uma explicação científica para quase tudo.

> OK, Tina.

Foi quando recebi uma nova mensagem. Era de um membro da família Moscovitz, mas não o que eu esperava.

<Lilly Moscovitz "Virago"   SAR Mia Thermopolis "FtLouie">

Acho que eu deveria dizer "mazel tov", mas será? Como sempre, a melhor amiga é a última a saber.

Desculpe! A gente ia contar pessoalmente, Lilly, mas "alguém" vazou tudo para a imprensa. Uma chance para adivinhar quem foi.

Sério? Contou para a Clarisse antes da sua melhor amiga?

Claro que não. Acho que ela deve ter arrancado dos empregados.

Por que a CIA não contrata a sua avó para interrogar os suspeitos? Ela é muito melhor do que eles para conseguir informação sigilosa.

Infelizmente, Lilly está certa.

Na verdade, pensando bem, não deve ter sido o Mo Mo, mas a chef, Gretel, que deve ter sido persuadida a contar tudo sobre o pedido de casamento. *Sabia* que tinha algo muito ingênuo nela. O cabelo estava alisado com uma chapinha. Quem se dá o trabalho de alisar o cabelo com uma chapinha nos trópicos?

Alguém que está louco para sair de lá, isso sim, e também superdisposto a aceitar subornos da minha avó.

Eu deveria ter percebido. Paraíso, uma ova.

E pensar que fantasiei sobre me mudar para lá pela eternidade.

Segunda-feira, 4 de maio, 15h45, ainda no híbrido, ainda no Upper West, posição no Ranking da Realeza: 1

Finalmente consegui falar com o Michael. Ele não atendeu antes porque estava no telefone com os pais que ouviram a notícia na rádio 1010 WINS, a estação nova-iorquina só de notícias.

Falei que sentia muito, muito mesmo.

"Tudo bem", ele respondeu. "Na verdade, eles só acreditaram quando eu disse que era verdade. Acharam que era só um boato, como daquela vez que o *Post* anunciou que você estava grávida de gêmeos do príncipe Harry."

Ótimo.

"Eles ficaram chateados?"

Ele hesitou. "... Não, claro que não."

"Michael, sei que está mentindo. Está com o mesmo tom de voz que usa quando pergunto se fico horrível de short khaki."

"Ninguém fica bem de short khaki. E não estão chateados que a gente vai se casar, estão apenas incomodados porque você não vai se converter ao judaísmo. Estão muito preocupados que eu não vou conseguir manter minha dieta kosher no palácio."

"Michael! Pare. Não é engraçado."

"E também porque, quando eu virar o príncipe Michael da Genóvia, meus filhos serão Renaldos e não Moscovitz."

Parei de rir. "Espere... eles falaram mesmo essa última parte, né?"

"Bom, sou o único filho homem deles, então dá para entender a preocupação. Acho que estão divididos entre perder um filho e ganhar um príncipe. Eu falei para não se preocuparem, que por mais que seja pouco provável, se por acaso a Lilly se casar um dia, ela não vai usar o sobrenome do marido, então os filhos dela serão Moscovitz. Estranhamente, isso não pareceu deixá-los mais calmos."

"Claro que não", falei. "A Lilly jurou no terceiro ano da faculdade nunca mais se envolver com um homem." Eu sabia que não ia ajudar em nada mencionar o negócio com o Lars, ainda mais quando ele estava bem ali, no carro. Mas achei que seria bom ele ouvir a parte sobre ela ter desistido dos homens. O ego do Lars já é inflado o suficiente. "Ela diz que nunca vai se casar. Como pode ter esquecido disso?"

"Não esqueci", Michael respondeu. "O que ela disse foi que a gente se apaixona por *pessoas*, não por gêneros. Mas, para ser sincero, não sei se eu gostaria tanto de você se você fosse um cara."

"Talvez a gente devesse cancelar tudo."

Ele pareceu chocado. "*Por quê?* Só porque eu disse que não gostaria tanto de você se você fosse um cara? Acho que eu poderia me acostumar com a ideia, mas talvez leve um tempo."

"Não, porque seus pais estão certos. Michael, sabe que o sobrenome não é única coisa que vai precisar renunciar. Vai ter que abrir mão da sua cidadania americana quando a gente se casar."

"Serei genoviano no papel", Michael disse, "mas sempre serei americano no coração. Essas cores não se apagam".

"Hum... talvez a gente esteja se precipitando."

"Mia, estou brincando. Estamos juntos há *oito anos* — ainda mais tempo se contar o colégio. Como a gente pode estar se precipitando? E eu não podia me importar menos com qual vai ser o meu sobrenome ou dos nossos filhos, ou até *se* teremos filhos, ou qual é a minha cidadania. Só quero estar com *você*, e vou abrir mão do que for necessário para fazer isso acontecer."

Meu coração se inundou de amor por ele. "Own. Michael, que fofo", sussurrei (tinha que sussurrar por causa do Lars, e também do François, o motorista. Seria legal ter alguma privacidade, mas isso se torna algo fora de cogitação quando se tem um motorista/segurança). "Eu também só quero estar com você."

"Então por que está pronta para fugir no primeiro sinal de problema? Achei que era mais durona, Thermopolis."

Precisei ignorar a miniempolgação que sinto quando ele me chama de Thermopolis. "Estou apenas pensando em você. Sabe que as coisas só vão piorar de agora em diante. Ela está tentando manipular a gente estilo *Guerra dos Tronos*."

"Quem está? Do que está falando?"

"Minha avó! A história do noivado vai estar em todos os lugares em exatamente uma hora. Reuters. BBC. TMZ. Todos vão falar sobre isso. Nosso casamento real será a abertura de todos os noticiários hoje à noite. Depois disso, não tem a menor chance de a gente conseguir fazer uma cerimônia pequena, particular, apenas com amigos e família. Vamos ter que fazer o que a minha avó mandar, o que provavelmente significa que terá, *sim*, um feriado nacional e um selo comemorativo com a sua cara."

"Não me importo", Michael disse, parecendo incrivelmente determinado. "Se tenho que passar por isso para me casar com você, assim será."

"Ah, Michael, obrigada."

"Mas essa é a pior parte, né? Não tenho que fazer nenhum ritual matrimonial secreto bizarro da Genovia, tenho? Cicatrizes de sacrifício? Cortes ritualísticos?"

"Bem, você já é circuncisado, então não."

O outro lado da linha ficou mudo.

"Ai, meu Deus, estou brincando", supliquei. "A primeira regra para ser um membro da família real é que precisa aprender a rir da piada."

"A primeira regra para uma piada é que precisa ser engraçada", ele rebateu.

"OK. Vamos voltar ao assunto em pauta: como é que minha avó descobriu? Sei que a Tina não contou nada."

"Não fui eu", Lars acrescentou do banco da frente. "Eu não falei."

"Claro que não foi o Lars", Michael disse depois de ouvi-lo. "Diga para o Lars que ninguém está pensando que foi ele."

Sério, se a minha vida fosse um daqueles romances literários com um triângulo amoroso, Lars e Michael seriam os machos alfa paranormais e sexy, mas os dois estariam apaixonados e me ignorariam completamente.

"A gente sabe que não foi você, Lars", afirmei. "E antes de a gente ir embora hoje de manhã, botei o anel no meu cordão com o pingente de floco de neve para que ninguém no avião visse. Só pode ter sido a Gretel."

"Gretel?", Michael repetiu.

"A chef. Quem mais poderia ter sido? Eu juro, vou escrever a pior resenha sobre ela no TripAdvisor. A não ser...", fiquei boquiaberta. "A não ser que houvesse *câmeras* na cabana. Você não acha que..."

"Mia", Michael disse. "Se acalma. Sei quem vazou a história."

"Você sabe? Quem?"

"Fui eu."

"*Você?*" Estava chocada. "Michael, do que está falando?"

"Aquela parte do release para a imprensa sobre eu pedir permissão para o seu pai era verdade — bem, parcialmente verdade. Não pedi permissão — sabia que você não gostaria disso, seria machista. Você não é propriedade do seu pai. Mas fui vê-lo antes da viagem para contar que eu ia pedir você em casamento no final de semana e disse que queria a aprovação dele."

Estava chocada. "Espere... foi isso que você quis dizer quando falou antes da viagem que tinha conversado com meus pais?"

"Sim. Conversei com a sua mãe também, porque ela teve uma importância ainda maior na sua criação. Achei que era a coisa certa a se fazer. Como acha que conseguiu se livrar de todos aqueles eventos — e de um aniversário no Cirque du Soleil — tão facilmente?"

"Ai, Michael", falei para o telefone. Eu estava sentindo um turbilhão de emoções. "Isso foi tão... tão..."

"É", ele disse. "Eu sei. Idiota, né? Ainda mais agora que as coisas ficaram desse jeito."

"Não", respondi. "Não era nada disso que eu ia dizer. Foi muito romântico da sua parte. Em uma família *normal* isso seria a coisa mais fofa a se fazer."

"Posso ver isso agora", ele comentou. "Acho que seu pai deve ter mencionado para alguém..."

"Não precisa ficar intimidado, Michael", expliquei. "Você faz parte da família agora. Pode falar a verdade. Meu pai deve ter contado para a minha avó, que viu uma oportunidade de transformar isso tudo em uma atenção positiva na mídia depois do incidente dele com a lei."

Michael suspirou. "Acho que eu devia ter previsto isso depois de todos esses anos."

"Shh, cale a boca", falei carinhosamente. "Eu não mudaria coisa alguma do final de semana por nada no mundo, nem mesmo isso. Mas por que não me contou que pediu para eles?"

"Não sei", ele disse. "O assunto nunca surgiu. Estávamos ocupados fazendo... outras coisas."

Fiquei vermelha, embora o Michael estivesse falando comigo de outro estado e ninguém no carro pudesse ouvir a conversa. "É, verdade", respondi. "Acho que a gente estava ocupado."

"Enfim, desculpa. Vejo você daqui a pouco então."

"Daqui a pouco? O que aconteceu com a conferência em Nova Jersey?"

Ele usou uma voz tranquila: "Ah, ainda vai rolar, mas a imprensa descobriu sobre minha palestra e lotou o hotel, e como eles não têm segurança suficiente para lidar com a situação, pediram educadamente para eu remarcar."

"Ai, Michael", gritei. "Sinto muito!"

"Tudo bem", ele disse. "Não tem a menor chance daqueles médicos me ouvirem falar sobre os avanços que a Pavlov Cirúrgica tem feito com as pesquisas em próteses neurológicas depois de descobrirem que o cara dando a palestra acabou de ficar noivo da princesa da Genovia."

Ele falou calmamente, tentando rir da situação toda, mas não havia graça alguma para mim. Na verdade, fiquei ainda mais irritada com a Grandmère. Ela não estava apenas egoistamente transformando o nosso casamento em *Guerra dos Tronos*: estava prejudicando a empresa do Michael e impedindo a disseminação de informação médica vital.

"Michael, me desculpe. Vou descobrir tudo sobre isso nem que seja a última coisa que eu faça."

"Mia, está tudo bem. Nada disso é culpa sua. Acho que tudo faz parte de ser um..."

Mas não pude saber o que ele achava ser parte do que porque o telefone dele morreu.

Ou os russos o encontraram, mas quando falei isso em voz alta, Lars disse que eu andava vendo muito *NCIS* e que agora era melhor me concentrar apenas no canal para mulheres Lifetime.

Acabei de dizer para ele parar de ser tão machista porque os homens também assistem àquele canal e também comentei que milhões de pessoas são sequestradas no Lifetime, especialmente mulheres grávidas que têm o bebê vendido no mercado negro, algo que totalmente acontece na vida real. Uma vez fui num evento beneficente para levantar dinheiro para a causa. Mariska Hargitay estava lá e trocamos elogios sobre nossas roupas no banheiro.

145

Segunda-feira, 4 de maio, 15h40, ainda no híbrido, posição no Ranking da Realeza: 1

Consegui falar com a minha mãe sobre o casamento antes que ela ficasse sabendo pelo noticiário (embora as chances fossem baixas, porque ela só escuta a rádio pública enquanto pinta e a NPR não é famosa por manter seus ouvintes atualizados sobre as últimas fofocas da realeza).

Minha mãe perguntou sobre os detalhes do pedido do Michael, e eu contei, mas resumidamente. Descobri que existem coisas que é melhor não compartilhar com ela. Quando falo da minha vida, tento me concentrar nas coisas positivas, como a parte esportiva de um noticiário.

Infelizmente, minha mãe não faz o mesmo comigo. Fui obrigada a ouvir *cada mínimo detalhe* sobre a visita do Michael ao apartamento dela na semana passada para perguntar se ela apoiava a nossa união.

"Ele foi muito cavalheiro", ela disse. "Estava até de gravata. Fiquei feliz por ele respeitar meu papel como sua criadora principal. Então é claro que disse que apoiava a união completamente..."

"Own." Isso deixou meu coração feliz. "Obrigada, mãe."

Ela não tinha terminado.

"... mas que, para ser sincera, não achava que você tinha namorado o suficiente, então disse que era melhor vocês dois esperarem."

"Mãe!", gritei. "Você *disse* isso para ele?"

"Mas é claro. Você tem 26 anos e só transou com uma pessoa. Não acha que precisa expandir seus horizontes?"

146

"Não, mãe, não acho. E realmente não quero discutir isso com você agora." Olhei para Lars e François que estavam numa discussão calorosa no banco da frente sobre como evitar irritações na pele ao usar um coldre de ombro num dia quente. Baixando a voz, acrescentei: "Mas só para lembrar, eu *já* saí com outras pessoas, mesmo que não tenha transado com elas. Então tenho absoluta certeza de que estou com a pessoa certa."

"Achei que a sua geração fosse mais ligada ao sexo casual", minha mãe disse. "Amizade colorida e tudo mais."

"Bom, talvez você precise parar de ver comédias românticas que se dizem modernas, mas sempre terminam com um cara correndo num aeroporto." Não que tenha algo de errado com elas, até porque eu totalmente as vejo, geralmente com a Tina, que é obcecada por esses filmes, assim como boa parte das mulheres lindas de manequim 34 que não tem sorte no amor, ainda mais quando envolvem uma heroína que é uma cirurgiã ousada.

"Só não entendo", minha mãe continuou, suspirando. "A juventude de hoje é tão diferente de quando eu tinha a sua idade."

"É", falei. "Somos. Quando você tinha a minha idade, já tinha uma criança de 2 anos — eu — com alguém que você não estava sequer interessada em fazer planos a longo prazo. Eu, no entanto, vou me casar com uma pessoa com quem quero ficar para sempre, e jamais não usei contraceptivo na vida."

"Sim, Mia, eu sei", minha mãe disse com uma voz tranquilizante. "Sempre foi minha preocupadinha. É por isso que amo você. Mas também amei o seu pai, sabia? Ainda amo. Não quero que pense que não amei."

"Bom, que ótimo, mãe", respondi. "Então por que não deixa eu me preocupar com meu próprio casamento? Afinal, já tivemos um começo complicado. Espere... *o que você disse?*"

"Ah, acho que o seu casamento começou muito bem", minha mãe disse. "Michael fez o pedido mesmo assim, não fez? Não consegui assustá-lo."

"Não essa parte", falei. "A parte sobre como você ainda ama o meu pai."

"Bom, é claro que amo seu pai. Sempre amei e sempre vou amar. Só nunca poderia morar com ele. Consegue *me* imaginar morando num palácio?" Ela riu, mas sem humor. "Eu seria péssima como membro da realeza."

"Hum", eu disse. "Não sei, não, mãe. Acho que ninguém poderia ser pior do que eu." Não pude evitar de me lembrar do Paolo e da sua analogia sobre o sapato de diamante. Será que o meu um dia pararia de incomodar?

"Não seja boba, Mia. Você tem feito um trabalho excelente, aplicou a democracia na Genovia, construiu o centro comunitário para as crianças e agora escolheu o Michael como seu príncipe consorte. É a melhor coisa que já aconteceu naquele lugar, e não estou dizendo isso porque sou sua mãe."

"Own." Era besteira, mas me deixou com os olhos cheios de lágrima. "Obrigada, mãe. Não tem ideia de como é importante ouvir isso de você. Mas, sério, se *eu* consigo me adaptar à realeza, não acha que você também conseguiria? Se realmente ama tanto o meu pai — e *sei* que ele idolatra você — não acha...?"

"Ah, Mia", ela interrompeu, com o tom exasperado que costumava usar quando entrava no meu quarto de manhã e me via tirando a minha temperatura antes do colégio porque eu tinha uma prova naquele dia e estava torcendo para ter sido espontaneamente infectada com malária na noite anterior. "O amor é ótimo, mas não resolve todos os problemas, sabe. Certamente não compensa o fato de seu pai ser um adulto que ainda mora com a mãe."

Fiz uma careta. Minha mãe tinha razão. "Não", respondi. "Acho que não."

"Acho que vou ter que comprar um daqueles vestidos horrorosos de mãe da noiva para a cerimônia", ela continuou com um suspiro. "Nada do meu armário espirituoso vai servir."

"Hum", falei, lembrando da última vez que a minha mãe usou algo "espirituoso" para um evento público. Ela apareceu na inauguração do centro comunitário em homenagem ao Sr. Gianini com um vestido azul com uma anágua vermelha estampada com rosas roxas. Era o favorito do Sr. Gianini. "De maneira alguma. Pode usar o que quiser, mãe."

"Mia", ela disse, rindo. "Claro que não posso. Seu casamento será televisionado para o mundo inteiro. Posso até ser uma pintora maluca, mas não quero *parecer* uma no seu dia. Acho que aguento uma tarde com um daqueles vestidos caretas de mãe da noiva", ela acrescentou, corajosamente. "O que não aguento é pensar em usar aquilo — com uma *meia-calça* — todos os dias da minha vida."

O que basicamente confirma a teoria da Tina e dos Drs. Moscovitz.

"É muito legal da sua parte, mãe", afirmei. "Mas a ideia era exatamente que você não *precisasse* usar um desses vestidos, com ou sem meia-calça. A gente queria uma cerimônia pequena, informal, com no máximo cinquenta pessoas, sem selos comemorativos do Michael..."

Minha mãe riu mais ainda.

"Ah, OK", ela disse. "Bom, boa sorte com isso. Na verdade, bem que eu gosto da ideia de selos do Michael."

"Não é? Foi o que *eu* disse!"

Amo a minha mãe, mas me preocupo com ela. Uma das coisas que o meu stalker gosta de apontar em suas cartas anônimas e nos e-mails para mim (e nos discursos que ele posta na parte de comentários do site Ranking da Realeza) é que mulheres como ela, que criaram filhos sozinhas, representam o mal. Ele faz posts intermináveis sobre as maneiras como mulheres iguais a ela (e eu) estão destruindo a essência da sociedade ao serem muito independentes (porque temos contas bancárias, empregos etc.) e que eu deveria tentar fazer da Genovia um lugar mais parecido com a nação despótica de Qalif em vez de advogar em prol da igualdade social, política e econômica das mulheres.

Se eu apenas conseguisse descobrir quem ele é, poderia prendê-lo e/ou humilhá-lo publicamente, ou pelo menos dedurá-lo para a própria mãe.

- *Lembrete:* Lembrar ao pessoal da assessoria para não me deixarem mais ler aquelas cartas. Prefiro ler apenas as cartas legais enviadas por garotinhas que se desenham com seus gatos.

É uma pena que a minha mãe e o meu pai nunca conseguiram se entender.

Mas a minha mãe realmente não é o tipo que usa meia-calça e, infelizmente, elas são necessárias para a maioria dos deveres oficiais reais, especialmente ao descer as escadas de um avião particular de vestido no meio de uma ventania. Acredite em mim. Isso já aconteceu o suficiente comigo na frente dos fotógrafos para eu saber.

ARGH.

É claro que nem a minha avó nem o meu pai estão atendendo o telefone.

Então, estou apelando para mensagens de texto, o que é péssimo porque, como estou recebendo muitas mensagens, minha bateria está acabando.

<Princesa viúva Clarisse da Genovia "El Diablo"

SAR Mia Thermopolis "FtLouie">

> Grandmère, por que todos os sites de fofoca estão dizendo que o Michael me pediu em casamento no final de semana? Como podem saber disso? E por que o Ranking da Realeza está dizendo que vamos nos casar no verão? Me ligue assim que puder porque realmente gostaria de esclarecer esse assunto.

Quem está falando? Por que existem palavras no meu telefone?

É uma mensagem de texto, Grandmère, pare de fingir que não sabe o que é, eu ensinei você a mandar mensagens no ano passado quando o TMZ hackeou o seu telefone e descobriu o negócio entre você e o James Franco. Então SEI que você sabe como funciona. E parece ser o único jeito de falar com você agora, considerando que não atende o telefone.

Não sei do que está falando. Obviamente meu telefone está quebrado. Por favor, marque uma hora com a minha assistente, Rolanda, se quiser falar comigo.

Não vou marcar uma hora com a Rolanda. Estou a caminho daí (embora esteja presa no trânsito no momento). Então é bom ter uma explicação preparada. Por que faria algo tão horrível como anunciar o meu noivado para a imprensa antes que nós tivéssemos tempo de contar para os pais do Michael pessoalmente?

Ah, é você. Amelia, algo terrível aconteceu. Venha me ver imediatamente.

> **Algo terrível está PRESTES a acontecer. Com você.**

> Amelia, estou falando de um assunto de importância nacional. Não ouso escrever aqui. Podemos estar sendo vigiadas, sabe.

> **Deixe eu ver se entendi. Você enviou um release para imprensa sobre meu casamento para distrair todo mundo de alguma OUTRA história que não quer que seja descoberta? Quem você acha que é agora, o presidente Snow de *Jogos vorazes*?**

> Amelia, não seja petulante.

Às vezes acho que o Rommel talvez não seja o único membro da família com demência.

Segunda-feira, 4 de maio, 17h20, apartamento da Grandmère no Plaza, posição no Ranking da Realeza: 1

Bom, o que aconteceu foi... Não tenho palavras para descrever o que aconteceu.

Mas preciso botar tudo no papel porque é a única maneira de digerir isso tudo e tentar descobrir *o que* fazer.

Tudo começou de forma relativamente normal — ou pelo menos normal o suficiente para minha família — quando cheguei no apartamento e Grandmère não queria falar sobre o assunto (claro).

Tudo que queria era pedir "chá" no serviço de quarto. Ela disse que não conseguiria me contar a "terrível notícia" de estômago vazio, e é óbvio que havia dispensado a Rolanda, a assistente dela, porque o que tínhamos para conversar era "pessoal demais".

Só que não era pessoal o suficiente para que outras pessoas não soubessem tudo sobre o assunto. Mas é claro que só descobri *isso* depois.

"Vamos ser sinceras, Grandmère", eu disse, sentando na poltrona estofada Louis XIV de cetim rosa (o novo decorador dela disse que "tudo que é velho está de volta", o que é uma outra forma de dizer: "Preciso de uma comissão de cem mil dólares, então vamos redecorar").

"Não tem nenhuma notícia terrível, não é verdade? Você só está chateada porque descobri que usou meu noivado como ferramenta de propaganda para melhorar a imagem do meu pai depois de ele ser preso. Ou é porque vou me casar com o Michael e não com um herdeiro de alguma família rica europeia? Bom, sinto muito, mas vai simplesmente ter que se acostumar com a ideia de que o próximo príncipe consorte da Genovia vai ser um gênio da computação judeu que fica incrivelmente gato de calção de banho."

"Não seja boba, Amelia", Grandmère respondeu. Ela estava tentando impedir que Rommel encoxasse um banco de antiquário de madeira horroroso pelo qual sei que ela pagou 16 mil euros. "Por que eu desejaria que se casasse com outra pessoa senão Michael? Ele salvou as nossas vidas naquele verão em que consertou o hi-fi do palácio e eu pude votar no meu querido Rudolpho no *Genovia Can Dance*."

Revirei os olhos. "Quando ele consertou o wi-fi, você quis dizer."

"Sei lá o nome. Agora, levante-se e me ajude com esse cachorro."

Achei que estava falando do Rommel, então me levantei para botá-lo de volta em sua cama (uma cesta de ovos francesa do século XVIII, mil euros). Mas ela disse: "Não *esse* cachorro! *Ele* está bem. O outro. Pegue o outro!"

Sim, Grandmère agora tem *outro* cachorro. (Embora essa não seja a emergência nacional. *Antes fosse*.)

E por mais que ele seja adorável — pelo menos por enquanto ainda está coberto de pelos —, sério, pessoas que não sabem cuidar direito do animal atual, não deveriam poder pegar mais um.

155

"Por quê?", perguntei, levantando a minúscula criatura branca que achei escavando a cebola perdida de um drinque debaixo do sofá de cetim branco de 40 mil dólares. "*Por que* comprou mais um cachorro?"

"Ela é top de linha", Grandmère explicou. "O criador me assegurou que qualquer filhote gerado por ela e Rommel será da melhor qualidade, inteligência e beleza. E foi você quem me disse que eu precisava resolver o... probleminha do Rommel."

Fiquei horrorizada. "Era para castrá-lo, não para comprar uma esposa para ele! E, olha, ele nem está interessado nela." Rommel estava encoxando sua cama francesa de mil euros.

"Ah, isso é porque ela ainda não está no cio", Grandmère respondeu simplesmente.

"Mas ele *me* encoxa mesmo quando *eu* não estou no clima. Grandmère, essa ideia é pior do que a *Noiva de Frankenstein*, porque em vez de você ter construído uma namorada para o Rommel com cadáveres, o que seria aceitável, considerando que ele não sabe distinguir objetos animados dos inanimados, você foi lá e comprou uma namorada *viva* para ele."

"Pare de se preocupar com o cachorro, ela está perfeitamente feliz. Mostre o anel."

Botei a nova cadela, fofa e inocente, no chão da cozinha com um pote de comida e outro de água, fechei a porta para protegê-la dos avanços do Rommel (caso ele decidisse fazer algum movimento) e voltei para mostrar o anel que Michael tinha me dado à minha avó.

"Como pode ver", falei, "seus espiões erraram. Não é uma safira."

"Meu Deus!", ela gritou. É claro que na minha ausência havia colocado sua lupa para examinar a pedra. "Deve ter pelo menos sete quilates. Não sabia que construtores de robôs ganhavam tanto dinheiro. Meu respeito pelo garoto acabou de aumentar."

Afastei minha mão dela. "Michael não é um garoto, ele é um homem. E já disse mil vezes que ele não constrói robôs, ele projeta braços cirúrgicos robóticos e agora próteses também. E é um diamante feito em laboratório."

Ela largou minha mão imediatamente. "É falso? Retiro tudo o que disse sobre meu respeito por ele."

"Diamantes sintéticos não são falsos como um zircão tridimensional, Grandmère. São diamantes de verdade, só que feitos em laboratório em vez de minas, sem os conflitos humanitários ou ambientais que existem na colheita."

Grandmère suspirou como se eu tivesse acabado de dizer que Michael e eu estávamos de mudança para uma daquelas comunidades fechadas onde ninguém usa roupa nas quadras de tênis porque querem "expressar seu verdadeiro eu".

"Não acho que esse dia poderia ficar pior", ela disse.

"Para *mim*", falei. "Eu esperava passar o dia de hoje contando a notícia do meu noivado pessoalmente para as pessoas que amo e agora estou tendo que explicar para elas por que ficaram sabendo da novidade por mensagem de texto ou em sites de fofoca. Então por que não falamos logo sobre esse assunto de 'importância nacional' que você diz justificar um release anunciando meu casamento em julho, o que, aliás, não vai acontecer. E se esse assunto nacional é tão urgente, por que meu pai não está aqui?"

Ela me encarou sem piscar através do seu delineador tatuado. "Porque a notícia que tenho para compartilhar, Amelia, é *sobre* o seu pai."

Pela segunda vez em menos de 72 horas, meu coração parou. Meu pai era a única pessoa com quem eu não havia falado (ou recebido um recado) o dia inteiro.

"Grandmère!" Agarrei a mão dela cheia de veias e anéis. "O que aconteceu? Foi o coração? Um manifestante? Aonde ele está? Posso vê-lo?"

"Componha-se!" Acho que a Grandmère teria me dado um tapa na cara se eu já não estivesse segurando a mão dela (e a outra não estivesse ocupada com um drinque). "Seu pai está bem. Não temos tempo para histeria. Tome um drinque, como uma pessoa normal."

Na época da Grandmère, as pessoas não tomavam antidepressivos ou faziam terapia quando estavam preocupadas com algo. Elas levavam um tapa na cara ou tomavam um drinque "como uma pessoa normal".

Preciso admitir que esse método economiza muito tempo, a não ser, é claro, que a pessoa seja alcoólatra ou que o problema dela seja os tapas constantes da família, o que hoje em dia chamamos de "maus-tratos".

Felizmente, nessa hora o "chá" já havia chegado, então a mesa de centro de mármore (7,5 mil euros) estava coberta de mini sanduíches e "chá". Grandmère já estava munida do seu drinque tradicional, um sidecar, então fiz uma vodca tônica para mim porque, sinceramente, não acho que conseguiria aguentar sóbria o que estava por vir.

"Se o meu pai não morreu, o que é, então?", perguntei, depois de tomar alguns goles de encorajamento. "Ele não foi preso novamente, foi?"

"Não, mas foi assim que acabei descobrindo tudo isso." Grandmère se sentou e mordeu um pedaço do sanduíche de salada de ovo no pão branco sem casca. "Quando estava mexendo na mesa do seu pai, procurando o número da conta dele para pagar a fiança depois de ele ser encarcerado."

"Espere. Você pagou a fiança com o dinheiro da *conta dele*?"

"Claro. Foi a idiotice dele que o levou à cadeia. Por que eu usaria meu próprio dinheiro para tirá-lo de lá?"

Essa foi pesada, até mesmo para Grandmère. "Uau", falei. "Lembre-me de não ligar para você para pagar o resgate se um dia eu for sequestrada."

"Ai, por favor", Grandmère respondeu. "Pagamos seguro de resgate para isso."

"Bom", continuei. O sanduíche de salada de ovo parecia bom, então peguei um também, embora meu estômago estivesse se revirando de ansiedade. "O que descobriu não pode ser tão ruim assim. Ele foi preso semanas atrás e você só está chamando isso de assunto de 'importância nacional' agora?"

"Eu designei um membro da GRG para investigar e somente hoje de manhã recebi um relatório completo sobre a gravidade do assunto."

"Ah, bom, a GRG! E o que a Guarda Real da Genovia pode ter descoberto sobre a vida pessoal do meu pai que foi tão chocante para justificar você me forçar a fazer uma cerimônia de casamento com a qual não concordei?"

Grandmère pigarrou dramaticamente e disse a última coisa que eu esperava ouvir:

"Amelia, você tem uma irmã."

Felizmente, eu tinha engolido o sanduíche antes do anúncio, senão teria me engasgado. "Desculpe, o *quê*?"

"Você me ouviu. Não é a única *enfant naturel* do seu pai" — o que quer dizer "filho bastardo" em francês. "Ele tem outra."

Idiotamente, só conseguia pensar naquela cena de *Guerra nas estrelas V: o Império contra-ataca* quando Obi-Wan diz que Luke é a última esperança deles e Yoda responde: "Não, tem outra."

Claro que é preciso esperar um outro filme inteiro para saber que a "outra" é a princesa Leia, que por acaso é a gêmea secreta do Luke.

"Calma." Eu não tinha reparado que havia deixado o sanduíche frouxo entre os meus dedos até perceber os dentes afiados de Rommel mordiscando-os ao roubá-lo. "Ai!", gritei. Então disse: "Isso não é possível, Grandmère. Se eu tivesse uma irmã, meu pai teria me contado. Além do mais, sabe perfeitamente que ele não pode mais ter filhos porque a quimioterapia para o câncer nos testículos o deixou infértil. É por isso que sou a herdeira do trono..."

"Claro", Grandmère interrompeu, revirando os olhos. "E quando contou essa linda historinha doze anos atrás para você, ele tinha *acabado* de receber essa notícia trágica dos médicos. Mas, como todos nós sabemos, médicos nem sempre estão certos. Você se lembra de quando me disseram para eu evitar cigarro e bebida alcoólica porque acharam que eu estava com um tumor no estômago? Mas acabou sendo apenas um refluxo. Tomei alguns antiácidos e fiquei boa."

"Grandmère", falei, ainda chocada. "Isso *não* é a mesma coisa."

"Bom", ela disse. "De qualquer forma, você tem uma irmã. Ela provavelmente foi concebida bem na época desse lindo discurso que o seu pai fez. Mas, como podemos ver, ainda restavam alguns nadadores ativos na antiga tubulação."

"Eca!" Fiz uma conta rápida de cabeça, o que não foi fácil, porque matemática nunca foi o meu forte e também porque a linguagem imagética da Grandmère havia me enojado. "Espere... então está dizendo que tenho uma irmã de 12 anos?"

"Sim, é exatamente o que estou dizendo."

"Como sabe disso?", perguntei, desconfiada. "O que exatamente encontrou na mesa do meu pai que prova isso? Não foi mais um *daqueles e-mails*, foi?"

Minha vó é uma dessas pessoas que se sente obrigada a ajudar qualquer príncipe nigeriano sem sorte que aparece (porque realeza ajuda realeza), portanto ela realmente acreditou num e-mail sobre um parente que precisava de uma transferência de dinheiro imediata porque tinha sido roubado e estava preso no México. Pior, ela achou que *eu* era a pessoa que tinha sido roubada. Alguém conseguiu descobrir o endereço do meu e-mail pessoal e o usou para dar um golpe de 30 mil dólares na minha avó (ainda bem que ela tem esse dinheiro) antes que qualquer pessoa do palácio descobrisse o que estava acontecendo e a impedisse (não que alguém fosse ser capaz disso. Quando a Grandmère bota uma ideia na cabeça, não tem como pará-la).

Grandmère ficou furiosa ao descobrir que eu estava em segurança, tendo aula na Sarah Lawrence e bem longe do México, e que um estranho estava viajando por lá com 30 mil dólares a mais.

A pior decisão que já tomamos foi permitir que a minha avó acessasse a internet (embora ela ame fazer comentários anônimos. É a pior troll da história. Ninguém no Jezebel.com ou no Reddit tem ideia que a princesa viúva da Genovia é a pessoa por trás dos comentários mais cruéis sobre crianças gordas que precisam ter mais autocontrole para perder peso).

"Você sabe que devia ser só mais um golpe, não sabe?", perguntei. "As pessoas entram em contato comigo *toda hora* dizendo que são meus parentes perdidos — o que até pode ser verdade por causa da quantidade de sites sobre genealogia. Seis graus de separação e tudo mais. Somos todos primos, basicamente. Mas eu jamais mandaria dinheiro para essas pessoas ou daria qualquer tipo de atenção para suas afirmações malucas. Meu pai também não daria."

"Infelizmente, Amelia, isso não é um golpe", Grandmère disse desdenhosamente. "Posso afirmar que essa pessoa existe de verdade e é sua irmã. Senão, duvido seriamente que o seu pai estaria pagando pensão a ela — mensalmente — há *doze anos*. Eu vi as transferências na conta bancária particular dele."

Minha mente estava girando. "Grandmère, isso não — não pode ser verdade. Os pagamentos têm que ser para alguma outra coisa."

"Não segundo o relatório do José."

"*José?*" Eu estava fazendo mais um drinque, dessa vez com a mão tremendo. "Você quer dizer o José de la Rive, o diretor da Guarda Real da Genovia, o *chefe* do Lars?"

"Bem, naturalmente, Amelia. Apesar do que você pensa de mim, eu não ia simplesmente *presumir* que o que vi na conta do seu pai era verdade, não depois da história do México... e não sem antes mandar alguém investigar. E o José é obviamente o melhor e tem também bastante experiência nesse tipo de coisa. Ele costumava trabalhar para a Interpol. Na divisão antiterrorismo." Ela tinha um olhar distante que eu reconhecia. Era o mesmo de quando teve um caso com o James Franco. "José é surpreendentemente cavalheiro para um homem acostumado a fazer uso da tortura."

Essa história só piorava.

"Ai, Grandmère", falei. "Por favor, não me diga que enviou o José para torturar com afogamento a família da garotinha!"

"Claro que não, Amelia", ela disse, enojada. "O que você acha que sou? Enviei o José para Cranbrook, Nova Jersey, para coletar o DNA da criança para um teste de paternidade."

"Nova Jersey? Por que Nova Jersey?"

"Porque é para onde seu pai tem enviado pagamentos mensais nos últimos doze anos, Amelia. Você é tapada? Achei que seria bom saber se por acaso ele não estaria fazendo isso desnecessariamente..."

"*Nova Jersey?*", gritei. "Está me dizendo que a minha meia-irmã mora do outro lado do rio desde que eu tinha 14 anos e ninguém nunca me contou?"

"*Nos contou*, Amelia", Grandmère disse, parecendo irritada. "Seu pai nunca contou para *nós*. E precisa gritar assim? É muito pouco régio. E foi exatamente isso que pedi para o José descobrir, e foi o que ele fez. Ele disse que ficou chocado por ninguém ter descoberto antes — alguém como o seu sofrível primo Ivan ou aquele canalha do Brian Fitzpatrick. Seu pai tem feito os pagamentos no *nome dele* direto da conta do banco Chase Manhattan. Aquele idiota!"

Eu não conseguia acreditar. Não a parte sobre meu pai ter um caso — ele é um príncipe, afinal, que nunca se casou depois da recusa de casamento da minha mãe na faculdade e escolheu "vagar pelo globo em busca de uma mulher que talvez consiga prover o bálsamo para acalentar o seu coração ferido", como Tina gosta de dizer (embora, na verdade, ele tenha tido uma dúzia de relacionamentos curtos com modelos, atrizes, âncoras de jornal e a ocasional professora de inglês do ensino médio).

Era a parte sobre ter uma irmã mais nova que eu não conseguia acreditar... e o fato de meu pai nunca ter me contado. Eu podia entender não contar para a Grandmère. Embora exista um coração caloroso (bom, morno) por baixo desse exterior escandaloso. De que outra forma ela teria suportado aquele cachorro horrível por tantos anos?

Mas não existe dúvidas de que ela desaprova quase tudo que o filho único dela (meu pai) faz.

É provavelmente por isso que ele se apaixonou pela única mulher no mundo que não pode ter — minha mãe, o oposto da mãe dele (desafiando completamente a teoria do Dr. Moscotivz sobre o meu pai).

Mas sempre achei que eu e o meu pai fôssemos próximos.

Agora vejo que não sei nada sobre ele.

Dói um pouquinho. Muito, na verdade.

Levantei. "Bom, o que estamos esperando?", falei para minha avó. "Peça para o seu motorista trazer o carro e vamos conhecê-la."

"Certamente não, Amelia", minha avó respondeu. "Segundo a Lazarres-Reynolds essa é a *pior* coisa que poderíamos fazer. Não podemos arriscar que essa história vaze para a imprensa, especialmente depois de todo o trabalho que tivemos hoje para encontrar a distração perfeita para eles com o seu casamento."

"Sobre o que está falando? Quem é Lazarres-Reynolds?"

"A empresa de gerenciamento de crise que contratei para lidar com esse assunto, é claro. Por que acha que anunciei seu noivado hoje de manhã?"

Afundei de volta no sofá, chocada. "Achei que tivesse feito isso para desviar a atenção da imprensa da prisão do meu pai."

"Bem, óbvio que sim, Amelia. Já viu os últimos números das pesquisas para primeiro-ministro? Ele está cinco pontos atrás do seu primo Ivan — que acabou de anunciar hoje que, se for eleito, tornará a produção de frutas transgênicas ilegal *e* cancelará todos os vistos humanitários para entrar na Genovia. Mas caso a notícia sobre esse último fiasco do seu pai se espalhe, ele será massacrado nas urnas. *Massacrado*."

Balancei a cabeça. "Grandmère", eu disse. "A existência dessa garotinha não é um escândalo político que dá para acobertar com uma agência de publicidade. Ela é um ser humano. Ela é da *família*."

"Estou ciente disso, Amelia. Mas a Lazarres-Reynolds é realmente muito boa. Você se lembra do incidente ano passado com o filho do sultão de Brunei e o macaco?"

"Não."

"Exatamente. E sabe por que não se lembra? Duas palavras: Lazarres-Reynolds."

"Mas, Grandmère", argumentei desesperada, "realmente acha que se as pessoas descobrissem que o meu pai tem outra filha, reprovariam a ponto de não votarem nele?"

"Depois de manter isso em segredo por tanto tempo? Sim. Ninguém gosta de mentirosos. Pense bem, Amelia. Como *você* está se sentindo em relação ao seu pai agora?"

"Eu... eu... acho que estou um pouco confusa."

Ela riu com desdém. "Bobagem. O que está sentindo nesse momento, Amelia, é *mágoa*. Pessoalmente, eu gostaria de arrancar os testículos dele — o que sobrou pelo menos —, mas isso daria mais uma crise para a Lazarres-Reynolds resolver. E ainda assim é possível que tenham mais uma porque, segundo o José, o tio que ajuda a criar a menina aceitou um emprego bem pago no exterior e está planejando levar a família inteira..."

"O *quê*?" Eu não estava nem aí para a possibilidade da Grandmère cortar o testículo restante do meu pai. Estava mais interessada no bem-estar da minha nova irmã. "Por que tem um *tio* ajudando na sua criação? Cadê a mãe dela?"

"A mãe, Elizabeth Harrison, faleceu dez anos atrás em um trágico acidente de jet ski..."

"O *quê*?", gritei. Toda vez que a minha avó abria a boca, parecia que a notícia ficava ainda mais terrível.

"Se me deixasse terminar, Amelia, em vez de ficar me interrompendo constantemente, iria entender. A mãe da menina pilotava uma frota de aviões particulares — foi assim que seu pai a conheceu. Você sabe como ele adora pegar um avião toda vez que dá na telha e nem sempre se dá o trabalho de esperar pelo avião real. Enfim, aparentemente tiveram um caso tórrido por um tempo, mas depois a coisa esfriou e a mulher morreu quando estava de férias. Nunca realmente fui a favor desse transporte aquático, é tão perigoso. Fico feliz que a gente tenha banido isso das águas da Genovia."

Fiquei ali, sentada, completamente em choque. Meu pai tinha sido apaixonado — apaixonado o suficiente para ter uma filha com alguém que não fosse minha mãe? Eu ia ter que reler cada página dos meus diários daquela época para ver como não percebi isso. Deve ter existido alguma dica, alguma indicação da existência da Elizabeth Harrison. Senão, meu pai era o maior ator que já existiu.

Ou eu sou uma filha muito insensível.

"Como a sua mãe", Grandmère continuava falando, "Elizabeth preferiu que a filha fosse criada sem saber de seu direito inato. Ela a deixou sob o cuidado da irmã, Catherine, que é perfeitamente aceitável, segundo o José, mas tem um gosto questionável nos homens, pois se casou com o que acredito ser comumente chamado de 'polaco', que tem uma empresa de construção que..."

167

Eu já havia ouvido tudo que podia. "Grandmère, o que meu pai estava *pensando*? Consigo entender querer manter a menina afastada da mídia, mas como pôde manter esse segredo de *nós*?"

Grandmère fungou e serviu mais um drinque. "E permitir que a sua mãe descobrisse e pensasse mal dele? Duvido!"

"Mas por que a minha *mãe* se importaria? Ela também se apaixonou e teve um filho com outra pessoa."

"Esse é o problema, Amelia. Seu pai supõe que a sua mãe se *importaria*... tanto quanto ele se importou quando ela casou com aquele seu professor de álgebra. Não que ela tenha notado, cruel daquele jeito."

"Minha mãe não é..."

"Tome." Grandmère me entregou um dossiê. Parecia tão satisfeita com si mesma quanto o Fat Louie depois de enfiar a cara na tigela de cereal e beber todo meu leite. "Esse é o relatório do José, pode ler tudo sobre isso aí. Tem bastante coisa sobre o polaco. É bem perturbador. Ele é ruivo."

Franzi o cenho. Um dos sinais de demência em pessoas idosas é a perda de inibições sociais, e isso é certamente o caso da minha avó, que quase não se dá mais o trabalho de esconder seus preconceitos, especialmente contra homens ruivos. Apesar de todas as provas contrárias, Grandmère acredita que o verdadeiro vilão da série Harry Potter é Ron Weasley e não Voldemort.

Eu certamente teria falado sobre isso com o Dr. Delgado, mas o príncipe Harry da Inglaterra e as atrizes famosas de madeixas avermelhadas estão isentos da fúria dela. Então ela não tem preconceito com *todos* os ruivos, apenas com os que considera socialmente inferiores.

Com certeza vou pedir uma autópsia do cérebro da minha avó quando ela morrer para ver o que me espera na velhice.

"Desculpe, Grandmère", falei rispidamente enquanto folheava as páginas perfeitamente digitadas, cada uma carimbada com o selo oficial da guarda genoviana. "Consigo entender por que seria perigoso para a garota se a verdade viesse à tona — ninguém deveria crescer com guarda-costas e cercada pela imprensa como eu cresci. Mas estamos vivendo uma época muito mais esclarecida. Realmente acredito que se fizermos tudo direito — mesmo sem a ajuda da equipe de administração de crise — nem os eleitores *nem* a imprensa vão fazer um escândalo dessa..."

Minha voz havia morrido porque eu tinha virado na página com a foto da minha irmã.

"Ah", falei. "*Ah.*"

Grandmère assentiu. "Sim", ela disse. "*Agora* consegue entender a gravidade da situação, Amelia?"

"Não é um *problema*", respondi. "Exceto talvez para algumas pessoas que podem ficar surpresas por ela ser... ela ser..."

"*Negra*", Grandmère disse.

Sério, às vezes não consigo nem lidar com ela.

"Afro-americana", eu a corrigi.

"Ela não é *africana*", Grandmère disse. "Nasceu em Nova Jersey e o pai é genoviano."

"Sim, Grandmère, mas hoje em dia se diz..."

"Então ela é *americo-genoviana*", Grandmère prosseguiu, me ignorando completamente. "Acredito que você vá argumentar que o termo certo é multirracial, mas na Europa a chamarão de negra, assim como chamariam o tio dela de russo."

169

"Ninguém, a não ser você, chamaria o tio dela assim", respondi. "E espero que a Europa não a chame de nada além de Olivia Grace, que segundo isso aqui é o nome dela."

"Realmente acha que é isso que o seu primo Ivan vai dizer quando descobrir?", Grandmère perguntou acidamente. "Duvido muito."

Seria legal pensar que ela está errada e que vivemos num mundo onde ninguém repara em coisas como cor da pele (ou do cabelo) e que não existem mais preconceitos nem intolerância. Certamente muitas pessoas afirmam "não ver" essas coisas e dizem que vivemos numa "sociedade pós-racial".

Mas não preciso de uma equipe de administração de crise para me dizer que isso não é verdade.

"É", falei. "Bom, no caso do primo Ivan, talvez tivesse sido melhor se ela fosse ruiva..."

"Morda essa língua!", Grandmère gritou, horrorizada.

Mas não conseguimos terminar nossa conversa porque, naquele exato momento, ouvimos vozes masculinas no corredor do lado de fora do apartamento da Grandmère. Curiosamente, pareciam cantar uma canção popular da Genovia, que quer dizer mais ou menos isso:

Ah, mãe, perdão porque bebi novamente!
Perdão, mãe, porque bebi novamente,
Perdão, mãe, porque bebi,
Perdão, mãe, porque bebi,
Perdão, mãe, porque bebi novamente!
(repete)

É provavelmente a música mais irritante de todos os tempos, mas fica mil vezes mais irritante quando você percebe que está sendo cantada pelo seu pai, o homem que, como você acabou de descobrir, mentiu (por omissão) sobre ter outra filha e que foi preso há apenas algumas semanas por dirigir acima da velocidade com seu carro de corrida por Manhattan.

"O que *ele* está fazendo aqui?", chiei, fechando o dossiê apressadamente.

"Ah, esteve esse tempo todo no andar de baixo, na suíte dele", Grandmère disse, "com seu noivo".

"O *quê*? Michael?" De repente reconheci a segunda voz masculina. "Quando o *Michael* chegou aqui?"

"Acredito que chegou enquanto você aprisionava a futura noiva do Rommel na cozinha", Grandmère disse secamente, "para tentar, como ele disse, esclarecer essa asneira sobre o casamento. Disse a ele que falasse com o seu pai. Parece que os dois andaram comemorando o anúncio das núpcias de vocês. Pode ficar com isso". Ela apontou para o dossiê. "Tenho uma cópia. Mas eu não deixaria seu pai ver."

"Espere... *Meu pai não sabe que você sabe?*"

"Claro que não. Você sabe como ele é sensível. Desde que era um garotinho, nunca quis que eu soubesse da vida dele. Lembro de quando estava na escola e colecionava revistas em quadrinhos — aquele que se vestia de aranha, como é o nome? Bom, não importa o nome, seu pai o amava, mas não queria que eu soubesse. Por que acha que ele tinha tanta vergonha de amar um homem aranha?"

171

"Não sei, Grandmère", respondi, enfiando o dossiê na minha bolsa, que era uma mala de mão, portanto felizmente grande o suficiente para guardá-lo. Eu ainda não tivera uma chance de desfazer a mala da viagem, então ainda estava carregando minhas roupas e protetores solares por aí. "Quem sabe porque talvez secretamente ele quisesse ser o Homem-Aranha. De qualquer forma, precisamos falar com ele sobre o assunto. Ele não pode manter a filha em segredo."

"Claro que pode", ela afirmou com desdém. "Pelo menos até a eleição. Fez isso pelos últimos doze anos, pode fazer por mais três meses."

"Mas ele não pode permitir que a Olivia vá morar fora do país!"

"Por que não? A imprensa terá muito mais dificuldade de encontrá-la do que em Nova Jersey. E ela está com a família dela, que ela conhece e com quem, provavelmente, se sente amada e confortável."

"Mas não é certo", eu disse. "Também somos a família dela. E talvez a gente nunca tenha outra chance de vê-la. Como no docudrama de 1991, estrelado por Sally Field, *Nunca sem minha filha*, baseado na história real do sequestro da filha da americana Betty Mahmoody pelo próprio marido, que se recusava a voltar do Irã depois da visita de duas semanas."

Grandmère franziu o cenho. "Eu disse fora do país, Amelia, não Irã. Sabe que apenas compartilhei essa informação com você para que pudesse compreender o papel fundamental que precisará interpretar como noiva real durante o verão, e não para que pudesse transformar isso tudo em um enredo de um filme horrível que só você viu."

"O filme não era terrível", retruquei indignada. "Era um retrato tocante sobre uma mulher corajosa que lutou contra um regime misógino para ter a filha de volta."

"Preciso lembrar, Amelia, que estamos num momento de crise e não num momento de críticas cinematográficas? Seu pai precisa de você. Seu *país* precisa de você."

"Bom, acho que a minha *irmã* precisa de mim e pretendo fazer algo a respeito."

"Não vai, *não*. Vai fazer o que eu mandar. E pare de tremer os olhos. É completamente desagradável."

Mas a essa altura a porta do apartamento já tinha sido aberta e meu pai havia cambaleado para dentro, sendo segurado pelo braço por Michael, então a conversa (princesas nunca discutem) terminou. Minha avó me empurrou — com uma força surpreendente para uma senhora — na direção deles, gritando: "Olá, cavalheiros! Como é bom vê-los. A novidade pede uma celebração, não acham? O que vão beber?"

Meu pai está trêbado — alcoolizado demais para ser confrontado — e eu deveria estar aqui fazendo café (o que obviamente não está acontecendo porque passei esse tempo todo escrevendo no diário. Pedi café no serviço de quarto).

Mas todos estão bem-humorados demais para reparar, até mesmo Grandmère. Até mesmo Michael. Ele veio aqui e me deu um beijo.

173

Michael não bebeu tanto quanto meu pai, mas disse que quando tentou falar sobre fazer um casamento menor, meu pai deu um tapa no ombro dele e disse, "Mas por que faríamos isso? Precisamos acompanhar o ritmo daqueles ingleses!", então abriu uma garrafa Domaines Barons de Rothschild Chateau Lafite safra 2000 de mil dólares.

Até a cadela nova parece estar feliz: no momento está enrolada como uma bola branca no meu colo.

Todo mundo parece estar transbordando de felicidade.

Todo mundo, menos eu.

O que vou fazer?

Segunda-feira, 4 de maio, 20h27, no híbrido a caminho do consulado, posição no Ranking da Realeza: <u>1</u>

Ignorei o conselho da Grandmère sobre não compartilhar nada pessoal com ninguém que não seja da família e contei tudo para o Michael no carro agora há pouco no caminho para casa — o que significa que o Lars também ouviu tudo, mas enfim. O fato de eu ter uma irmã deve ter sido um dos segredos mais curtos da história.

Mas não tem como eu *não* contar uma coisa dessas para o Michael. Estamos noivos.

O Michael ficou surpreso, mas não tão surpreso quanto eu ficaria se ele tivesse me contado que o pai *dele* tinha uma filha bastarda mantida em segredo há doze anos em Nova Jersey.

Imagino que seja mais fácil acreditar nessa história com o príncipe da Genovia do que se fosse com o Dr. Moscovitz, um psicanalista casado que mora no Upper West Side e gosta de ler não ficção sobre o Terceiro Reich nas horas vagas.

"Bom", Michael disse depois de superar o choque inicial. "O que você vai fazer?"

Não tentei disfarçar minha amargura. "A Grandmère disse que não devo fazer nada pelo bem da nação. Não até as eleições."

"Certo." Michael revirou os olhos. "De novo, o que você vai fazer?"

"Essa é a parada. Não sei." Isso é muito estressante. Geralmente sempre sei o que fazer... ou pelo menos sei em que direção seguir. Mas, nesse caso, não faço a menor ideia. "O que *você* faria?"

"Se eu descobrisse que tenho uma irmã mais nova e que um polaco ruivo talvez a leve para fora do país, eu iria atrás dela", Lars sugeriu do banco da frente. "Depois eu enfiaria uma bala na cabeça do polaco. Provavelmente uma nove milímetros. Mas quem sabe uma 45, dependendo do quanto não fosse com a cara dele."

Obrigada pela opinião, Lars.

"Acho que essa não é a maneira mais diplomática de lidar com o assunto", falei. "Também não seria a melhor coisa para uma menina de 12 anos testemunhar."

"Eu não faria nada na frente dela." Agora o Lars parecia enojado comigo. "E tenho bastante conhecimento para fazer parecer um suicídio."

- *Lembrete:* Não criar inimigos na GRG.

A Grandmère estava certa. Eu deveria ter ficado quieta sobre a minha vida pessoal.

Segunda-feira, 4 de maio, 21h05, ainda no híbrido, posição no Ranking da Realeza: 1

Realmente preciso dizer "merda", embora princesas não devam falar palavrões.

Acabamos de chegar na frente do consulado e meia quadra está tomada por barricadas de madeira azul que a polícia de NY ergueu (trabalhando conjuntamente com a Guarda Real da Genovia) para manter todos os caminhões de TV e fotógrafos longe das portas do consulado.

Não quero ser o tipo de namorada/noiva/esposa que diz "eu avisei", mas realmente avisei ao Michael que isso aconteceria. É oficial:

Nosso noivado virou notícia nacional.

Não sou mais a *Por Que Ele Não Se Casa CoMia*.

Sou a *Princesa prometida*.

(Tão batido. Você é melhor do que isso, Brian Fitzpatrick.)

Segunda-feira, 4 de maio 21h21, ainda no híbrido, posição no Ranking da Realeza: 1

Que merda dupla. Acabamos de chegar na frente do prédio do Michael e *também* está cercado pela imprensa à nossa espera.

Lars está ligando para o José para perguntar o que devemos fazer. A polícia sinalizou para o nosso carro e quando a policial simpática viu quem era, ela disse: "Podem me fazer um favor?"

Respondi: "Claro, policial."

Ela falou: "Não saiam do carro."

"Mas eu moro aqui!", Michael reclamou.

"Eu pensaria seriamente em me mudar."

Tão cansada. Eu só quero deitar na cama e chorar até adormecer. Mas, nesse momento, parece que não tenho uma cama para me deitar.

Nunca pensei que seria tão complicado ter um "felizes para sempre".

Estou com saudade do Fat Louie.

Entende, é esse tipo de coisa que me faz pensar em *não* ir correndo até Nova Jersey para arrancar a Olivia Grace do seu tio polaco. Quando algo impede você de ir para casa — mesmo que seja apenas um lar temporário, como o apartamento do terceiro andar do consulado da Genovia —, lá é o único lugar onde se quer estar.

Terça-feira, 5 de maio 00h22, suíte do Regalton Hotel Central Park, posição no Ranking da Realeza: 1

Não era assim que eu esperava passar a minha primeira noite de volta a Manhattan como uma mulher noiva.

Não que eu esteja reclamando, porque sei que existem muitas, muitas pessoas que trocariam de lugar comigo em um instante. E estou muito, muito contente de estar com o meu noivo na suíte presidencial do Regalton (um dos hotéis mais luxuosos de Manhattan) aos cuidados do consulado da Genovia sob o nome de "Sr. e Sra. James T. Kirk". Não estou exatamente sem teto ou dormindo no meu carro sob uma ponte. Estou curtindo bastante meus sapatos de diamante.

Ainda assim, é um pouco incômodo não poder dormir na minha própria cama (ou ver o meu gato) por causa de uma horda de repórteres acampados na frente de nossos domicílios.

"Se está assim agora", Michael me perguntou mais cedo enquanto a gente degustava um *steak au poivre* (serviço de quarto), "como vai ser quando estiver perto da cerimônia?"

"Não se preocupem", Dominique nos assegurou alegremente ao telefone (botei a ligação no viva-voz). "Tenho certeza de que logo haverá algum desastre ambiental ou um escândalo com alguma celebridade."

Mas e se o escândalo com celebridade for a minha recém-descoberta irmã mais nova? Pensei (mas não perguntei em voz alta porque a Dominique ainda não sabe desse segredo).

Não quero que a Olivia tenha um monte de repórteres com lentes de longo alcance apontadas para cada porta e janela de sua casa, querendo saber quando ela vai chegar para tirar uma foto, sem se importar caso ela esteja ou não preparada. (Não tem nada pior do que alguém tirar uma foto sua sem aviso. Eu sei porque existem inúmeras fotos *minhas* mastigando ou espirrando ou de biquíni, que então foram postadas na internet ou impressas em revistas, acompanhadas de legendas desagradáveis e injustas como *Realeza rebelde: bêbada novamente!* Ou *Pobre pobre princesa* ou *Celulite surpresa!*).

Fico triste quando pergunto às garotas (e aos garotos) no centro o que querem ser quando crescerem (tosco, eu sei, e um sinal de que estou ficando velha, porque somente adultos perguntam isso aos jovens. Por que fazemos isso? Porque estamos atrás de ideias! Tenho 26 anos e *ainda* não sei o que quero ser quando crescer, só sei, é claro, que quero ajudar as pessoas e ser incrivelmente feliz e ficar com o Michael, obviamente) e muitas vezes respondem: "Quando eu crescer, quero ser famosa como você, princesa Mia!"

No início, eu ficava muito deprimida. Famoso? Ser famoso não é um emprego!

Então percebi que é, sim. Ser famoso dá muito trabalho, mas também dá poder porque você pode influenciar um grande número de pessoas e pode fazer coisas incríveis com isso.

E nem importa mais como você ficou famoso, cantando, dançando, vazando um vídeo caseiro de sexo na internet ou descobrindo que é uma princesa. O que importa é o que se *faz* com a fama.

Então, comecei a explicar para as crianças que podiam ser famosos por ajudarem a comunidade deles, como médicos, professores, policiais, engenheiros ou arquitetos. Isso pode ser perfeitamente uma forma de poder, mesmo que não os faça "famosos" internacionalmente.

É claro que nenhum deles caiu nesse papo... *ainda*. Acho que preciso melhorar meu discurso. Certamente não vai ajudar nada ter um tremor nos olhos enquanto falo.

Mas devo dizer que gostei muito da garrafa de champanhe e da caixa de morangos cobertos de chocolate enviados pela concierge agora há pouco com um bilhete de parabéns e dizendo para não esquecermos de postar nos nossos Instagrams se gostarmos do quarto.

"Olha", Michael acabou de dizer ao sair do banho com o roupão macio branco do Regalton, cheirando a produtos Kiehl's, o cabelo escuro caindo úmido na nuca (como amo quando isso acontece). "Eu poderia me acostumar com esse lugar. Você viu que tem uma televisão no espelho do banheiro? *Dentro* do espelho. Segundo o *Inside Edition*, o motivo para o nosso casamento ser tão corrido é porque você está grávida de gêmeos. Parabéns. Pelo menos dessa vez não é do príncipe Harry."

"Eu preferia o Sleepy Palm Cay, onde não existiam TVs", eu disse, "ainda mais dentro do espelho do banheiro".

"Nunca pensei, nem em um milhão de anos, que fosse ouvir você dizer algo assim." Michael deitou ao meu lado na cama e pegou um dos morangos cobertos de chocolate e o balançou na frente da minha boca. "Abra. Precisamos manter você bem nutrida agora que está comendo por três."

Pensei em recusar, mas quem consegue recusar um delicioso morango coberto de chocolate? Além do mais, ainda não tinha escovado os dentes. Estava ocupada lendo o dossiê do José sobre a Olivia (as notícias não são tão ruins quanto eu pensava. Mas também não são ótimas. Parece que a Olivia não está feliz na escola, embora suas notas sejam muito boas).

"Não coma mais nenhum desses", avisei ao Michael depois que engoli o meu. "São frutas silvestres de chantagem. Só nos deram isso em troca de postarmos fotos comendo nas redes sociais, com uma hashtag mencionando o Regalton. Mas, se fizermos isso, vai parecer que estou promovendo uma corporação com fins lucrativos, e você sabe que a política da família real Renaldo é nunca fazer isso. Só promovemos organizações sem fins lucrativos."

"E daí?" Michael pegou mais um morango. "Sabia que antigamente as pessoas simplesmente aceitavam os presentes e os aproveitavam sem se sentirem culpadas por não postarem uma foto com eles?"

Então ele abriu o roupão, revelando que não estava vestindo absolutamente nada. Depois, botou o morango coberto de chocolate num lugar que não vou mencionar aqui, mas era bem vulgar, até mesmo para alguém visitando esse planeta de outra galáxia e desacostumado com nossos hábitos e corpos humanoides.

Tudo o que a tenho a dizer é: essa coisa de Princesa Prometida certamente tem suas vantagens.

Terça-feira, 5 de maio 10h02, no híbrido a caminho do centro comunitário, posição no Ranking da Realeza: 1

Michael deixou eu dormir até mais tarde e foi embora antes mesmo que eu abrisse os olhos. Ele me deixou uma mensagem de texto (o que aconteceu com os bilhetes românticos escritos à mão, deixados no travesseiro com um morango coberto de chocolate? Bom, nós comemos todos e a mensagem é mais prática).

> Bom dia! Tem um surto de E. coli na Califórnia por causa de umas saladas pré-prontas supostamente lavadas. 213 pessoas foram hospitalizadas. E mais, a esposa do príncipe herdeiro de Qalif está viva. Ela tuitou que está muito irritada com a nova lei do marido que proíbe as mulheres do país de nadarem em público.
>
> Então não somos mais a notícia principal! Estou no trabalho, me liga quando acordar (achei que ia gostar de dormir mais um pouco, porque parecia estar exausta. Não tenho ideia do que pode ter cansado tanto você ;-). Te amo.

Ele adicionou um emoji de um alien sendo atravessado no coração por um raio laser.

Realmente preciso falar com ele sobre esses emojis; ele não parece mesmo entender o propósito deles.

Enfim, sei exatamente o que preciso fazer.

Uma vez li numa revista que dormir ajuda a organizar o cérebro, então quando se tem uma decisão importante para tomar, é melhor adiá-la até a manhã seguinte. Como os seres humanos tomam várias decisões importantes ao longo do dia (tipo o que comer no almoço, se vamos atravessar a rua fora da faixa ou se queremos aceitar o pedido de amizade de alguém), à noite nossas células cerebrais para decisões estão completamente desgastadas.

Mas, na manhã seguinte, estão revigoradas e prontas para o novo dia.

Deve ser por isso que as coisas parecem tão claras hoje (bom, exceto pela dor de cabeça).

Obviamente, não posso permitir que me manipulem dessa forma. Pretendo ir até Nova Jersey conhecer a minha irmã.

Sei que isso vai explicitamente contra as ordens da mãe dela (e da avó), mas como o Lars disse, ninguém vai me impedir de conhecer a minha irmã — especialmente agora que sei que temos o mesmo segundo nome (Mignonette — é claro que a Elizabeth Harrison fez isso de propósito. Ela queria que a gente se conhecesse um dia).

Óbvio que Mignonette também é o segundo nome da minha avó (e o nome de um molho para ostras). Mas isso não quer dizer nada.

A Olivia ama animais (eu também) e gosta de desenhar e de matemática (OK... eu não. Mas cada um tem seu talento individual e somos todos únicos. Não como flocos de neve, porque descobriram que EXISTEM flocos de neve iguais. Então, todo mundo precisa parar de dizer esse negócio de flocos de neve serem únicos).

Ela também mora com a tia, o tio "polaco" e os dois filhos dele do casamento anterior.

Então não quero dificultar mais a vida dela. Quem sabe ela quer ir para fora do país.

- *Lembrete:* Descobrir para onde eles vão se mudar. Quem sabe é um lugar legal, tipo o sul da França. Quem sabe estarão perto da Genovia!

Mas é ela quem deve decidir onde quer morar. Precisa saber que tem opções.

Embora antes eu precise me esforçar para ter uma opção para oferecer.

Terça-feira, 5 de maio 10h15, no híbrido a caminho do centro comunitário, posição no Ranking da Realeza: 1

Acabei de desligar o telefone com o Michael. Tivemos uma conversa séria com relação ao que vamos fazer sobre nossas moradias e também sobre a minha irmã, Olivia. (Logo depois de uma brincadeira inicial sobre eu estar ou não de calcinha.)

O anúncio do nosso casamento feito pela Grandmère está nos forçando a tomar decisões sobre coisas que não havíamos discutido a fundo, como onde vamos morar. Claro que o Michael não pode se mudar para o consulado, porque o apartamento é pequeno demais e também horroroso (a decoração é de 1987), e ninguém deveria ser forçado sem necessidade a morar sob o olhar santimonial da madame Alain.

Claro que o loft do Michael é maravilhoso, mas fica num prédio sem porteiro, o que significa:

- Ninguém para impedir a entrada de stalkers.

- Inexistência de uma mesa para pacotes, etc. serem recebidos e vistoriados pela Guarda Real da Genovia.

- Não tem parede de verdade entre os cômodos (a não ser no banheiro), o que não é problema para a gente, mas é meio impróprio se formos brincar de Bombeiro (ou Alienígena

Espacial) quando tivermos visitas dormindo lá, tipo uma irmã mais nova (a quem espero um dia receber). E se ela nos ouvisse? Poderia danificar permanentemente sua pequena mente em formação.

"Espere", Michael disse quando mencionei isso. "Você está achando que vamos adotá-la ou algo assim?"

"Claro que não!", respondi. "Seremos recém-casados. Não dá para ter uma pré-adolescente pela casa, fazendo coisas de pré--adolescente como pintar as unhas e falar por FaceTime com as amigas da sua mais nova paixão."

"Realmente acha que pré-adolescentes fazem isso? Andou assistindo a *De repente 30* de novo?"

"Não. Sei o que pré-adolescentes fazem. Eu fui uma."

"Se eu me lembro corretamente, quando era dessa idade, andava por aí com um gato dentro das calças enquanto a minha irmã filmava você para o programa dela."

"Isso não é verdade."

"Pelas minhas observações, é sim. Eu estava lá, lembra? Não acho que você entenda muito do comportamento normal de uma pré-adolescente."

"Por favor, vamos mudar de assunto. Não é como se a Olivia pudesse morar com o meu pai. Ele seria a pior pessoa para criar uma pré-adolescente. Passa metade do ano em um quarto de hotel em Nova York e a outra metade na Genovia, onde finge governar o lugar."

"É", Michael disse. "Isso é verdade, mas achei que a mãe dela não queria que ela soubesse que faz parte da realeza genoviana."

"Certo. Mas se a minha avó estiver certa, ela vai descobrir isso de qualquer jeito. Então é melhor que seja por mim. Posso contar de uma forma gentil e carinhosa. Daí seria legal se tivéssemos um quarto para ela ficar", argumentei. "Para que se sinta bem-vinda. Se quiser."

"OK", Michael falou, descrente. "Então você decidiu contar para sua irmã perdida que ela é da realeza genoviana. Provavelmente vai correr tudo bem. Quando vai fazer isso?"

"Não sei", respondi. "Ainda não decidi. Mas logo. Pare de fazer isso parecer estranho. Não é mais estranho do que termos passado a noite de ontem num hotel porque nossas casas estavam cercadas de paparazzi."

"É um pouco mais estranho", Michael comentou. "Mas aquela policial me deu a dica para arranjar um apartamento novo. Acho que posso simplesmente comprar um com um quarto a mais para a sua irmã..."

"Viu?", falei. "Agora você pegou o espírito da coisa."

Ele não é maravilhoso? *Acho que posso simplesmente comprar um com um quarto a mais para a sua irmã.* Sou realmente a garota mais sortuda do mundo.

• *Lembrete:* botar isso no diário de gratidão.

(Uau, é triste que eu precise anotar no meu diário normal para me lembrar de escrever no meu diário de gratidão.)

"Por que não compro com você?", sugeri. "Nossa primeira casa juntos! Devemos comprar Uptown ou Downtown? Ou que tal um apartamento com vista para o Central Park? É uma pena que todo mundo esteja surtando com a segurança daqueles cavalos nas carruagens, aposto que a minha irmã nunca andou num negócio desses..."

"Por que a gente não deixa meu corretor dar uma olhada em quais bairros o mercado está melhor no momento", Michael interrompeu, "e compramos onde tiver maior vantagem financeira por metro quadrado?"

Para alguém que teve a ideia de um pedido de noivado tão romântico, o Michael certamente é prático quando o assunto é dinheiro — e sem realmente precisar. (Felizmente, ele riu e disse que daria um jeito de superar a decepção quando admiti que, na realidade, não tinha herdado cem milhões de dólares em dinheiro no meu 25º aniversário, como o Ranking da Realeza tinha afirmado).

"Tudo bem", falei. "Quem sabe eu deveria botar no nosso convite de casamento que em vez de mandarem presentes, as pessoas deveriam enviar dinheiro para uma poupança para comprarmos nossa primeira casa."

"Essa, sim, é uma boa ideia."

"Michael, eu estava brincando. Mas podemos falar para as pessoas doarem dinheiro para o Centro Comunitário ou para o Médicos Sem Fronteiras."

"Tudo bem. Mas, olha, não acha que deveria conversar com o seu pai primeiro sobre a sua irmã?"

"Não, não acho. Meu pai só tem feito besteira ultimamente. Não vou deixá-lo estragar isso também."

Todas as revistas — e filmes do *Jornada nas Estrelas* com Chris Pine no papel de Kirk — dizem que quando não se sabe o que fazer numa situação estressante, você deve sempre seguir a sua intuição.

Mas o que não explicam é como saber o que a sua intuição está dizendo. Às vezes ela dá conselhos confusos. Frequentemente não se sabe qual caminho é o certo porque *todos* os caminhos parecem ser certos e, em situações assim, a intuição não serve para nada.

No entanto, nesse caso, quando o Michael sugeriu que eu falasse com o meu pai, tive uma intuição muito forte, que disse *não*.

"Bom", Michael disse, parecendo dúbio. "OK, Mia, mas realmente acho que você deveria pensar melhor. Seu pai está passando por um momento difícil."

"Sei disso, Michael, e olha como ele tem reagido. Está uma bagunça. Deixei uma mensagem para ele ontem, e ele não me ligou de volta. Em vez disso, foi se embebedar."

"É, mas..."

"Se ele quiser falar comigo, sabe como me encontrar. Enquanto isso, vou tentar descobrir o que fazer em relação à Olivia e à minha própria vida. Meu pai tem que cuidar da própria vida, embora eu precise dizer que até agora ele só fez besteira. Alguém poderia até dizer uma besteira *real*."

"OK", Michael concordou. "Mas quem sabe você pode tomar cuidado com essa coisa da Olivia."

"Obrigada, Michael, mas tenho um pouco de experiência em como dizer para uma pessoa que ela é uma princesa, sabe."

Terça-feira, 5 de maio, 11h15, Centro Comunitário Frank Gianini, posição no Ranking da Realeza: 1

O centro estava tão cercado de paparazzi — os mais inteligentes que de fato me conhecem e sabem que eu não iria faltar quase uma semana de trabalho — quanto o prédio do Michael ontem à noite.

Achei que seria melhor se dessa vez eu parasse para conversar com eles por alguns minutos — e também tirasse algumas fotos (é sempre bom tirar foto na frente do centro porque as pessoas são lembradas das coisas boas que ele faz) — em vez de ignorá--los. Apesar da insistência da Dominique, ignorá-los não tem funcionado, e eu não queria que eles ficassem incomodando as crianças nem os pais e funcionários.

Então botei os óculos escuros para cobrir o tremor nos olhos — que lamentavelmente voltou com tudo na hora em que vi a imprensa — e saí do carro.

Infelizmente só reparei que um deles era o Brian Fitzpatrick quando já era tarde demais.

Ele já segurava um gravador na minha cara enquanto perguntava: "Princesa, pode dizer aos leitores do Ranking da Realeza ponto com como está se sentindo com o noivado?"

O que eu queria dizer era: *Vá embora, Brian.*

Mas como isso não seria muito digno da realeza, falei: "Estou felicíssima com o noivado, Brian, e é por isso que quero aproveitá-

-lo ao máximo. Ainda não marcamos nenhuma data para a cerimônia." (Ha! Às vezes ajuda ser uma mentirosa de primeira.)

Depois, mostrei o anel ao Brian e fiz questão de dizer que era um diamante criado em laboratório e que estava muito orgulhosa do Michael por apoiar a fabricação de diamantes fora de zonas de conflito.

Claro que o Brian tinha que acabar com a graça e perguntar, "Mas e se todos seguirem seu exemplo, princesa, e comprarem apenas diamantes feitos em laboratório, como aqueles pobres mineradores de diamante vão sustentar suas famílias?"

"Bom, espero que os governos que lucram com a indústria da mineração de diamantes entendam o recado de que os consumidores querem pedras que foram extraídas de acordo com as regras de comércio e dos direitos humanos, assim investirão de forma produtiva nos seus recursos naturais."

- *Lembrete:* Bazinga!

Brian pareceu impressionado enquanto conferia se o gravador havia captado o que eu disse, depois me perguntou se podia tirar uma selfie comigo para o site. Acho que a Pippa tirou uma com ele na última vez que esteve na cidade.

Sei que a Lazarres-Reynolds gostaria que eu fizesse isso, uma vez que estamos em "contenção de crise" e bajular a imprensa é importante nessas horas, mas simplesmente não consegui fazer com que a minha cabeça chegasse perto o suficiente do Brian para uma selfie.

Respondi: "Ai, desculpe, Brian, estou sem tempo, preciso trabalhar, estou atrasada. Quem sabe da próxima vez, tchaa-aaau!"

E o deixei ali na calçada.

Nem me sinto culpada. Quem sabe isso não o ensina a não fazer ranking com pessoas (mesmo as de família real) como se fossem eletrodomésticos num site de varejo.

Três coisas pelas quais sou grata:

1. Os óculos de aviador que a Tina e eu compramos para ficarmos iguais a Connie Britton, mais conhecida como a mulher do treinador Taylor em *Friday Night Lights*, e que também serviu para esconder o tique.

2. Unhas postiças, porque assim o Brian Fitzpatrick não pôde ver como roí todas as minhas unhas verdadeiras.

3. Sapatos plataforma, que me fizeram pairar sobre ele.

Terça-feira, 5 de maio, 12h35, Centro Comunitário Frank Gianini, posição no Ranking da Realeza: 1

Estou tentando liquidar todo o meu trabalho aqui (não que eu não goste do meu trabalho; moldar mentes jovens e ajudá-los no caminho para o sucesso é incrivelmente satisfatório e importante) para poder me ocupar do plano com relação à Olivia, mas a todo momento sou massacrada de perguntas sobre o casamento (o que, é claro, também é muito importante, mas não tão importante quanto moldar mentes jovens ou o que vou fazer em relação à minha nova irmã).

Mas as crianças são tão fofas! Elas fizeram um cartão enorme de aniversário e assinaram seus nomes e a Ling Su o pendurou no meu escritório. Ocupa quase uma parede inteira.

Aí ontem, quando ficaram sabendo do noivado, fizeram *outro* cartão e penduraram na outra parede. Algumas crianças devem ter visto o *Inside Edition* e me desejaram boa sorte "com os bebês". Umas meninas desenharam uns retratos assustadoramente maternais dos "bebês". Fiquei um pouco perturbada.

- *Lembrete:* Preciso me certificar de que passaremos os episódios de *Adolescente e grávida* e *Mãe adolescente* como parte fixa da nossa programação porque sei que esses programas contribuíram para a diminuição do índice de gravidez na adolescência ao retratar as dificuldades de criar uma criança sem maturidade emocional ou financeira para isso.

Michael mandou uma mensagem dizendo que o discurso que ele daria ontem foi remarcado pelos médicos para hoje à noite e perguntando se eu me incomodava de ele chegar tarde em "casa".

Que amor! É quase como se já estivéssemos casados. Respondi que não, não me importava, mas que sentiria saudades, e incluí o emoji de um beijo.

Ele respondeu com a imagem de um vulcão em erupção, dizendo que eu deveria esperar por isso quando ele chegasse em casa.

- ~~Lembrete: Me certificar de que resolveram o problema do sistema de segurança.~~ Esqueci... Não preciso fazer isso! Estamos noivos! Não precisamos mais nos esconder.

Terça-feira, 5 de maio, 12h55, Centro Comunitário Frank Gianini, posição no Ranking da Realeza: 1

Recebi um e-mail da Grandmère e da assistente dela, Rolanda, dizendo que precisam criar um itinerário para a minha semana e que também precisam começar a planejar o casamento, então pediram algumas informações. Parece que vou poder escolher alguma coisa no meu casamento! Elas me deram a lista a seguir para preencher e devolver:

O casamento de Princesa Amelia Renaldo da Genovia
com
Sr. Michael Moscovitz

LISTA DE CONVIDADOS:
Michael e eu gostaríamos de fazer uma cerimônia pequena, apenas com a família e os amigos. Sei que é pedir demais, mas seria possível com menos de cinquenta pessoas, por favor? No máximo, cem.

ENVOLVIDOS NA CERIMÔNIA:
Não sei quem o Michael vai escolher, mas eu com certeza terei como madrinhas Lilly Moscovitz, Tina Hakim Baba, Shameeka Taylor, Perin Thomas, Ling Su Wong e, possivel-

mente, Lana Rockefeller e Trisha Bush (nascida Hayes), mas vou ter que confirmar essa última. E com certeza quero que o Rocky seja o pajem/padrinho.

DATA:

Não tem como ser em 18 de julho deste ano. É cedo demais. Quem sabe em julho do ano que vem. Obrigada.

LOCAL:

Michael e eu não nos importamos com que seja no palácio, mas não na capela, porque não queremos uma cerimônia religiosa nem no salão do trono (impessoal demais). Ao ar livre seria bom. Eu adoraria um casamento na praia! Mas sei que seria problemático para controlar a multidão. Além do mais, tem sempre o risco de drones.

VESTIDO:

Minha amiga Shameeka trabalha na Vera Wang, então já temos uma "entrada" lá. Os vestidos dela são clássicos e lindos, e seria bom vestir a roupa de uma estilista mulher

Mas sei como é importante usar coisas locais, então provavelmente deveríamos consultar um estilista da Genovia?

Como quero um casamento na praia ou, pelo menos, ao ar livre (estou torcendo), quero algo simples, para que eu possa dançar!

ENTRETENIMENTO:

Com certeza um DJ.

Michael quer que a nossa primeira música seja "Girl U Want", do Devo, porque ele diz que é a nossa música (pois descreve perfeitamente o que ele achava de mim no colégio ☺), mas sei que nunca daria certo porque ela é rápida demais!

Então, a gente se conforma com "Take Me to the River", do Al Green, ou "Tupelo Honey", do Van Morrison. Anexei uma playlist de músicas que gostaríamos de ouvir na festa.*

COMIDA:

Embora eu saiba que o chef do palácio não gosta de bufê, hoje em dia muita gente tem restrições alimentares, portanto seria gentil se ele pensasse nisso. Acho que seria bom oferecer algumas opções de entradas sem glúten e veganas.

Também seria divertido mini queijo-quente, frango frito, purê de batata, macarrão com queijo e self-service de tacos e nachos.

LUA DE MEL:

Seria ótimo ir para Mykonos. Como sabem, nunca fui e sempre quis usar o iate real para ir lá e nas ilhas próximas. Dizem que é a "Ibiza da Grécia"! ☺

* A SUPERINCRÍVEL PLAYLIST DE CASAMENTO DO MICHEL E DA MIA

"TAKE ME TO THE RIVER" AL GREEN

"YOU SEXY THING (I BELIEVE IN MIRACLES)" HOT CHOCOLATE

"DON'T GO BREAKING MY HEART" ELTON JOHN E KIKI DEE

"HOT FUN IN THE SUMMERTIME" SLY AND THE FAMILY STONE

"AFRICA" TOTO

"LIKE A PRAYER" MADONNA

"ROCK THE BOAT" THE HUES CORPORATION

"TUBTHUMPING" CHUMBAWAMBA

"TARZAN BOY" BALTIMORA

13h15, terça-feira, 5 de maio
Centro Comunitário Frank Gianini
Posição no Ranking da Realeza: 1

Acabei de receber uma mensagem da Tina Hakim Baba:

Tina HBB "TruRomantic":

> Oi, espero que esteja indo tudo bem com os planos para o casamento, saudades! Enfim, o Boris me mandou uma mensagem hoje de manhã dizendo para eu perguntar se você gostaria que ele tocasse na festa. Ele disse que tem um show em Cleveland no mesmo dia, mas que não se importa de decepcionar as Borettes por você. Eu disse que perguntaria. Então, você quer?

Eu não podia acreditar. Liguei em vez de mandar mensagem porque estava muito chateada.

"Tina, por que ainda está atendendo as ligações do Boris?"

Ela cochichou: "Não sei."

"Por que está cochichando?"

"Estou na semana de provas. Não posso estudar em casa, tem muitas distrações, tipo a minha geladeira e o Netflix, então estou na biblioteca. Eles não gostam quando a gente fala no telefone."

"Ai, desculpe. Esqueci. Quer me ligar outra hora?"

"Não. Quero que me conte como foi."

"Como foi o quê?"

"O pedido do Michael! Foi romântico? Ele botou o anel na taça de champanhe? Eu disse para ele que era assim que você queria. Sei que é meio clichê e expliquei o medo que você tinha de engasgar, mas ele disse que tomaria cuidado para que não..."

"Foi completamente romântico", eu disse, sorrindo. Percebi que ela precisava ouvir algo que a animasse. "E não foi nada clichê, foi super-romântico e ele tomou cuidado para eu não me engasgar. Ele até se ajoelhou..."

Tina deu um *gritinho*, algo que as pessoas sempre dizem fazer na internet, mas que raramente é ouvido na vida real. De qualquer forma, o que saiu da boca dela era de fato um *gritinho*.

"Ele ajoelhou? Ai, Mia, como eu queria que um daqueles drones tivesse tirado uma foto!"

"Bom, fico feliz que não tenham tirado porque era um momento só nosso."

"É, isso é bom", Tina respondeu, suspirando. "Então, já escolheu um vestido? Posso ir com você para ajudar, como naquele programa *O vestido ideal*, quando a noiva convida todas as amigas para ficarem sentadas tomando champanhe enquanto ela experimenta um monte de vestidos, aí elas têm uma plaquinha que diz sim e outra que diz não?"

Dei uma risada. "Não funciona assim quando você é uma princesa. Vou usar um vestido exclusivo, desenhado especialmente para mim."

"Ai, *por favor*?", ela implorou. "Não tenho nada que me anime desde que o meu namorado me traiu. Nada além dessas provas idiotas. Depois vou passar o verão inteiro com a minha família intrometida, que vai ficar me perturbando para eu 'dar uma chance para alguém novo'. Não quero dar chance para ninguém novo, só quer ficar sentada comendo Doritos e vendo filmes ruins no Netflix."

"Tina", eu disse com uma voz de advertência. "Por favor. Você tem tanta coisa para oferecer ao cara certo!"

"*Encontrei* o cara certo, lembra? E aí ele me jogou de lado como se eu fosse uma qualquer que ele pode usar quando tem vontade. Vai, por favor, você totalmente me deve uma por ajudar o Michael a planejar o pedido perfeito."

Estou começando a entender por que as cerimônias de casamento são tão importantes e por que as pessoas gostam tanto delas, até mesmo eu: quando nossas vidas não estão indo muito bem, um casamento nos dá um motivo para ficarmos felizes. A noiva está numa jornada, uma jornada mágica em direção a um futuro repleto de felicidade e alegria e, embora a gente não esteja com ela nessa jornada, ainda assim queremos vivenciar a experiência através dela.

"OK", falei para Tina. "Vou ver o que posso fazer. Mas tem que me prometer que não vai mais trocar mensagens com o Boris."

Ela suspirou. "Tudo bem, prometo", então perguntou, "O que foi?" para alguém que abriu a porta da cabine de estudo. "Ah, foi mal", ela falou para a pessoa. Para mim, cochichou: "Desculpe, era o Halim. Ele disse que o estudante na cabine ao lado reclamou que estou falando muito alto."

Halim é o novo guarda-costas da Tina, que a segue para todos os lugares porque seu pai, um xeque multimilionário, acredita que ela vai ser sequestrada. Seu guarda-costas antigo, Waheem, começou a própria empresa de segurança (agora é a terceira maior do mundo) depois que se casou. Ele tentou roubar o Lars, mas ele disse que não é "do tipo que senta atrás de uma mesa".

"Bom", eu disse. "É melhor a gente se falar mais tarde, então."

"É", Tina concordou desanimada e desligou.

Foi quando vi que alguém tinha deixado uma mensagem enquanto eu estava no telefone. Esperava que fosse o meu pai — apesar de tudo, ainda gostaria de falar com ele —, mas era apenas a Grandmère. De forma nem um pouco surpreendente, ela rejeitou as minhas respostas na sua "lista de casamento".

"Amelia, temos uma imensidão de coisas a fazer pelas próximas semanas, então espero que leve isso a sério. Minha neta não vai servir *tacos* em seu casamento, muito menos algo chamado mini queijo-quente."

Disse a mulher que jamais comeu um mini queijo-quente na vida.

"Agora, a Lazarres-Reynolds quer saber quando pode se encontrar com eles", Grandmère continuou. "Eles nos deram um homem excelente — gostei bastante dele, é um dos sobrinhos de um dos fundadores da empresa. Estará livre amanhã na hora do almoço, então pedi para a Dominique fazer uma reserva em uma das salas privadas do Four Seasons. Esteja lá às 13 horas."

Ah, estarei, estarei, sim. Estava começando a entender meu papel nessa coisa toda. Sou "a noiva" — a estrela não paga do

203

programa, que aparece quando alguém manda e também só faz o que mandam, mas fora isso só fica de boca fechada.

Enfim. Acho que é para isso que as noivas — assim como as princesas — servem. A gente até pode achar que está no comando, mas quando chega na hora decisiva, nosso maior objetivo é dar ao povo algo para admirar e que também o faça se sentir melhor sobre o mundo.

"Não entendo por que está tão obcecada com essa tal de Vera Wang. É óbvio que precisamos usar alguém local. Dominique conseguiu marcar um horário de emergência com o seu primo Sebastiano. Ele se tornou um dos principais estilistas de noiva da Europa, e também é da Genovia, então sabe o que dirão se não vestir algo dele — que esnobou alguém da própria família e, pior, um compatriota. Por acaso, ele está na cidade essa semana e disse que pode se encontrar com você, portanto deixe suas tardes livres."

Claro. E entendo completamente. Quem sou eu para não contratar um genoviano para desenhar o meu vestido de casamento?

"E precisamos começar a elaborar uma lista de convidados. Descubra com os pais do Michael quem desejam convidar para que possamos começar a confirmação de segurança, mas por favor, deixe claro que não podem ter mais do que 25 convidados porque realmente só temos espaço para quinhentas pessoas e a minha lista pessoal já está em duzentos e é claro que teremos de incluir nossa família e estou deduzindo que você vá querer alguns amigos."

Quanta generosidade.

"Quanto ao entretenimento, é claro que não vamos contratar um disque-jóquei nem vamos tocar aquelas músicas absurdas da sua lista. Madonna? Não seja ridícula! Sabe muito bem que a gente continua sem se falar. E por que teríamos o cachorro da Dorothy, Toto, do *Mágico de Oz*, cantando no casamento? Teremos um *cantor humano ao vivo*. Vou pedir para a Dominique entrar em contato com alguém que me disseram ser excelente — não consigo lembrar o nome de cabeça, mas sei que é extremamente popular e, o mais importante, quer muito tocar para nós e *de graça*. Acho que ele será adorável e tenho certeza de que poderá cantar aquela música que o Michael gosta sobre o rio, seja lá qual for, embora eu deva dizer que estou surpresa porque parece uma música cristã e pensei que o seu pretendente fosse judeu — não que eu me importe, sou muito aberta a todas as religiões, a não ser por ioga, como você sabe. Bom, não importa, a Dominique vai enviar uma cópia do itinerário, então me ligue se tiver alguma dúvida quando o receber. Sabe, não entendo por que você tem um telefone celular se nunca o atende. Adeus."

Não sei.

Não sei nem por onde começar.

ASSESSORIA DE IMPRENSA DA GENOVIA REAL

SAR PRINCESA MIA RENALDO

Itinerário para a semana do 4 de maio

CONTATO: Dominique du Bois
Diretora de relações públicas e marketing para a Genovia Real
Celular: 917-555-6840
Escritório: 212-555-3767

QUARTA-FEIRA, 6 DE MAIO

9 horas	Limusine para levar SAR ao ateliê de Sebastiano (119 Mercer).
9h30	Reunião com Sebastiano para debater detalhes dos vestidos de noiva/madrinhas para o casamento.
12 horas	Limusine para levar SAR Mia ao Four Seasons.
12h15 - 14 horas	Almoço de negócios com Lazarres-Reynolds.

Sala privada. Grupo: SAR Mia, SAR princesa viúva Clarisse Renaldo, representantes da Lazarres-Reynolds

14h15-14h45	Limusine estará a postos na porta do Four Seasons para levar SAR Mia ao Plaza Hotel.
14h45-17 horas	Encontro com SAR princesa viúva, Dominique e Rolanda sobre os detalhes do bolo, da lista de convidados e escolhas de entretenimento.

17 horas	Limusine estará esperando para levar SAR Mia para casa para mudar de roupa.
19 horas	Limusine levará SAR Mia ao W Hotel.
19h30-22h30	Baile Beneficente da Associação Nacional de Cardiologia para Promover as Causas da Morte Cardíaca Súbita.

Pontos importantes:

1. Doenças cardíacas são a causa número um de morte entre mulheres e homens.
2. Cinco a dez minutos de corrida ou caminhada por dia podem reduzir o risco de derrame/enfarte pela metade.
3. Não fumar.

22h30	Limusine levará SAR Mia para casa.

QUINTA-FEIRA, 7 DE MAIO

4h30	Limusine levará SAR Mia e Michael Moscovitz aos estúdios do *Wake Up America*, Rockefeller Plaza.
5 horas	Chegada ao camarim do *Wake Up America*. Paolo estará à espera de SAR Mia para fazer cabelo/maquiagem.
7h24	Entrevista no *Wake Up America*. Assunto: casamento real/Genovia.

Pontos importantes:

1. Morte por parada cardíaca: superterrível!
2. Casamento em julho: superfeliz!

3. Genovia — destino popular para turismo no verão, especialmente em julho. Imóveis/hotéis ainda vagos!

4. Eleição — a plataforma do príncipe Phillipe: igualdade para todos!

8h15	Limusine buscará SAR Mia na porta do estúdio e a levará para o café da manhã no Plaza Hotel com a princesa viúva Clarisse Renaldo e Rolanda.
9 horas - 12 horas	Reunião para determinar convite do casamento, bolo, lista de convidados, vestido, opções de entretenimento.
12h15	Limusine levará SAR Mia ao NoMad Hotel.

— Almoço de negócios Renaldo/21st Century Fox

13h-15h	The Parlour. Grupo: SAR Mia, SAR princesa viúva Clarisse Renaldo, Dominique, representantes da Lazarres-Reynolds e 21st Century Fox.

Pontos importantes:

1. Conversa sobre a possibilidade de negociar direitos exclusivos mundiais de filmagem do Casamento Real para a 21st Century Fox.

15 horas	Limusine levará SAR para casa.
18 horas	Limusine levará SAR Mia ao Gramercy Tavern.

Jantar Renaldo-Moscovitz

18h30-20h30	Salão principal: SAR Mia e Michael Moscovitz, mesa na janela. Imprensa será contatada para foto "espontânea" do casal feliz jantando a sós.
21 horas	Limusine levará SAR Mia ao supermercado. Comprar: comida de gato. Sessão de fotos "Realeza: eles são como nós" para a *Majesty Magazine.*
22 horas	Limusine levará SAR Mia para casa.

SEXTA-FEIRA, 8 DE MAIO

9H30	Limusine a postos para levar SAR Mia ao aeroporto.
11 horas	Decolagem de Teterboro no jatinho.
22 horas	Chegada em Genovia.

Terça-feira, 5 de maio, 13h45, Centro Comunitário Frank Gianini, posição no Ranking da Realeza: 1

Perin deve ter me escutado hiperventilando por causa do itinerário porque acabou de enfiar a cabeça pela porta da sala e perguntou, toda preocupada: "Mia? Está tudo bem?"

Eu disse: "Sim. Tudo bem. Não sei preocupe, não tem a ver com trabalho. É só... algo que a minha avó me mandou. Mas estou bem. Ou ficarei depois de algumas ligações."

Perin balançou a cabeça, respondendo: "Sabe, Mia, você não *precisa* ficar aqui hoje. Imagino como deve estar ocupada com, hum, tudo que precisa fazer para o casamento e as coisas com, hum, seu pai. Pode ir embora, se quiser. Nem precisa trabalhar de casa. Ling Su e eu temos tudo sob controle."

Eu disse para ela não se preocupar, pretendo vir todo dia, como normalmente... bom, sempre que a minha agenda permitir.

Nunca me vi como uma dessas mulheres que só trabalham até serem pedidas em casamento e depois passam a vida inteira sendo uma noiva/esposa profissional (ainda mais porque já sou uma princesa, o que basicamente é uma profissão). Não sou exatamente uma Lana Weinberger (Rockefeller).

Mas, de acordo com o itinerário enviado pela Dominique, posso ver como isso acontece com algumas pessoas, especialmente as que têm famílias ou futuros cônjuges mandões ou as que terão o casamento televisionado. Tem tanta coisa para fazer!

Sinto ainda mais respeito por cada noiva da realeza que já existiu.

Mas, falando sério, tenho os melhores amigos (e equipe) no mundo.

Já a minha família, não tenho tanta certeza.

Terça-feira, 5 de maio, 13h55, no híbrido saindo do Centro Comunitário Frank Gianini, posição no Ranking da Realeza: 1

Argh. E droga. E também ecaaa.

Agora entendi que a Perin não estava sendo fofa quando me disse que eu não precisava ficar no trabalho. Estava sendo prática. E também estava tentando proteger o centro... e a mim.

Eu estava tentando falar com a Dominique no telefone para dizer que, embora agradecesse pelo itinerário, precisaríamos modificá-lo um pouco — devido ao fato de ter que marcar um encontro com meus futuros sogros e que o aniversário do meu irmão Rocky é no dia 10 de maio, então não poderia simplesmente viajar para a Genovia antes disso, especialmente sabendo que até lá pretendo convencer meu pai que não serve para nada a criar a minha irmã perdida — quando Ling Su entrou correndo no meu escritório para dizer que tinham acabado de encontrar o *Brian Fitzpatrick* no banheiro feminino do centro em cima de uma das privadas, tentando esconder uma pequena câmera e um microfone na ventilação.

É claro que o Brian tinha outra versão. Ele alegou ter *encontrado* a câmera ali, depois de tê-la avistado enquanto estava na privada, e que estava tentando salvar a todos nós da humilhação.

Mas é óbvio que era ele quem estava escondendo a câmera para poder gravar minhas conversas particulares. Que outro motivo teria para estar no banheiro *feminino* (sem mencionar no prédio)?

Sério. Essa é a minha vida.

Ling Su disse que deveríamos chamar a polícia (ela é muito enérgica para uma pessoa tão pequena), mas a Perin, que tem um temperamento controlado, levantou que isso apenas traria mais atenção indesejada para mim e para o centro.

Então "escoltamos" o Brian para fora do prédio (o que significa que o Lars e a Perin basicamente o carregaram, embora não tenham pegado tão pesado quanto todos nós gostaríamos porque ele é exatamente o tipo de pessoa que entraria com um processo de milhões, que nem aquele paparazzo que a Grandmère atacou com a Birkin).

Depois, Perin me contou que o Brian nem foi o primeiro a armar esse tipo de circo hoje. Aparentemente, desde que sentei no meu escritório, vários paparazzi com a aparência jovem o suficiente para se passarem por adolescentes conseguiram entrar no centro — basicamente por vestirem moletom de capuz, tênis de cano alto e bolsa carteiro — e foram descobertos quando pediram ajuda no dever de casa de álgebra especificamente da "princesa Mia" (nossos jovens sabem que sou incompetente em matemática. Apenas posso ajudar com francês, inglês e trabalhos sobre a produção cítrica na Europa).

"Talvez seja melhor", Perin disse, "você trabalhar de casa novamente pelos próximos dias... só até passar a animação da notícia do seu noivado com o Michael".

Eu não queria que ela se sentisse mal se soubesse que *não tenho casa* e que isso *é* a animação passando, graças ao príncipe herdeiro de Qalif que proibiu a natação para mulheres e, é claro, ao surto de E. Coli.

Então, preferi dizer, "Obrigada, Perin. É uma boa ideia", então catei meu guarda-costas e fui embora.

Eu estava me sentindo um pouco deprimida, mas me recuperei depois que o Lars e eu compramos uns sanduíches na Murray's Shop (e também Fritos, Butterfingers e refrigerantes na mercearia, onde vi que a capa do *Post* que dizia: "Michael parte para cima!" com uma foto do Michael me beijando no banco de trás do carro. A matéria explicava as reduções de impostos que ele e sua empresa, a Pavlov Cirúrgica Inc., teriam direito depois que estivéssemos casados por cinco anos, uma vez que cidadãos genovianos — e empresas — não pagam impostos, e um "amigo próximo" do Michael especulava que em breve a Pavlov Cirúrgica seria transferida para a Genovia para fugir dos impostos americanos).

(Sim, comprei o jornal e li a matéria.)

Deve ser um dia fraco de notícias se esse foi o motivo mais escandaloso que encontraram para o Michael finalmente ter me pedido em casamento. Redução de impostos? Sou mais a teoria de que estou grávida de gêmeos do *Inside Edition.*

Terça-feira, 5 de maio, 14h45, apartamento do terceiro andar, Consulado Geral da Genovia, posição no Ranking da Realeza: 1

Recebi uma mensagem dizendo que a multidão na frente do consulado havia diminuído o suficiente para eu entrar escondida pela porta de serviço, então estou em casa (bom, minha casa temporária). Estou tão feliz de ver o Fat Louie.

Ele nem parece ter notado a minha ausência, porque aparentemente dormiu o tempo inteiro, segundo a camada de pelo no canto esquerdo da cama.

Mas ele ronronou superfeliz quando fiz carinho e até deixou que eu o pegasse no colo e o carregasse pelo quarto como um bebê gordo (por quase um minuto. Depois ficou mal-humorado e reclamou, então precisei botá-lo no chão e dar um pedaço de presunto do meu sanduíche. Mas foi um minuto maravilhoso, até ele me morder).

Estranhamente, a madame Alain me recepcionou ainda mais calorosamente que o Fat Louie. Na hora, não entendi, porque nunca fui a pessoa preferida dela nem nunca a vi sorrir.

Depois vi que estava encaixotando todas as coisas do escritório dela, pois foi transferida de volta para a Genovia.

Esqueci completamente que sugeri que talvez ela fosse mais feliz em outro lugar. Aparentemente alguém concordou comigo.

Felizmente, ela não poderia estar mais contente. Sempre detestou o trabalho dela aqui (e a mim) e agora não precisará mais ver o consulado (ou a mim) de novo.

Queria saber onde ela vai trabalhar. Mas, na verdade, não me importo contanto que seja bem longe de mim.

Terça-feira, 5 de maio, 14h55, apartamento do terceiro andar, Consulado Geral da Genóvia, posição no Ranking da Realeza: 1

Como não levamos nossos laptops para Exumas, eu não olhava meus e-mails havia séculos.

Bom, acabei de olhar, e adivinhe?

O J.P. me enviou seu romance distópico jovem adulto, *Amor nos tempos da escuridão.*

Encaminhei diretamente para Tina.

Li a sinopse e decidi que não é o melhor momento para eu saber mais sobre a visão que o J.P. tem do futuro, especialmente porque no livro:

1. Um por cento da população detém toda a riqueza e as propriedades enquanto são servidos pelos 99 por cento que não têm a menor chance de obter nem um pouco de toda aquela quantidade de riqueza e propriedades (a não ser por meio de rebeliões armadas ou por um sistema randômico de loteria).

2. A polícia é militarizada.

3. Todo mundo tem câncer de pele/contaminação por radiação porque a camada de ozônio está sendo destruída pelo desrespeito da humanidade com o meio ambiente.

4. A mídia é completamente unilateral e censurada.

5. Todo mundo só vê reality shows para fugir dos problemas.

6. Todo mundo está acima do peso (a não ser, é claro, pela heroína esbelta e seus dois pretendentes amorosos) porque as opções saudáveis de alimentação são muito caras/ inexistentes.

A visão que o J.P. tem do futuro parece incrivelmente parecida com o mundo em que vivemos AGORA!

Por que eu iria querer ler esse livro no pouco tempo livre que tenho, considerando que não oferece nenhuma solução plausível para os problemas dos personagens, é muito deprimente e ainda foi escrito pelo meu ex-namorado?

Por isso que o mandei para a Tina. Quem sabe *ela* vai encontrar algo que goste. Ou pelo menos será uma boa distração do ex-namorado *dela*.

Terça-feira, 5 de maio, 15h35, apartamento do terceiro andar, Consulado Geral da Genovia, posição no Ranking da Realeza: 1

Acabei de passar meia hora no telefone discutindo o meu itinerário com a Dominique. Ela diz que é "tarde demais" para mudar qualquer coisa e "além do mais, Princesse, você quer se casar neste verão, *non*? Bom, então precisamos nos mexer e para isso será necessária uma viagem para a Genovia. Tenho certeza de que seu irmãozinho não se incomodará de você perder o aniversário dele".

Hum, ela obviamente não conhece muitos garotos de quase 10 anos. Amo muito o Rocky, mas ele é difícil. A maioria das nossas conversas gira em torno de peidos (o assunto favorito dele) e dinossauros (o segundo favorito).

"O quanto você acha que os dinossauros peidaram quando aquele asteroide bateu na Terra?" é uma das perguntas favoritas do Rocky.

Ele acha que foi bastante, mas geralmente digo que provavelmente não tanto porque estavam com muito medo.

Minha mãe acha que ele pode ficar para trás no colégio por causa da obsessão com flatulências, mas o Michael diz que isso é bem normal para garotos de 9 anos.

Rocky quer um bolo de dinossauro de aniversário, de preferência com "um asteroide gigante no meio." Quando a minha mãe perguntou se ele estava falando sério, ele respondeu com um peido e foi mandado para o quarto para "pensar no que havia feito".

Acho que deve ser bem legal ter uma irmã para conversar. Não que garotas não gostem de debater flatulências e dinossauros, mas a Olivia Grace parece ser adorável.

Eu poderia levá-la na loja American Girl para tomarmos chá. Quer dizer, se ela gostar de bonecas. Mas tem 12 anos. É meio velha demais para gostar de bonecas, né?

Não queria dizer na frente do Michael, mas não tenho ideia do que as garotas de 12 anos fazem hoje em dia. As que conheço no centro estão todas muito concentradas em dever de casa, em suas famílias, esmaltes (obviamente, eu não), videogames sobre ajudar filhotes a encontrar um lar ou ajudar celebridades a escolher o que vestir, muitas boy bands e cantoras malvestidas de que nunca ouvi falar, mas que são populares e não parecem ter metade do talento da Adele, da Taylor e, é claro, da minha amada e triste, Britney.

- *Lembrete:* Perguntar para a Tina do que as irmãs mais novas dela gostam e por quê.

Não tenho nenhuma lembrança do que eu gostava quando tinha 12 anos. Estou passando a tarde olhando meus diários antigos para tentar achar alguma dica da existência da Elizabeth Harrison, mas por enquanto não encontrei nenhum rastro e, infelizmente, só comecei a escrever diários aos 14 anos.

É claro que o problema dos diários é que são sempre sobre *você*, não outras pessoas. É ainda pior quando o diário é de uma adolescente. É pavoroso reler, porque parecem tão... egocêntricos. Como pode alguém falar tanto sobre si mesmo? Eu era cega? Só falava sobre:

1. Minhas notas.

2. Meus seios (ou a falta deles).

3. Grandmère.

4. Sobre a Lilly ser incrivelmente irritante.

5. Josh Richter (ECAAAAA).

6. Minha então inimiga mortal, Lana Weinberger.

7. Michael.

A possibilidade de o meu pai ter um caso do outro do lado do rio não é mencionada nenhuma vez.

Argh! Estou tão deprimida agora.

E embora a Marie Rose tenha abastecido a cozinha enquanto eu estava fora, deixando a geladeira lotada de comidas deliciosas — como salada de frango com estragão; salmão selvagem do Alaska cozido em caldo de legumes com molho de cominho e endro; paninis de presunto cru crocante com muçarela e rúcula; macarrão com queijo de trufas pretas; kebabs de patas de caranguejo; merengue; e creme brûlée de laranja da Genovia —, tudo que quero comer é o segundo Butterfinger que comprei na mercearia. Não estou seguindo nem um pouco o conselho do Dr. Delgado!

Mas preciso admitir que o Butterfinger está ajudando, assim como a maratona de *Encontrei o vestido* no TLC.

Seria tão mais simples se eu pudesse ir até uma loja de liquidação como as garotas do programa e encontrasse o vestido perfeito (por 400 dólares)!

Mas suspeito que depois de comer todos esses Butterfingers, não exista vestido desenhado com sagacidade suficiente (ainda mais por 400 dólares) para esconder a barriga de comida que ganhei e sobre a qual a imprensa parece muito concentrada em comentar.

Terça-feira, 5 de maio, 16h44, apartamento do terceiro andar, Consulado Geral da Genovia, posição no Ranking da Realeza: 7!

Então, acho que acabei de fazer uma coisa muito idiota.

Não deve ter ajudado eu ter dado uns goles na garrafa de schnaps* de pera de cem anos que Michael e eu recebemos de presente do chanceler da Áustria (já estava aberta mesmo, porque a Guarda Real da Genovia precisou verificar que não estava envenenada — não pelo chanceler, claro — e fizeram isso bebendo goles da garrafa).

Eu estava tão chateada depois de ler algumas partes do *Amor nos tempos da escuridão* (radiação é *muito* deprimente! Por que alguém escreveria sobre isso? A não ser, é claro, que seja um livro sobre Hiroshima) e todos os meus diários que pensei, "Ah, quer saber, são cinco da tarde em algum lugar! *Skol!*" e dei um gole. Ou talvez dois. Não me lembro.

E não é só porque minha posição no Ranking da Realeza caiu do número um (não que eu me importe, porque aquele site é o que há de mais errado na humanidade e é melhor ser ignorado) para o número *sete*.

---

* O schnaps da Áustria é completamente diferente daquilo que os americanos chamam de schnapps. Uma diferença é que, quando preparado corretamente, de fato tem gosto de alguma coisa que não seja pasta de dente.

Agora sou ainda menos popular que o general xeque Mohammed bin Zayed Faisal, o príncipe herdeiro de Qalif!

E, aparentemente, o sultão de Brunei (aquele que fez alguma coisa com um macaco, mas a gente nunca vai saber o quê, graças a Lazarres-Reynolds).

Não existe *motivo algum* para isso ter acontecido fora eu ter expulsado o fundador do site do meu centro comunitário por instalar um sistema de espionagem no banheiro feminino (e agora me arrependo de não ter mandado prendê-lo. Ling Su tinha razão).

Mas *ainda mais grave do que isso*, teve um post do DemagogoReal, que me perseguiu o ano passado inteiro. Ele desapareceu por um tempo, provavelmente porque se juntou a um culto ou um grupo terrorista extremista, ou possivelmente ao elenco de um reality show. Os recrutas de elenco de reality shows buscam as mesmas pessoas que os cultos e terroristas, o tipo de gente que sente que falta algo em suas vidas, frequentemente o amor romântico.

E como a única forma de pessoas que têm ódio de mulher, como o meu stalker, conseguirem um encontro com uma seria sequestrando-a ou se uma for escolhida para eles pelo líder do culto ou pela central de elenco, frequentemente a decisão de se juntar a um grupo parece ser positiva... até virarem homem-bomba ou serem expulsos do programa.

Deve ter sido a última opção porque o DemagogoReal reapareceu — provavelmente por causa do anúncio do meu casamento, pelo menos é o que dá a entender pela mensagem dele sobre estar feliz que a "princesa piranha" vai finalmente deixar o "Mike" fazer dela "uma mulher honesta."

"Estava na hora já", escreveu o DemagogoReal. "Quem sabe agora ela vai deixar que ele trabalhe enquanto ela fica em casa e vai parir uns filhotinhos como uma mulher decente faria. Com sorte, até vai aprender a cozinhar também. Mas é provável que simplesmente continue dando aqueles discursos absurdos sobre como as mulheres devem trabalhar enquanto os criados fazem a comida."

Hum... sim. Vou mesmo. Porque é o emprego para o qual os contratei, e se eu não os tivesse empregado, eles não teriam salário, e sem salário não teriam como sustentar suas famílias, então morreriam de fome. Se chama *teoria econômica*, DemagogoReal. Dá uma olhadinha.

No centro, nos esforçamos bastante para que os adolescentes tenham mentores, educação e treinamento de emprego para que não fiquem vulneráveis a esse tipo de pensamento que o DemagogoReal apoia ao saírem da escola, mas às vezes eu me preocupo que não seja o suficiente. É óbvio que o Centro Comunitário Frank Gianini precisa ser expandido globalmente.

Realmente preciso seguir o conselho da Dominique e parar de ler essas coisas.

Mas não posso parar de ler as mensagens de texto da Lana Weinberger (a quem esqueci de responder os votos de feliz aniversário). Ela me mandou mais uma, mais chocante que a anterior:

Lana Weinberger "TheRock":

Piranha, como ficou noiva e nem contou? Tive que ouvir da Trish que ouviu da mãe dela que viu no TMZ! Você é uma vaca e meia!

Mas não se preocupe, pode se desculpar convidando a Trish e eu para sermos suas madrinhas de casamento! E não vamos ser madrinhas toscas que não fazem nada além de ficarem bonitas e carregarem sua cauda. Vamos ajudar de verdade. Veja o anexo — já planejamos toda a sua despedida de solteira! Vai ser num lugar na Genovia chamado Crazy Ivan's. Você vai AMAR!!!!

DESPEDIDA DE SOLTEIRA INFERNAL DO CRAZY IVAN'S!

Ela é a sua melhor amiga e logo vai estar presa na cozinha fazendo franguinho para uma trupe de pirralhos enquanto o maridinho está na rua farreando com os manos!

Então dê a ela a última noite boa da sua vida! Ofereça algo que vai ficar na memória com nossa despedida SEM LIMITES, TUDO LIBERADO, incluindo:

Bolo especial para maiores de 18 anos!

Shots na boca da noiva! Não pode usar a mão!

Farta distribuição de colares de pênis!

Tiaras e colares como as concorrentes a Miss América queriam ter!

Chup-chup!

E mais!

Não reservamos lugares após o horário combinado.

Chegue cedo ou fique CHUPANDO O DEDO!

CRAZY IVAN'S, FILIAIS NAS MAIORES CIDADES DO MUNDO.

Tóquio – Londres – Nova York – Paris – Genovia – Rio – Berlim – Sidney

Agora preciso dar um jeito de explicar para a Lana que não estou nem aí para shots nem quero saber o que é um chup-chup.

Não é só porque não quero dar dinheiro para um estabelecimento do Ivan. É porque tenho 100% de certeza que alguém vai tirar uma foto minha com um colar de pênis e postar na internet. Meu ranking cairá abaixo da lama... embora seja horrível que uma celebridade não possa sair (ou até mesmo ficar em casa) e se divertir e ser fotografada sem ser julgada.

É fácil dizer, "Ah, tenha senso de humor", mas a regra não é a mesma para todos. A população *não* tem um senso de humor com essas coisas, especialmente quando acham que de certa forma você representa o país. Alguém já fotografou a Kate Middleton com um "colar de pênis"? Acho que não.

É claro que entendo o pedido da Lana sobre "precisarmos passar mais tempo juntas porque Melhores Amigas Para Sempre e o colégio foi a melhor época das nossas vidas". (OK, não entendo essa parte. O colégio pode ter sido a melhor época da vida da Lana, mas certamente não foi da minha. Exceto pelo fato de que conheci o Michael na AEHS.) Sim, seria divertido tirar *uma folga* de ser politicamente correta, mas é muito mais fácil falar do que fazer, ainda mais com câmeras presentes, e aposto que tem câmeras por toda parte no Crazy Ivan's, considerando que é necessário tirar a blusa ao entrar.

< Lana Weinberger "TheRock">   <SAR Mia Thermopolis "FtLouie">

> Isso é tão fofo da sua parte, Lana! Claro que amaria que você e a Trisha fossem minhas madrinhas.
> Mas acho que talvez não seja possível fazer algo no Crazy Ivan's por uma série de motivos. Quem sabe a gente faz uma despedida privada no palácio. Podemos fazer algo na piscina. Você sabe que o Lars ama uma desculpa para ficar no telhado com o rifle de longa distância à espera de drones com câmeras.

Tudo bem!!!! Você pode compensar escrevendo uma carta de recomendação para a Iris. Sabe, ela seria aceita imediatamente com uma carta da princesa da Genovia.

> Claro, faço sem problemas. Qual é a escola que você está tentando?

Ah, a inscrição não é para a escola! A Iris foi indicada como possível candidata para o Prêmio Nacional de Bebê Americano na categoria de quatro a seis meses, na divisão de Miss Princesa Junior do concurso!!!!

> Lana. Não. Um concurso de beleza para bebês, não.

Por quê? Esse concurso paga mais de 1,5 milhão de dólares em dinheiro, prêmios e bolsas escolares. Diz aqui que se eu não a inscrever, estarei negando a ela a oportunidade de aprender novas habilidades valiosas que darão confiança para ajudá-la a conquistar seus objetivos no futuro.

Lana, é um golpe.

Não, não é! Iris Púrpura é o bebê mais bonito do grupo de brincadeiras dela. Todo mundo diz. Tenho certeza de que alguém a viu por lá e a inscreveu. Ou quem sabe pelo Instagram ou pela página do Facebook que fiz para ela.

Então como conseguiram o endereço da sua casa?

Está no registro público. E, de qualquer modo, o concurso é real, eu confirmei. Este é o décimo ano do programa. A missão é ajudar garotas na formação de caráter e autoestima.

A sua filha não tem nem um ano. Como isso vai ajudar a formar o caráter dela?

Vai ensiná-la a ter elegância e confiança em frente a uma plateia, como você, Mia, quando faz um daqueles seus discursos entediantes. Só que a Iris não precisa dar um discurso porque esse concurso não exige um talento. As candidatas são julgadas por sua confiança e seu carisma.

Lana, você leu as entrelinhas?

A taxa de inscrição vai para os custos da produção do concurso.

Quanto custa?

É um Investimento no futuro dela!

Lana, qual o seu problema? Você conseguia ver de longe esse tipo de golpe. O seu cérebro escorregou pela vagina na hora do parto?

Não, porque fiz uma cesariana. Não ia deixar meu buraco da felicidade ficar todo deformado por empurrar aquilo para fora. Deve ter reparado que ela herdou a cabeça gigantesca do Jason.

A cabeça do seu bebê e do seu marido me parecem perfeitamente normais.

Bom, não são. Todo mundo da família do pai dele tem uma cabeça enorme. Depois que vi a ultra, disse para a médica que se ela pensava que eu ia empurrar aquele negócio pelo meu buraco da felicidade, estava muito enganada. A mãe do Jason nunca se recuperou depois de ter três meninos. Ela anda meio torto até hoje.

> **Realmente não sei o que responder.**

> Vai me ajudar ou não??? A inscrição tem uma redação e você sabe que escrever não é o meu forte, então preciso da sua ajuda. Você é a melhor escritora que conheço.

> **Vou ajudar, mas desaprovo profundamente.**

> Vai pensar de forma diferente quando tiver um bebê. Aí vai ver como é!

> **OK. Me manda a inscrição por e-mail e eu ajudo. Mas só dessa vez! E só se prometer que não vai ter despedida de solteira surpresa no Crazy Ivan's!**

> Prometo! Ah, obrigada! Não vai se arrepender!

> **Já me arrependo.**

Quando terminei essa conversa, meu olho estava tremendo loucamente de novo. Eu não tive opção senão deitar no sofá e assistir à Juíza Judy gritando com um homem chamado Bud por ir morar com a nova namorada, Tiffany, e aí, depois de prometer pagar metade do aluguel, ter gastado todo o dinheiro em tatuagens, um Corvette novo e uma viagem para Atlantic City com a ex-namorada.

A juíza deu ganho de causa para a vítima — Tiffany — no valor de 5 mil dólares, mas só porque o Bud havia pagado metade do aluguel por um mês e escrito no cheque sem fundos a palavra *aluguel*, o que mostrava a intenção de pagar. Caso encerrado.

Foi muito calmante.

Três coisas pelas quais sou grata:

1. Juízes justos.

2. Minha mãe, por nunca ter me botado num concurso de beleza de bebê.

3. Schnaps austríaco.

Terça-feira, 5 de maio, 17h05,
apartamento do terceiro andar,
Consulado Geral da Genovia,
posição no Ranking da Realeza: 7

Não achei que as coisas pudessem piorar, mas todo mundo sabe que no momento em que se diz isso, as coisas pioram. É como dizer: "Acho que vou na piscina hoje." No instante que a pessoa diz isso, o sol desaparece atrás de uma nuvem.

Eu estava preenchendo a inscrição da bebê Iris para o concurso de beleza quando meu telefone tocou.

Era o escritório do meu pai, querendo saber quando era a hora mais conveniente para eu me reunir com "o príncipe da Genovia e seus advogados".

"Seus advogados? Por que o meu pai precisa que eu me reúna com os advogados dele?", perguntei.

"Acredito que seja para discutir o acordo pré-nupcial, sua alteza", a assistente explicou. "Qual dia seria melhor?"

"*Pré-nupcial?* Meu pai quer que eu faça o meu noivo assinar um acordo *pré-nupcial?*"

"Pois, sim. Sim, sua alteza, ele quer."

Não consigo acreditar nisso.

Acho que não deveria ficar chocada, conhecendo a minha família.

Mas isso é baixo, até para eles. E, sinceramente, é o tipo de coisa que eu esperaria da Grandmère, não do meu pai.

Mas a Marielle, assistente dele, me assegurou de que o príncipe está muito preocupado em proteger os meus (e da família) "interesses financeiros". Um acordo pré-nupcial é "padrão" em todos os casamentos reais da Genovia (ah, jura? Porque foram muitos?) e, na verdade, é feito para proteger os bens de ambos os lados.

Mas sei bem o que isso quer dizer:

Quer dizer que, lá no fundo, meu pai acredita no boato idiota do *Post*. Como se fosse esse o motivo para o Michael me namorar com idas e vindas desde o nono ano: porque vem planejando se aproveitar de mim — como o Bud se aproveitou da Tiffany em *Judge Judy*.

Só que em vez de se recusar a pagar metade do aluguel e fugir para Atlantic City com a ex-namorada em seu Corvette novo, o Michael só vai casar comigo para realocar a Pavlov Cirúrgica para a Genovia, onde reduzirá sua carga de impostos.

Mas nem preciso que a juíza Judy determine quão idiota é essa ideia. Eu disse para a Marielle que uma boa hora para eu me reunir com o príncipe e seus advogados sobre o meu acordo pré--nupcial seria "nunca".

"Perdão?", ela disse, parecendo surpresa.

"Você me ouviu. Nunca. E mais, diga para o meu pai me ligar porque tenho algo importante para discutir com *ele*."

Quando a Marielle perguntou educadamente se podia saber "a natureza do assunto" que eu gostaria de discutir, eu respondi: "Sim, por favor, diga a ele que é sobre Olivia Grace Clarisse Mignonette Harrison."

Então desliguei o telefone.

Qual é o meu problema? Eu não sei.

Não posso nem culpar o schnaps porque só tomei alguns goles.

Terça-feira, 5 de maio 19h45, apartamento do terceiro andar, Consulado Geral da Genovia, posição no Ranking da Realeza: 7

Eu estava comendo pipoca com queijo e procurando no telefone se existia um Wiki-How sobre "Como falar com o seu pai sobre a filha bastarda secreta dele" (não existe; parece uma oportunidade perdida) quando a GRG interfonou e anunciou, "Sua alteza, seu pai está aqui."

"Hum... diga para ele subir", falei para o interfone (depois que acabei de me engasgar). O que mais eu poderia fazer?

Depois saí correndo, recolhendo todas as provas de que andei bebendo, embora eu seja uma adulta, que deveria poder beber sempre que quisesse.

Quando abri a porta, fiquei chocada. Meu pai estava péssimo. Quero dizer, não andava muito bem desde a prisão, com a cara murcha e meio verde (embora isso possa ser parcialmente culpa da celebração excessiva de ontem à noite por causa do meu noivado. Ou, quem sabe, ele anda comendo aquela alface pré-lavada da Califórnia).

Mas então percebi que por algum motivo ele resolveu *tirar o bigode*, que ele tinha havia algum tempo e que virou parte importante do seu visual, assim como a careca (o cabelo nunca cresceu depois da quimioterapia, mas ele desfilava esse bigode desde o evento de caridade Salve as Crianças, quando mencionamos o quanto ele estava estiloso).

É assustador como fica horrível sem o bigode!

"Pai, o que *aconteceu*?", não consegui não dizer quando o vi.

"O que aconteceu? Como assim, o que aconteceu?", ele perguntou. "Você sabe sobre a sua irmã, foi isso o que aconteceu."

Ele entrou apressado por mim e foi se deitar no meu sofá como se estivesse na análise, ou algo do tipo.

"Não", falei, fechando a porta. "Quis dizer o que aconteceu com o seu rosto? Cadê o bigode?"

"Ah, isso." Ele tocou o lábio superior, e reparei pela primeira vez que ele não tem um — um lábio superior, quero dizer. Estava escondido havia tanto tempo debaixo daquela faixa de cabelo cor de areia que parei de notar que ele só tem lábio inferior, nenhum lábio superior. "Eu raspei. Aparentemente, apenas homens da indústria pornográfica usam bigodes hoje em dia."

"Pai, quem disse isso? Não é verdade. Deveria deixar o seu crescer de volta. Você parece..." Eu queria dizer *nu sem ele*, mas pensei que isso poderia magoá-lo, então só falei: "Menos digno sem ele."

"Seu primo Ivan fez piada com o meu bigode na última propaganda. Disse que me deixa velho. Como um 'Ron Burgundy velho e careca' foram as exatas palavras. Mia..." Ele olhou para mim, perdido. "Quem é Ron Burgundy?"

"Não importa, pai", respondi, triste por ele ser tão pouco familiarizado com a genialidade cômica do Will Ferrell. "Não é ruim parecer o Ron Burgundy, e é só mais um motivo para você não o raspar. Precisa deixar o bigode crescer imediatamente para mostrar que o primo Ivan não consegue afetar você."

Ele cruzou os braços no rosto e suspirou. "Mas ele me *afetou*, Mia. Sinto dizer que isso foi a gota d'água. Tem alguma coisa para beber?"

Falei que tinha schnaps e ele disse, "Quis dizer algo *bom*", então expliquei que era schnaps, não schnapps, e ele aceitou um pouco.

Ele pegou o copo e ficou irritado porque o Fat Louie pulou no peito dele (o que, na verdade, é um elogio; o Fat Louie anda bem menos atlético na velhice, por isso, quando pula em algo, é só porque se esforçou e quis muito).

Então levei o Fat Louie para a sua cama e meu pai começou a falar...

.... e falar, e falar.

Falou tudo sobre como ele queria ter me contado sobre a Olivia desde sempre, mas não sabia como, porque estava com medo do que eu fosse pensar.

Acho que não deveria me surpreender, pois o homem que já escreveu meu nome errado em cartões de aniversário não poderia saber que eu adoraria ter uma irmã mais nova, especialmente uma para levar comigo a cada um dos musicais da Disney na Broadway, assim as pessoas parariam de me olhar feio por ser adulta e ir sozinha.

"Não é como se tivesse sido um caso rápido", ele continuou. "Eu estava apaixonado pela Elizabeth, mas ela não queria um relacionamento, assim como a sua mãe, muito menos que a Olivia fosse criada num ambiente rígido como o do palácio. E depois ela morreu, e foi tão horrível. Por que sempre me apaixono por mulheres com medo de compromisso, Mia? Por quê?"

"Bom", respondi, pensando sobre o que os doutores Moscovitz tinham dito. Existe uma boa hora para dizer ao seu pai que seus futuros sogros acreditam que ele possa sofrer do complexo de Édipo? Não. Há coisas que é melhor não falar.

"Naturalmente, consigo entender por que uma mulher independente e livre, como a sua mãe — ou Elizabeth —, não gostaria de se casar com um homem como eu, com tantas responsabilidades na..."

"Sei que não tem culpa de ter nascido um príncipe", interrompi, "mas ninguém está *forçando* você a permanecer no trono ou concorrer a primeiro-ministro em todas as eleições".

Ele pareceu um pouco atordoado com a minha afirmação. "Mas é necessário. Pelo bem do país. E que mulher racional gostaria de morar com a minha mãe, mesmo que seja num palácio no Mediterrâneo, no país mais bonito do mundo?"

"Nenhuma", falei, pensando no que minha mãe havia dito no telefone sobre o meu pai quando falamos do meu noivado com o Michael. "Mas a Grandmère tem um palácio próprio, né? Você pode pedir que ela de fato fique lá."

Ele pareceu ainda mais perturbado. "Pedir que ela fique no palácio de verão? *O ano todo?*"

"O palácio de verão não é exatamente uma quitinete, pai. Tem 17 quartos."

"Acho que a sua avó nem cogitaria", ele disse.

"Pai!" Isso só mostra como se pode ter todo o dinheiro do mundo — até mesmo um palácio e uma coroa — e ainda assim não ser feliz. Ou ter bom senso. "Escute o que está dizendo. Parece uma pessoa reclamando que os seus sapatos de diamante estão apertados demais."

Ele pareceu surpreso. "Meu o quê?"

"Seus sapatos de diamante. Sei que não tem literalmente um sapato de diamantes, mas alguém muito sábio me disse que precisamos saber apreciar o que temos. Você precisa fazer sacrifícios em nome do amor, entende."

"E isso se faz usando sapatos milionários e desconfortáveis?"

"Não, pai." Respirei fundo e tentei achar outra maneira de fazê-lo entender. "É como o Robert Frost diz naquele poema sobre a estrada menos percorrida. Talvez ela não o leve ao seu destino, mas vai levá-lo a *algum lugar*, e esse lugar talvez seja melhor do que o destino inicial."

Meu pai me encarou. "Sabe que prefiro seguir mapas, Mia. GPS é ainda melhor."

"Eu sei. Mas não acho que os mapas e o GPS estejam funcionando mais, pai. Acordos pré-nupciais e morar com a Grandmère e guardar todos esses segredos e manter todas as promessas que fez a essas pessoas que não estão mais aqui? A mãe da Olivia *morreu há dez anos*. Acho que o prazo dessa promessa já expirou."

Ele estava mordendo o lábio inferior, nervoso, o que era incômodo porque parecia que ele *não tinha lábio algum*, como um pássaro.

Eu queria dizer para ele parar, mas não é o tipo de coisa que se diz para um pai.

"Eu... eu não sei, Mia. Nunca fui um pai antes. Não assim. Com você, sempre tive a sua mãe. Eu sabia que ela não ia fazer nada de errado."

"Pai, nunca foi fácil para a minha mãe me criar sozinha, mesmo se ela não demonstrava. Você acha que está sendo fácil com o Rocky? Não está. Outro dia, a escola mandou um bilhete para casa dizendo para a minha mãe levá-lo num psicofarmacologista por causa da obsessão dele por peidos."

Meu pai ficou com o olhar distante como sempre fica quando falamos da minha mãe. "Isso não é culpa dela. O garoto acabou de perder o pai. E, além do mais, a escola obviamente não é muito boa se não consegue lidar com o interesse perfeitamente natural de um jovem por flatulência."

"Bom, de qualquer forma, criar um filho não é fácil para ninguém. É o trabalho mais difícil do mundo, mas acho que você seria bom. Sempre se saiu bem comigo."

"Sua mãe fez todo o trabalho pesado com você. Eu acho que poderia piorar, e muito, a situação dessa menina."

"Pior do que não existir?", levantei as sobrancelhas. "Não vejo como."

Eu não deveria ter dito isso. Deveria ter dito outra coisa — usado uma das minhas metáforas ou mentiras — ou simplesmente ter ficado calada e sem dizer nada.

Mas não fiquei e o resultado foi que os olhos dele se encheram de lágrimas.

242

É bem horrível ver o próprio pai chorando. Não vou dizer que é a pior coisa do mundo porque definitivamente existem coisas piores, como a vez que fui para a África para supervisionar a instalação de alguns poços de água. Ver um homem guiando um colchão velho sobre rodas, puxado por um burro na estrada, com a família toda sentada ali (porque era a única forma de transporte que podiam pagar), foi certamente pior do que ver meu pai chorar.

Mas passar a mão no ombro do meu pai e dizer que tudo ficaria bem quando, na verdade, eu não sabia se ficaria (assim como na África, mesmo depois de instalar os poços), entrou para a minha lista de piores coisas do mundo.

Finalmente me levantei e peguei o telefone para dar uma olhada nos cardápios que a GRG havia providenciado dos restaurantes na área que tinham sido aprovados para entrega.

"Vou pedir o jantar", eu disse. "Está com desejo de comer alguma coisa em especial?"

Acho que isso deixou o meu pai tão surpreso que ele esqueceu de chorar, o que era parcialmente a minha intenção. "Eu... eu não sei", ele respondeu, parecendo chocado. *Comida? Quem consegue pensar em comer numa hora dessas?* Hum, Mia Thermopolis consegue.

"Bom, você precisa comer alguma coisa. Fome e desidratação podem levar a péssimas decisões e também a variações de humor." Pelo menos é o que diz o Google, e a Ling Su, que sempre faz as crianças do centro comerem lanches bem saudáveis enquanto fazem o dever de casa. Isso diminuiu bastante a quantidade de choro durante o dever de matemática. "A Marie Rose deixou um monte de coisa na geladeira, mas não acho que consigo encarar um macarrão com queijo de trufas pretas agora. E você?"

"Bom..." Ele piscou algumas vezes. "Quem sabe eu possa comer um pouquinho. Faz um tempo que não como nada que não seja os amendoins do bar do hotel, e tem uma coisa que sempre quis experimentar... mas, não, não dá. É besteira."

"O quê, pai? Fala."

"Bom, sempre vejo uns comerciais na TV de uma coisa chamada pão de queijo. Sempre quis saber o gosto disso."

Ele tinha um ar sábio, como o rei Arthur no musical *Camelot*, quando ele e a Guinevere se perguntam o que o povo faz. As pessoas sempre riem nessa parte da peça, porque é tão ridículo que a realeza não saiba o que "o povo" faz.

Mas, no caso do meu pai, é verdade. Depois de uma vida inteira dentro de um palácio, ele realmente não sabe. Acho que é um dos motivos pelo qual achou a minha mãe — e a mãe da Olivia — interessante.

"Tudo bem", concordei, sentindo pena dele. "Comeremos pão de queijo."

Decidi que um pouco de pão de queijo faria bem a ele (aparentemente não comia nada sólido havia dias, talvez desde antes da prisão, porque andava tão preocupado com tudo que estava acontecendo — e, é claro, está ainda mais preocupado agora que eu disse que precisa fazer algo em relação à Olivia —, então isso explicava muita coisa sobre o comportamento atual dele, especialmente o bigode).

Então eu pedi... o que significava que também precisava pedir pão de queijo para a GRG e para os paparazzi plantados na frente do consulado.

Mas, tanto faz. Quanto mais pão de queijo, melhor.

Ai, meu Deus, realmente espero que não seja esse o legado deixado por mim, princesa Mia da Genovia.

Terça-feira, 5 de maio, 21h55, apartamento do terceiro andar, Consulado Geral da Genovi, posição no Ranking da Realeza: 7

Meu pai comeu como essas crianças famintas que a gente sempre lê no jornal que se perdem de alguma forma da família e passam algumas noites perambulando pela floresta sozinhas, sobrevivendo de grama e neve, aí alguém as encontra no meio da estrada uns dias depois apenas de fralda e elas sempre são de Indiana e você diz: "Aham, eu sabia."

Em seguida, apagou no sofá enquanto a gente assistia a um programa de reforma na TV. Eu quis evitar qualquer coisa muito estressante, como o noticiário ou uma reprise da *Law & Order* que pudesse lembrá-lo da prisão e, é claro, da eleição e de como ele está terrível sem o bigode.

Ele escolheu um programa no qual um casal precisa escolher entre "amar" a casa que acaba de ser renovada ou "anunciar" para venda e comprar uma nova, mas não conseguiu ficar acordado para ver a decisão que tomaram (eles venderam).

Quando tive certeza de que estava dormindo, botei um cobertor sobre ele (presente de aniversário da rainha da Dinamarca), o que serviu como ímã para o Fat Louie pular de volta no seu peito... mas mesmo com os 10kg a mais, meu pai não acordou. Talvez a crise de choro (ou o pão de queijo) tenha sido catártica.

Acabei de enviar uma foto dos dois (pai e gato) para o Michael com a seguinte mensagem:

> Oi, espero que esteja se divertindo falando para os médicos sobre as suas pernas robóticas. Talvez seja melhor você fazer novos planos para hoje à noite porque não sei se ainda vai querer vir para cá brincar de vulcão com ISSO no meu sofá. BJO.

Michael respondeu:

> *Por que me trocou por um professor de música na meia-idade? ;-)*
>
> *Eu entendo. Vejo você amanhã. Te amo.*

Ele assinou com um emoji de um boneco de neve derretendo. Coitado do Michael. Desde que a gente ficou noivo, ele:

1. Teve a notícia de que vai se casar anunciada aos pais pela rádio.

2. Viu o casamento pequeno na praia, apenas com a família e os amigos, ser transformado num monstro gigante que será transmitido internacionalmente e no qual, aparentemente, não terá mini queijo-quente, nem purê de batata, nem self-service de tacos.

3. Perdeu o apartamento para caminhões de TV e paparazzi, sendo obrigado a ir morar num hotel.

4. Descobriu que o futuro sogro tem uma filha mais nova secreta.

Por mais que eu ame o Michael e ache que ele seja do tipo que aguenta qualquer tempestade, não sei quanto mais ele pode suportar.

Também não sei quanto mais *eu* posso suportar.

Depois da mensagem para o Michael, mandei uma mensagem para a irmã dele:

<Lilly Moscovitz "Virago"   SAR Mia Thermopolis "FtLouie>

> **O que você está fazendo?**

> O que estou sempre fazendo ultimamente? Decorando a legislação. Aliás, obrigada por marcar o casamento uma semana antes da prova de julho para a ordem do estado de Nova York. Não é nada inconveniente para mim, nem estou surtando com isso de forma alguma.

> **Desculpe, não foi decisão minha. Então, alguém já contou para você a história sobre a princesa que tem uma irmã perdida em Nova Jersey?**

> Estou indo para aí AGORA.

> **Não pode.**

Mandei para ela a mesma foto que tinha enviado para o Michael.

> Por que tem um dentista de Scottsdale, Arizona, dormindo no seu sofá?

> **Ele raspou o bigode. Está chateado por eu ter descoberto a coisa que já mencionei e está basicamente tendo uma crise da meia-idade.**

> Me passe a info sobre o que você falou antes para eu jogar no LexisNexis.

> **Fale como uma pessoa normal, por favor.**

> Meu Deus, você é tão princesa. É a base de dados que a gente usa para acessar os documentos legais online. Só preciso do nome e da cidade de nascimento.

> **Um "dossiê" já foi preparado pela GRG.**

> E tenho certeza de que o dossiê da vovó foi muito preciso. Agora está na hora de deixar a tia Lilly cuidar disso.

Lilly, a GRG é uma organização militar que existe desde 1200.

Ah é, fizeram um trabalho maravilhoso com o seu stalker.

OK. Olivia Grace Clarisse Mignonette Harrison, Cranbrook, N.J.
Apague esta mensagem.

Feito. Um momento enquanto faço a pesquisa. Enquanto espera, escute uma música calmante. "Um milhão de estrelas", de Boris P.

Nada engraçado.

Silêncio, por favor, em andamento.

Sabe que a Tina ainda é apaixonada por ele.

HA! É a cara dela.

Ela não tem o coração de pedra como você.

THERMOPOLIS!! ESTAVA FALANDO SÉRIO!!! VOCÊ TEM UMA 1RM4!

Sim, eu sei, acabei de dizer isso.

Bom, e o que vai fazer?

Não sei.

VÁ BUSCÁ-LA, estilo Liam Neeson em *Busca implacável*.

Ela tem apenas 12 anos e não corre nenhum perigo de ser vendida para o mercado de escravas sexuais.

Você precisa conhecê-la para ensinar os caminhos da força principesca.

Isso não existe.

Existe, sim, já vi em ação. E mais, ela precisa ser a sua daminha no casamento.

Como você de todas as pessoas sabe o que é isso? Achei que odiava casamentos!

Só o das outras pessoas, não o seu com o meu irmão. Na verdade, ela é velha demais para ser uma daminha.

Espere, como sabe a idade de uma daminha?

Não, nem sei.

> **Lilly! Por acaso anda vendo secretamente todos aqueles programas de noiva no TLC na sexta à noite, como todos nós?**

Não. Mas me leve quando você for buscá-la. Tenho habilidades únicas...

> **Está estudando bêbada novamente?**

... habilidades que aprendi ao longo de uma carreira extensa.

> **OK, vou dormir agora, não tenho tempo para isso.**

Habilidades que são um pesadelo para uma pessoa como você.

> **Lilly, isso é sério.**

Eu sei. Vamos mesmo fazer isso amanhã. Vou deixar meu dia livre.

> **Boa noite, Lilly.**

;-)
Boa noite, PDG.*

---

* Princesa da Genovia. Faz anos e ela não para de me chamar assim. Já desisti.

Ainda assim, é bom saber que debaixo daquela casca ela ainda tem um interior mole. Nem a faculdade de direito pode mudar isso.

Três coisas pelas quais sou grata:

1. Meus amigos, que são realmente maravilhosos (mesmo que sejam malucos).

2. Meu pai (embora também possa ser maluco às vezes).

3. Pão de queijo.

Quarta-feira, 6 de maio, 9h05, apartamento do terceiro andar, Consulado Geral da Genovia, posição no Ranking da Realeza: 7

Meu pai foi embora e deixou o cobertor da rainha Margrethe perfeitamente dobrado na beira do sofá junto com um bilhete que dizia:

Mia, obrigada pela hospitalidade. Peço desculpas pelo meu comportamento ontem à noite. Não sei o que aconteceu comigo. Estou me sentindo bem melhor hoje. Talvez tenha sido o pão de queijo.

Agora, com a cabeça fria, sinto que será bem melhor se não prosseguirmos com o assunto de ontem. Afinal, estamos no ano de eleição e esse assunto pode me prejudicar nas urnas. E, como mencionei, não sei se tenho as qualificações necessárias para o tal cargo.

Também temos que pensar no seu casamento. Não quero que uma ocasião tão feliz seja estragada por uma besteira do meu passado. Assim, acredito que seja melhor eu voltar para a Genovia logo que as questões legais forem resolvidas.

Quanto à outra questão debatida, não posso ceder. Seria uma besteira financeira muito grande não se proteger com um acordo pré-nupcial. Você é a herdeira de uma das maiores fortunas da Europa e não faz sentido que se case sem algum tipo de proteção legal. Por favor, reconsidere.

Na verdade, Mia, não acho que eu seja o tipo de pessoa que viaja sem seguir mapas.

Com amor,

Seu pai
Artur Christoff Phillipe Gérard Grimaldi Renaldo
Príncipe da Genovia

E sei que ele está falando sério porque assinou o nome completo na ordem certa.

Ele também levou todo o resto de pão de queijo.

Besteira do meu passado? É assim que escolheu se referir à sua prole?

Legal.

Bom, se ele pensa que vai me intimidar para eu mudar de ideia em relação à Olivia — e ao acordo pré-nupcial —, está errado. *Não* vou desistir. Vou ter uma relação com a minha irmã mais nova, e assim como o Michael disse sobre o nosso casamento, é melhor que seja o quanto antes.

Aparentemente, no entanto, não será imediatamente, porque a vice primeira-ministra quer fazer uma videoconferência e, depois disso — pelo menos segundo meu itinerário —, tenho minha primeira prova do vestido de noiva.

Sério. Essa é a minha vida, como se as coisas já não estivessem ruins o suficiente. Na noite passada, sonhei que o Bruce Willis me levava ao balé e, quando ele virou durante o intervalo para perguntar o que eu tinha achado da performance, eu estava sem roupas. *Sonhei que fui nua ao balé com o Bruce Willis.*

De certa forma, quase queria que o DemagogoReal *tentasse* fazer alguma coisa — apenas uma leve tentativa de assassinato (para acabar de uma vez com isso e para que fosse preso logo; uma tentativa que me machucasse pouco e não ferisse mais ninguém, claro) — para que eu pudesse ficar no hospital durante uns dias sem receber visitas. Aí eu poderia beber Sprite e assistir ao canal de comida por uns dois dias em completa paz.

Mas sei que isso está longe de ser uma fantasia saudável.

Embora certas celebridades de reality shows se internem em hospitais frequentemente por "cansaço". Pelo menos uma tentativa de assassinato seria um motivo legítimo.

Quarta-feira, 6 de maio, 10h15, no híbrido a caminho do ateliê do Sebastiano, posição no Ranking da Realeza: 7

Acabei de ter a conversa mais surreal com a Cécile Dupris, a vice primeira-ministra da Genovia (que disse estar tentando falar com o meu pai, mas que ele não retorna as ligações. Sinceramente! O meu pai tem tanto medo assim de mulheres que não retorna nem as ligações de *trabalho?*).

Aparentemente acabaram as camas de emergência (e as "estações sanitárias", que é um nome elegante para banheiros portáteis) para os refugiados de Qalif abrigados no Porto Princesa Clarisse.

E pior, muitos dos refugiados testaram positivo para tuberculose.

Eles estão sendo tratados no hospital e passam bem, mas o primo Ivan não perdeu tempo e já usou isso como munição para a campanha. Agora declara que *Diversidade = Doença*.

Sério! É o seu novo slogan!

E alguns dos cidadãos parecem acreditar nisso, sem compreender alguns fatos básicos sobre o que *realmente* causa doenças: as bactérias ou, de forma mais simplista, superpopulação, pobreza, falta de água potável e idiotas como o meu primo Ivan.

Então a madame Dupris quer discutir algumas "opções" de como lidar com a crise dos refugiados.

Enquanto isso, o primo Ivan está ameaçando pedir ao parlamento para aumentar o "risco de ameaças" para *alto*, afirmando que o único motivo para os refugiados procurarem a Genovia é o desejo de nos atacar com "os seus germes". Ele quer pedir ao parlamento que a marinha genoviana possa usar "manobras militares agressivas para explodir pelos ares os barcos de refugiados que se aproximarem."

"Quem sabe a gente possa usar as manobras militares agressivas da marinha para explodir o primo Ivan pelos ares", sugeri para a madame Dupris.

"Eu amaria fazer isso", ela disse suspirando. "Quem sabe também podem explodir aqueles megacruzeiros que ele quer deixar entrar no país."

Quem dera.

Prometi a ela que encontraria o meu pai e que, mesmo se não conseguisse, retornaria a ligação com uma resposta até o final do dia (horário da Genovia). Mas disse, envergonhadamente, que antes eu precisava ir experimentar vestidos de casamento.

"Ah", ela disse. "*Comme c'est romantique!*"

É claro que ela nunca experimentou vestidos de casamento na presença da minha avó. Não tem nada menos "*romantique*".

Quarta-feira, 6 de maio, 10h45, sala de prova, ateliê do Sebastiano, posição no Ranking da Realeza: 7

Bom, a Tina conseguiu o que queria. Eu não — não vou ter um vestido de noiva da Vera Wang —, mas acho que consegui a segunda melhor opção: meu primo Sebastiano. (Não. Essa não é a segunda melhor opção. Nem de longe. Mas o Sebastiano é genoviano, e é da família, e também está disponível, então é o que me resta.)

A Tina está aqui — assim como Shameeka, Ling Su, Lana, Trisha e a minha mãe — para assistir enquanto experimento os vestidos e para tirar as medidas dos vestidos de madrinha, que também serão desenhados pelo Sebastiano.

Aparentemente, isso foi decidido arbitrariamente pela Grandmère, que mandou a assistente dela, Rolanda, enviar convites para todas as mulheres que botei na minha lista de possíveis madrinhas e para a minha mãe também. Somente a Perin não aceitou, disse que não podia comparecer porque precisava trabalhar — o que foi muito esperto. Lilly disse que chegaria atrasada (tremo de medo de pensar o que isso pode significar).

Quando cheguei, fiquei chocada de ver todas elas sentadas nos sofás de couro preto, espalhados pelo ateliê do Sebastiano, bebendo mimosas.

"Surpresa, piranha!", Lana disse ao me ver boquiaberta.

O meu dia já não estava bom, mas não esperava que fosse ficar tão ruim *assim*.

"Uau", falei enquanto abraçava a minha mãe. "Estou tão feliz de ver vocês... Acho. Já estão bebendo?"

"Affe", Lana disse. "Não sabe que não se pode experimentar vestidos de noiva sóbria?"

"Não sabia", respondi.

"Não é verdade", Shameeka me confortou.

"Não a faça beber se ela não quiser, Lana", minha mãe disse num tom gélido. Ela nunca conseguiu esquecer o passado da Lana como menina malvada.

"É, acho que estou bem", falei, lembrando que mais tarde eu teria que tomar decisões importante sobre os refugiados de Qalif com a madame Dupris.

"Não seja uma putanha", Trisha disse ao me entregar uma taça de champanhe.

"Como é?"

"Uma putanha", Trisha respondeu animadamente. "É uma mistura de..."

"Muitas pessoas não sabem o segredo para uma mimosa muito boa", Lana interrompeu. "Não é só suco de laranja e champanhe. Tem que botar *triple sec* também, para realçar o sabor do suco. Além disso, acrescentei vodca para dar uma animada."

Ela disse isso logo depois de eu ter dado um gole.

"Princessa!" Sebastiano correu até mim e levantou uma das minhas mãos e a beijou de longe. "Chegou, finalmente! Não sabe há quanto tempo estou esperando por esse dia, para você caminhar até o altar em um dos meus vestidos, como a princesa prometida que nasceu para ser. Tenho tantos modelos para você experimentar. Quase prontos, todos, apenas preciso que diga *sì* e farei o acabamento. Então, experimentamos agora, sim? O que prefere: o ser ou trad?"

Sebastiano sempre teve dificuldade com outras línguas, embora tenha ateliês em Nova York e na Europa há tempos. Ele prefere dizer apenas uma parte das palavras mais compridas, então vestido estilo *sereia* vira *ser* e o princesa *tradicional* vira *trad.*

"Não sei, Seb", falei para ele. "Para ser sincera, não me importo."

"Não se *importa?*" Grandmère parecia estar pegando pesado na mimosa (ou screwdriver), ainda mais porque havia trazido o Rommel, que estava correndo por toda a parte, encoxando as pernas dos sofás e de qualquer pessoa que ficasse parada por tempo suficiente.

"Mia", Tina disse, ansiosa. "Precisa escolher. É muito importante."

"É." A Trisha parecia horrorizada. "Não vista nada colado, como eu fiz, é apertado demais. Depois você não consegue sentar, mesmo com uma cinta dupla. E, acredite, é péssimo não poder sentar no seu próprio casamento. Casar é muito cansativo. Tem tanta gente que você precisa esnobar negando um sorriso a elas."

Grandmère apontou a taça na direção da Trisha, fazendo um brinde silencioso de aprovação.

"A Mia vai ficar ótima em qualquer coisa", Shameeka comentou generosamente. "Não importa."

"Mas como ela é uma princesa, um vestido tradicional não seria mais apropriado?", Tina perguntou.

"Mas é o que todo mundo *espera* que ela vista", Ling Su argumentou, preocupada.

"Sebastiano, o que acha que fica melhor?", Shameeka quis saber. "Estou pensando num vestido acinturado modificado."

Eu não fazia ideia do que eles estavam falando, mesmo já tendo visto ocasionalmente aqueles programas de noiva do TLC na sexta à noite, nas raras ocasiões quando não tinha um evento e o Michael não estava comigo para me obrigar a mudar o canal.

"Claro, claro", Sebastiano disse, me virando em direção ao provador. "Tenho todos os tipos. *Você* fique aqui, princesa." Ele me enfiou num pequeno sofá de um cômodo longe de todo mundo. "Eu trago vestidos. Minha assistente, CoCo, vai ajudar você a trocar."

Ele saiu correndo e, desde então, a CoCo vem aqui de tempos em tempos com sacolas imensas de criações exclusivas semiacabadas do Sebastiano, que ela me ajuda a vestir. Depois eu desfilo pelo ateliê para que Sebastiano, minha mãe, Grandmère, Rolanda, Dominique, Tina e o resto das garotas possam fazer comentários.

De verdade, os vestidos são adoráveis. E todo mundo parece gostar deles. Tenho os melhores amigos e a melhor família (e o melhor guarda-costas) do mundo (exceto pela Grandmère, que disse que o vestido de sereia me fazia parecer "aquela mulher que gosta de mostrar o traseiro, qual é o nome dela? Ah, sim, a Kardashian").

Mas nenhum deles me deixou sem ar e em prantos, como as mulheres ficam naquele programa quando encontram "o vestido ideal".

Talvez isso só exista na TV? Já reparei que muita coisa na televisão é manipulada pelos roteiristas — mesmo nos chamados reality shows —, o que faz com que a gente ache que deve pensar e agir e ter uma aparência tal, quando na verdade é exatamente o contrário. Frequentemente não existe um "modo certo" de se vestir, pensar, agir, mas porque estamos tão condicionados pela mídia a pensar assim, acabamos desconfiando do nosso próprio instinto.

Como o Sebastiano, que acabou de me puxar de lado e perguntar se "estava tudo?". Ele esqueceu de falar a palavra *bem*.

"Sim, acho que está tudo bem", afirmei. "Sinto muito, Sebastiano, seus vestidos são lindos. Apenas não consigo escolher um."

"Precisa concentrar!", Sebastiano enfatizou. "Dia do casamento é o dia mais import da sua vida!"

Ai, meu Deus! No mesmo instante em que ele disse isso, quis vomitar. Não era o screwdriver ou que não quero me casar com o Michael ou que estou receosa. Nada disso.

É o casamento em si que está me causando essa ansiedade. Como posso planejar um casamento direito com todas essas coisas loucas que andam acontecendo na minha vida, como meu pai achando que precisa "seguir o mapa", ou o fato de que tenho uma irmã mais nova que ainda não conheço, ou a possibilidade de centenas senão milhares de refugiados serem abatidos por golpes de água pelos navios da marinha genoviana?

Talvez essa coisa toda de casamento esteja acontecendo rápido demais.

Ou talvez não exista "o" vestido perfeito. Talvez eu não seja a única mentirosa: talvez tenham mentido para todos nós a vida inteira, mas não é o governo que nem o J.P. insiste em dizer naquele livro idiota, e sim a *indústria do casamento de 51 bilhões de dólares!* Por que ninguém escreve um livro sobre *isso?*...

"Princessa? Você está bem?"

O Sebastiano começou a suar descontroladamente, afinal já experimentei todos os vestidos exclusivos da coleção dele, inclusive os que ele desenhou especialmente para mim. "Princessa, não posso começar do zero. Não tem nada que eu possa termi a tempo! Vou ser arrui!"

Eu disse para ele que estava tudo bem. "É só um vestido."

Foi a coisa errada a se dizer, aparentemente, porque o fez prender a respiração e sair correndo para o ateliê como se estivesse prestes a chorar.

Droga. Qual é o meu problema? Por que não menti quando foi necessário?

E não é *só* um vestido. Um vestido de noiva nunca é só um vestido! É um símbolo de esperança, uma fonte de inspiração, algo belo num mundo onde há tanta tristeza e desespero. Qual é o meu problema?

E cadê a Lilly? Sei que estudar para a prova de direito é bem mais importante do que a escolha idiota de um vestido de casamento, mas meio que queria que ela estivesse aqui agora, mesmo se fosse só para me dizer para...

Quarta-feira, 6 de maio, 11h57, na limusine engarrafada no Holland Tunnel, posição no Ranking da Realeza: 7

Lilly entrou correndo no provador na hora em que eu estava prestes a desistir de encontrar "o escolhido", ou de manter a minha sanidade.

"Olhe", ela disse, enfiando uma pilha de papéis na minha cara.

"Onde você estava?", quase gritei. "Não consigo achar o Escolhido! O Sebastiano está muito chateado."

"O que é o escolhido?", ela perguntou. "Está falando do Keanu Reeves em *Matrix*? E quem se importa com o Sebastiano? Ele só quer que você escolha um vestido para ter o nome dele em todos os sites de moda. Você é a noiva, não ele. Diz para ele chupar seu [CENSURADO]."

"Não, não é o Keanu Reeves. O Escolhido é como a Tina chama o meu vestido de noiva. E precisa falar tanto palavrão? Estou escolhendo um vestido para me casar com seu irmão, tenha um pouco de classe."

"O que há de errado com o que está vestindo? Está gata para [CENSURADO]."

Olhei para baixo. "Eu não sei. É um vestido tradicional. A Ling Su disse que todo mundo espera que eu use um vestido tradicional porque sou da realeza e tal."

Eu estava me encarando no espelho desanimada havia dez minutos, assustada demais para sair do provador porque sabia que a Lana e a Trisha diriam que eu estava sendo chata (e também por-

265

que existia uma chance da Grandmère ter ficado sabendo das ameaças do primo Ivan sobre aumentar o nível de segurança, o que afetaria consideravelmente o turismo, e eu teria que ouvir um monte).

A Lana e a Trisha queriam que eu usasse algo com as costas de fora ou, pelo menos, tão translúcido que ia basicamente parecer o biquíni dourado da princesa Leia em *O retorno de Jedi*, só que branco, o que eu sabia que o Michael gostaria, mas eu certamente não me sentiria confortável para me vestir assim quando haveria uma transmissão mundial.

Pode até ser sem graça, mas gosto de um corpete que não seja transparente (o que estava vestindo era bordado com diamantes — ou como o Sebastiano chama, "dimas reais") e uma saia de tule tão larga, que ocuparia o corredor inteiro do salão do trono. Isso que chamo de ameaça de segurança.

"É claro que é um vestido tradicional", Lilly afirmou. "Como acabou de me lembrar, você é uma princesa, mongol. Por que não usaria um vestido tradicional? Vem aqui."

Ela levantou uma camada do tule e criou o que o Sebastiano (que havia retornado e estava parado ao meu lado, as lágrimas temporariamente contidas), declarou, batendo as mãos, ser chamado um "armado".

"OK", Lilly disse. "Se é assim que você chama isso. Faça um igual do outro lado. Como o vestido de gala no desenho da Cinderela. Faça uns dois negócios daquele, com os cristais do corpete. Isso talvez deixe o vestido menos grotesco e não me faça querer vomitar tanto."

De repente, o vestido parecia completamente diferente. Não que eu seja uma grande fã da Cinderela — embora das princesas da Disney seja aquela com quem mais seja possível se identificar. Afinal, ela precisava trabalhar para sobreviver, e não ficou simplesmente deitada num coma esperando um beijo para acordá-la.

Eu totalmente conseguia ver esse vestido como O Escolhido. Fiquei arrepiada de tanto que podia ver. Até quis chorar um pouquinho.

"Uau", eu disse. "Também não quero vomitar tanto agora."

"Isso ótimo", Sebastiano concordou, batendo as mãos de felicidade. "Estou tão feliz que você não quer vomitar! E sei exata o que vai fazer ser o mais perfeito de todos. Fique aqui, princessa, volto logo."

"Faça isso", Lilly disse, observando enquanto ele saía correndo como um louco (o que ele é, mas sério, todas as pessoas criativas são, se vangloriando de tudo que fazem, como se isso fosse um comportamento aceitável). "Tome."

Peguei a pilha de papéis que a Lilly enfiou na minha cara. Eram basicamente um monte de fileiras de números.

"Hum", falei para a Lilly. "O Sr. Gianini era um ótimo professor de matemática e tudo mais, só que você sabe que assim que me formei no colégio nunca mais olhei para uma equação, né? Mando tudo que tem números para o meu contador, ou obrigo o Michael a lidar com o problema."

"Ótimo. Falou como uma verdadeira feminista", Lilly comentou. "Tenho certeza de que a sua mãe está muito orgulhosa de você. Bom, essas páginas contêm más notícias sobre o polaco com quem a tia da sua irmã se casou. Ele tem usado grande parte da pensão que o seu pai paga para financiar a empresa que tem com a tia dela, O'Toole Engenharia e Decoração."

Afundei no banquinho do provador, a saia de tule crescendo à minha volta como uma nuvem fofa gigante. "Não aguento mais notícias ruins, Lilly. Realmente não aguento mais."

"Bom, desculpe, porque piora."

"O que poderia ser pior do que isso?"

"O tio Richard está planejando levar toda a família para morar no Oriente Médio."

"Oriente Médio? Onde no Oriente Médio?" Tem vários lugares adoráveis no Oriente Médio. Já estive a trabalho em Bahrain, Jordânia e Abu Dhabi. Fui ao Egito, a Israel e à Arábia Saudita. São todos países adoráveis (todos têm seus problemas, mas todo país tem problemas).

Eu realmente não esperava a resposta que a Lilly me deu: "Qalif."

"*Qalif?*" Parecia que o meu coração tinha afundado no meu corpete perfeitamente apertado. "*Por quê?*"

"A O'Toole Engenharia foi contratada para construir um shopping novo lá. Vai abrigar a maior máquina de ondas do mundo. Ou talvez seja a maior pista de ski interna do mundo. Bom, não importa, pois só os homens vão poder usá-la porque o príncipe herdeiro acabou de proibir as mulheres de nadar e esquiar em público."

Meu olho começou a tremer enlouquecidamente. "Você descobriu isso tudo *pesquisando em arquivos públicos?*"

A Lilly parecia ligeiramente culpada. "Talvez eu tenha procurado em alguns arquivos não tão públicos. Mas não é culpa minha. As pessoas realmente não deviam usar a palavra *senha* como senha."

"Ai, meu Deus", suspirei. "Isso não está acontecendo."

"Eu queria que não estivesse, mas está."

"Então, basicamente", eu disse, sentindo como se fosse vomitar o único gole que havia tomado de screwdriver, "meu pai está pagando por um parque interno de ski — ou uma piscina — que vai ser construído em Qalif, um país com um dos maiores índices de violações de direitos humanos no mundo atualmente".

"Não seja boba, ele não paga *tanto* dinheiro assim de pensão. Ela é só uma criança. Mas ele pagou por algum dos tratores que estão sendo enviados para lá para a obra. Desculpe pelas más notícias."

Fiquei ali numa enorme poça de diamantes e tule. "Como que a Guarda Real da Genovia não descobriu isso?"

Lilly deu de ombros. "Não são tão inteligentes quanto eu."

Eu não tinha como negar isso. Ninguém é mais inteligente do que a Lilly, talvez apenas o irmão dela, mas ele não é tão implacável, o que faz com que ela seja um pouco mais esperta, mas só porque sempre vê o pior lado das pessoas.

"A criança está bem fisicamente", Lilly me assegurou. "Pelo menos, até onde sei. Quer dizer, eles a alimentam e tal. Dei um Google na casa e no colégio, e ela mora num lugar legal — bom, obviamente, a tia dela é uma das decoradoras mais procuradas da região — e está numa escola maneira..."

"Mas como ter certeza?", perguntei. A suspeita que a Lilly tem de todos é contagiosa, especialmente para alguém que vê tanto *NCIS*. "Eles podem obrigá-la a dormir debaixo da escada!"

"Acho improvável. A casa tem quatro quartos em uma rua fechada. Está à venda por 1,4 milhões de dólares. Imagino que, com uma casa dessas, se houver um armário sob a escada, deve ser onde guardam a reserva de papel toalha e refrigerante e todas as coisas que devem comprar no supermercado."

"Eu não concordo com nada disso", falei. "E se o meu pai estivesse são, também não concordaria!"

"Não precisa gritar", Lilly resmungou. "Mas eu também não concordaria se fosse a minha irmã mais nova."

"O problema é que o meu pai não anda em condições de tomar decisões."

"É", Lilly disse. "Eu vi o bigode. Ou devo dizer, a falta dele. Seu pai precisa ficar longe de objetos pontiagudos e provavelmente de todo o resto no momento, a não ser vídeos de filhotes fofos no YouTube."

Foi nessa hora que tomei um decisão. Eu me levantei e comecei a tirar o meu vestido de princesa.

"O que está fazendo?", Lilly perguntou.

"Nós vamos para Cranbrook, Nova Jersey", eu disse. "Me ajude a tirar isso."

"Hum, OK." A Lilly começou a me ajudar a tirar o vestido. "O que vamos fazer em Cranbrook, Nova Jersey?"

"Vamos fazer o que você disse... resgatar a minha irmã."

"OK", Lilly respondeu. "Acho que eu tinha tomado energéticos demais quando disse isso ontem à noite, como você mesma sugeriu. É crime transportar um menor de idade entre estados sem a autorização do guardião legal da criança."

"Eu não me importo", falei. "Sou uma princesa."

"Verdade. Mas talvez a gente possa discutir uma outra maneira menos criminosa para lidar com o assunto?"

"Não."

"Tudo bem. Ótimo. Para falar a verdade, meio que esperava que você tivesse essa reação, por isso que tomei a liberdade..."

"Lilly, cale a boca pela primeira vez na vida e me desamarre."

"Sim, Vossa Santidade."

Então agora estamos a caminho de Cranbrook, Nova Jersey. (Lilly não para de gritar com o François, o motorista, dizendo que a gente devia ter ido pela ponte, mas isso não faz sentido porque teríamos que sair completamente do caminho.)

Claro que a Grandmère ficou furiosa quando saí do provador sem vestido e anunciando que teríamos de remarcar o almoço com a Lazarres-Reynolds.

"O que poderia ser mais importante?"

Não contei a ela, nem a ninguém. Disse simplesmente que algo muito importante havia surgido e que eu precisaria me reunir com eles em outro momento.

(A Dominique me puxou de lado e disse que um dos motivos para a Grandmère estar tão irritada é que a Lazarres-Reynolds vai cobrar pela hora do almoço mesmo assim e eles custam 500 dólares por hora. Então eu disse que ela podia informar à Grandmère que mandasse a conta para mim.)

Foi nessa hora que a Grandmère causou uma cena e disse que ia usar o meu carro híbrido — o que só fez para me atingir —, me deixando com essa limusine preta exagerada e com as bandeiras da Genovia, que ela gosta de levar para todos os cantos porque não acredita em se locomover anonimamente como eu (nesse quesito, a Grandmère tem muita coisa em comum com alguns rappers famosos).

Mas quem saiu perdendo foi ela, porque a limusine tem wi-fi e um bar (embora eu vá ficar longe dele, ao contrário da Lilly).

Dei uma carona para a minha mãe até sua casa. Ela estava indo para a quadra ao lado, de volta para o loft na Thompson Street. Ainda assim, foi divertido andar de limusine com a minha mãe — a gente quase nunca faz isso.

Pensei em aproveitar a oportunidade para contar da Olivia, mas não parecia o momento certo. E mais, é obviamente responsabilidade do meu pai explicar que ele tem um filho de outra mulher.

Mas quando a minha mãe perguntou aonde a Lilly, a Tina e eu estávamos indo (Tina ia voltar para a biblioteca da NYU para estudar, então também ofereci uma carona para ela, aí mandei em segredo uma mensagem de texto contando o que estava acontecendo, o que pode ter sido um erro porque agora ela está sentada no banco extra, parecendo muito pálida e fazendo com a boca sem parar *Não acredito que isso está acontecendo*), eu não podia mentir descaradamente, não só porque minto cada vez pior — nem mes-

272

mo por causa do tremor no olho, eu nunca sequer aprendi a manter as narinas fechadas quando estou mentindo —, mas porque ela é a minha *mãe*. Eu sabia que ela ia reparar que algo estava errado (além dos problemas de ameaça de segurança da Genovia).

Então eu disse que estávamos indo para Cranbrook, Nova Jersey.

"Ah, é?", minha mãe perguntou. "O que tem para fazer em Cranbrook, Nova Jersey?"

A Lilly sorriu para mim, ansiosa, por sobre o laptop e o whisky sour que havia preparado no minibar, claramente entretida com a conversa.

Eu precisava pensar em algo que não fizesse a minha mãe querer ir com a gente, porque, como ela é artista, tem uma rotina bem flexível (fora ter que buscar o Rocky no caratê depois do colégio, mas ela poderia facilmente pedir para uma de suas amigas artísticas de horário igualmente flexível levá-lo para casa).

"Hum, a gente vai procurar uns vestidos de madrinha para ver se acha alguma inspiração para o Sebastiano", expliquei. "Nos disseram que tem uma loja lá. Ouvi dizer que eles têm vestidos ótimos para a mãe da noiva. Quer ir?"

Felizmente, a luz na limusine é bem fraca, então a minha mãe não conseguiu ver as minhas narinas ou a minha pálpebra. Além do mais, eu sabia que as palavras "loja" e "vestidos para a mãe da noiva" a deixariam completamente desanimada e não teria a menor chance de ela querer se juntar a nós.

"Ah, não, querida, mas muito obrigada pelo convite", ela disse, sorrindo afetuosamente. "Realmente não posso ficar mais tempo afastada da pintura que estou fazendo. Dei o nome de *Mulher com o cortador de grama*. Acho que vai ser vanguardista na luta contra os ativistas pelos direitos masculinos."

"Ah, sem problemas, mãe", eu falei. "A pintura nova parece incrível. Boa sorte."

"Obrigada, Mia. Mas me mande algumas fotos! Vou adorar ver os vestidos que vão encontrar por lá."

Maravilha. Agora, quando a gente chegar em Nova Jersey, vamos ter que encontrar uma loja de vestidos de madrinha e ir até lá para tirar fotos para a minha mãe.

Mas a Lilly disse que tem outra maneira de fazer isso. Ela começou a procurar vestidos de madrinha na internet para que a gente possa mandar para a minha mãe.

"Ah, olha, Mia. Um vestido de um ombro só, cintura alta e verde fluorescente. Mia, *por favor*, peça para o Sebastiano fazer nossos vestidos de madrinha de um ombro só e cintura alta e verde fluorescente? Estou *implorando*."

Obviamente, Tina ficou chateada com isso. "Pare com isso, Lilly. Sua melhor amiga — que vai casar com o seu irmão — acabou de descobrir algo que muda *toda a vida* dela. Ela tem uma irmã que não sabia existir, uma garotinha que cresceu sem pai ou mãe, e você fica aí fazendo piadas sobre vestidos de madrinha verde fluorescente? Sério?"

A Lilly parecia um pouco envergonhada... mas só até a Tina acrescentar: "Além do mais, você *sabe* que fico horrível de verde. Aquela cor creme que o Sebastiano escolheu para a gente hoje de manhã vai muito bem com a pele de *todas* nós, mesmo que seja inspirado no que a Kate, duquesa de Cambridge, escolheu para as madrinhas do casamento dela com o príncipe William, e acho que devemos manter essa decisão. Até a Trisha gostou, e você sabe que ela odeia tudo que não é feito de renda preta e lycra..."

Eu vou seriamente me internar numa clínica de reabilitação por causa do estresse e da ansiedade que isso tudo está causando, juro por Deus.

"A gente pode, por favor, se concentrar no que importa?", demandei. "Quando chegarmos em Cranbrook, eu gostaria de fazer o seguinte: ir até a empresa do tio da Olivia para conversar com ele — e a tia — feito adultos normais e racionais sobre eu conhecer a minha irmã. Não quero nenhuma acusação, nem conflito. Apenas 'Oi, tudo bem, sou a Mia Thermopolis. Teria problema se eu conhecesse a sobrinha de vocês?' E pensamos no que fazer a partir daí."

"Ah", Lilly disse. "OK. Parece uma ótima ideia, ainda mais sem consultar ou planejar nada com seus advogados, seu pai nem nada do tipo."

"Vai dar tudo certo", eu afirmei. "Não é como se eu não tivesse treinamento na arte da diplomacia."

"Ah, tá!", Lilly riu com a cara no whisky sour. "Pela sua avó, a rainha do tato!"

"Somos de gerações diferentes", expliquei. "Podemos fazer as coisas de maneiras distintas, mas conseguimos que sejam feitas."

"E a tia talvez nem saiba que o marido está usando o dinheiro da sobrinha para comprar tratores que serão enviados para Qalif",

Tina acrescentou. "Ela pode estar completamente inocente nessa história toda."

"Exatamente, Tina."

Lilly riu mais um pouco. "Ai, meu Deus. Vocês duas são tão ingênuas. É como ver Bambi e Thumper irem atrás do Tony Soprano."

A Lilly é tão pessimista.

Ah, ótimo, o carro está finalmente andando.

Quarta-feira, 6 de maio, 12h37, em algum lugar da rodovia 295, posição no Ranking da Realeza: 7

Tina está lendo em voz alta o romance juvenil distópico do J.P., *Amor nos tempos da escuridão*, que ela baixou no telefone.

A Lilly está rindo tanto que disse que vai fazer xixi nas calças.

Eu não estou achando tanta graça, especialmente porque a heroína, "Amalia", tem olhos cinza-claro e cabelo castanho claro comprido, que é golpeado bastante pelo vento cruel do deserto.

Mas acho que ouvir o livro do J.P. ser lido em voz alta é melhor do que a alternativa, que seria escutar todas as mensagens de voz que o Boris mandou para a Tina nos últimos dias, jurando nunca a ter traído e implorando que ela o aceite de volta. Algumas das mensagens eram acompanhadas por longos solos de violino.

A Lilly disse que se tivesse que ouvir mais uma, pularia da limusine em direção aos carros em movimento.

Estou começando a achar que a Tina deveria perdoar o Boris para que a gente não precise mais ouvir falar desse assunto.

Eu deixei quatro mensagens para o meu pai, duas no celular particular, mas ele não me ligou de volta nenhuma vez. A Marielle, assistente dele, disse que não faz ideia de onde ele esteja, mas que assim que tiver notícias, vai avisá-lo que liguei.

Só que aonde quer que tenha ido, precisa levar os guarda-costas. Então a GRG sabe onde ele está.

Mas também não estão dizendo nada.

Isso não é um bom sinal.

Ninguém me disse que demorava uma hora e meia para chegar em Cranbrook, Nova Jersey, na hora do rush. Essa viagem pode ser muito longa.

Mas não vou mudar de ideia.

Quarta-feira, 6 de maio, 13h05, ainda na rodovia 295, posição no Ranking da Realeza: 7

As pessoas ficam buzinando para a limusine. Parece que nunca viram uma antes, o que é ridículo. Já vi o programa *Jersey Shore* e eles andam de limusine o tempo todo.

Bom, nenhuma que tenha bandeiras da Genovia, mas ainda assim. Acho que eu deveria pedir para o François encostar para tirarmos as bandeiras e chamar menos atenção, mas prefiro ganhar tempo e chegar logo.

Tina continua lendo. Os dois pretendentes da Amalia, "Mick" e "Jared", são de facções inimigas. Jared é loiro, carinhoso e criativo enquanto Mick tem cabelo escuro e é mais frio e analítico. Parece que a Amalia prefere o Jared.

Mas nada disso importa porque todos estão morrendo de radiação.

A Lilly disse que vai dar "um milhão de estrelas assim que o J.P. autopublicar o livro em algum lugar."

Isso fez com que a Tina ficasse chorosa. "*Um milhão de estrelas*", ela repetiu suspirando.

"Ai, pelo amor de Deus", Lilly disse, enojada. "Se sente tanta falta assim do Boris, por que não volta com ele?"

"Como?", Tina perguntou. "Ele traiu a minha confiança."

"Traiu mesmo?", Lilly replicou. "Ou foi você quem estragou tudo ao preferir acreditar numa blogueira vagabunda em vez de acreditar no seu namorado?"

Eu arregalei os olhos. "Lilly!"

"Bom, é verdade", Lilly disse ao ver o quanto Tina parecia abalada. "Olha, como advogada, você sabe que sou obrigada a olhar para os fatos e estudar os depoimentos de todos de forma imparcial, independentemente de gênero. Mas, como feminista, me sinto inclinada a mostrar solidariedade pelas minhas irmãs e acreditar na palavra de uma mulher contra a de um homem. As minas antes dos manos e tudo mais."

Respirei fundo e olhei de relance para Lars e Halim que, felizmente, não estavam dando a mínima atenção. "*Lilly*. As moças antes dos moços."

"Mas nesse caso específico, não consigo", ela continuou, me ignorando como sempre. "Conheço o Boris bem demais. Ele é o tipo de homem que, se traísse, confessaria imediatamente, porque não saberia viver com a culpa por um segundo sequer. Então, o fato de ele ficar repetindo que não fez nada, me faz realmente achar, juro por Deus, que ele não fez nada e que, nesse caso específico, temos que aceitar esse mano em particular antes dessa mina."

Mordi os lábios. "Odeio ter que dizer isso, Tina, mas a Lilly tem razão. O Boris é bem pouco complexo para um gênio musical."

A Tina ainda parecia chateada. "Eu sei, está bem? Mas fotos não mentem. A não ser que... vocês acham que a garota pode ter dado *droga* para ele ou algo do tipo? Talvez ela..."

"OK, não precisa se empolgar", Lilly interrompeu. "Ele com certeza não estava drogado. Parecia bem... acordado."

Tina a encarou com raiva. "Você *olhou*? Viu as fotos? Não acredito que você olhou! Nem *eu* vi as fotos!"

"Ei", Lilly deu de ombros. "Estou solteira. Preciso me divertir um *pouco*."

"Não posso acreditar", Tina declarou, enfurecida. "Sei que você já saiu com ele, Lilly, mas isso é uma violação do..."

"Hum, Tina", interrompi, culpada. "Eu também olhei. Quer fizer, foi sem querer e fechei a janela assim que percebi o que era. Mas a Lilly está exagerando, para variar." Eu a encarei. "As fotos eram da cintura para cima, então não dava para ver nada. Para ser sincera, eram até meio inocentes..."

"Não acredito que fizeram isso!", Tina esperneou. "Vocês são nojentas!"

"Como que você abriu as fotos *sem querer*?", Lilly me chutou, sorrindo.

"Cale a boca", eu a chutei de volta. "Tina, não fique chateada. Acredite em mim, as fotos não são nada do que as pessoas estão dizendo. Na verdade, são até bem fofas e a luz é surpreendentemente boa. Talvez você *devesse* ver, porque quanto mais penso nisso, mais me pergunto se o Boris não está dizendo a verdade sobre elas terem sido photoshopadas — pelo menos parcialmente —, e caso a Lilly esteja certa sobre o negócio dos manos, e acho que ela está, quem sabe a garota é uma espécie de gênio da edição de imagens que..."

"Não!" A Tina parecia estar passando mal. "Nunca vou olhar para essas fotos. E acho que a gente deveria mudar de assunto. Vamos falar sobre o que você vai dizer para a sua irmã quando a conhecer."

Eu concordei, mas só porque fiquei com pena.

Acabou que foi uma péssima ideia. Parece que para me dar bem com uma garota de 12 anos, além de ter que aprender sobre esmaltes, terei que:

- Ler todo tipo de *fan fiction* semierótica de boy band num negócio chamando Wattpad.

- Aprender a usar o Snapchat.

- Seguir todos os vlogueiros famosos do YouTube.

- E me atualizar de toda fofoca envolvendo uma atriz de quem nunca ouvi falar.

Estou ferrada.

Quarta-feira, 6 de maio, 13h25, ainda na rodovia 295, posição no Ranking da Realeza: 7

Michael/Mick acabou de mandar uma mensagem.

<Michael Moscovitz "FPC"   SAR Mia Thermopolis "FtLouie">

> Por que você está em Nova Jersey?

> **Quem disse que estou em Nova Jersey?**

> Alguém acabou de postar uma foto no Instagram de você comendo num lugar chamado "Lou's Lucky Deli." Está com duas mulheres que parecem muito com a minha irmã e a Tina Hakim Baba, e mais três homens que, se não me engano, são Lars, Halim e o motorista da sua avó.

> **Ah! Ha. Sim. A gente parou para comer um sanduíche porque estávamos morrendo de fome.**

> É uma viagem meio longa só para comer um sanduíche. Qual o problema de comer na Katz?

> **Estamos olhando vestidos de madrinha.**

Achei que ia usar um estilista da Genovia.

Tem estilista da Genovia em Nova Jersey.

Eu sei que existe um único motivo para você ir até Nova Jersey no momento, Mia, e não tem nada a ver com vestidos de madrinha.

Desculpe! Estamos chegando na cidade dela agora. Conto mais tarde?

Tá bom. Mas isso quer dizer que não pode ficar irritada quando eu contar o que o Boris planejou.

Espere... o quê? O que o Boris planejou? Michael, sério, não.
A Tina está frágil demais agora.

Não é para a Tina. É para mim.

Por que o Boris teria planejado algo para você?

Se chama despedida de solteiro. Já deve ter ouvido falar disso.

Não.

Não, nunca ouviu falar em despedida de solteiro?

Não, você não vai fazer uma. Muito menos organizada pelo Boris.

Falaremos sobre isso e a sua ida a Nova Jersey quando você voltar.

Não, não vamos, porque quando eu chegar em casa, nós temos um evento beneficente para Causas da Morte Cardíaca Súbita hoje à noite no W. E, independente disso, o Boris P. não vai fazer uma despedida de solteiro para você. Não consigo nem acreditar que você QUEIRA uma.

Nem mesmo uma em que o Boris aluga um jatinho para levar a mim e aos nossos amigos mais próximos do *World of Warcraft* para comermos bifes gigantes em Buenos Aires?

Esquece.

O quê? Você não quer ir?

Não, obrigada. Parece uma viagem deliciosa, só que vou ter que recusar. Mas leve o Lars com você. Tenho certeza de que ele vai adorar.

> Você só quer que eu leve o Lars comigo para que ele não esteja na SUA despedida de solteira no Crazy Ivan's.

> **Droga! Quem contou?**

> A Tina contou para o Boris, que me contou. Ele disse que vocês meninas não deveriam ser as únicas a se divertir. Algo sobre "chup-chups"?

> **Vou matar a Tina...**

Ele respondeu com um emoji do que eu acho que é uma casa com chamas saindo pela janela e a seguinte mensagem: "Quando chegar em casa, será severamente punida pelo bombeiro."

!

O J.P. está totalmente errado. O Michael é o oposto de frio e analítico.

Quarta-feira, 6 de maio, 14h45, na limusine na frente da escola da Olivia, Cranbrook, Nova Jersey, posição no Ranking da Realeza: <u>7</u>

Bom, o encontro não correu tão bem quanto eu imaginava.

Quando paramos na frente da casa da tia da Olivia — uma casa adorável de dois andares —, vi que, ao lado da Mercedes minivan perfeitamente aceitável, havia uma Ferrari amarela estacionada na entrada com uma placa que dizia *Dela*.

"Uma Ferrari?", balancei a cabeça. "Nem *eu* tenho uma Ferrari."

"Você nunca tirou a carteira de motorista", Tina declarou.

"Estou estimulando a economia", expliquei, "ao manter os motoristas particulares empregados".

"Tem uma outra Ferrari igualzinha a essa na vaga do gerente na frente da O'Toole Engenharia e Decoração", Lilly disse. "Vocês repararam? Mas naquela a placa diz *Dele*."

Eu não tinha notado. A gente passou antes na empresa O'Toole, como planejado, apenas para ouvir da recepcionista chocada (ela estava lendo um exemplar da revista *OK!*, então deve ter me reconhecido porque sempre apareço na capa da *OK!*) que a Sra. O'Toole estava "trabalhando em casa hoje" e que o Sr. O'Toole estava "numa obra".

Ele evidentemente havia levado outro carro para a "obra".

"*Duas* Ferraris?", reclamei. "Eles têm *duas*?"

"É claro que é perfeitamente possível que a empresa de engenharia do tio da Olivia seja bem-sucedida ao ponto de ele ter comprado aquelas Ferraris com o próprio dinheiro e não com a pensão que o seu pai paga para a sua irmã", Tina comentou.

É impressionante como ela consegue ver o melhor das pessoas, até do próprio namorado (exceto pela coisa toda da possível traição).

"Vi os impostos de renda deles dos últimos cinco anos", Lilly disse. "O negócio vai bem, mas não *tão* bem."

Eu saí da limusine sem nem sequer esperar o François abrir a porta para mim e me dirigi à entrada da casa da tia da Olivia para tocar a campainha.

Depois de um tempo, uma moça de boa aparência, vestindo uma calça de yoga e um suéter de capuz abriu a porta e disse educadamente: "Pois não?"

Ela demorou apenas alguns segundos para arregalar os olhos ao me reconhecer e em seguida avistar a limusine.

"Ai, meu Deus", ela exclamou, em um tom bem menos convidativo. Certamente também tinha visto a minha cara nas capas da revista *OK!*.

"Oi!", falei, abrindo meu melhor sorriso e estendendo a mão direita. "Você é a Catherine? Pode me chamar de Mia. Estou aqui para ver a sua sobrinha, Olivia. Ela está em casa? Ou ainda está na escola?"

Catherine O'Toole não estendeu a mão para me cumprimentar. Em vez disso, tentou fechar a porta na minha cara.

No entanto, eu havia aprendido algumas coisas nos meus anos trabalhando no programa de TV a cabo da Lilly, *Lilly Tells It Like It Is* (e também quando voluntariei em campanhas políticas nos EUA e na Genovia), e uma delas é que se não quiser que alguém bata a porta na sua cara, deve enfiar o pé entre a parede e a porta que vai ser fechada. Isso torna a tentativa impossível.

Mas eu tinha esquecido que isso somente pode ser feito ao calçar coturnos, não plataformas Mary Janes de veludo falso.

"Ai!, berrei quando a Catherine O'Toole bateu a porta no meu pé.

"Desculpe", ela gritou. "Não tem ninguém aqui chamado Olivia!"

"Socorro", chamei, certa de que muitos metatarsos estavam quebrados ou torcidos. "Socorro, socorro!"

"Ai, meu deus", ouvi a Catherine repetir, provavelmente porque tinha visto o Lars que já corria na nossa direção em uma velocidade consideravelmente alta.

Ele realmente pode parecer enorme e intimidante para alguém que nunca o viu antes, mesmo a alguns metros de distância. Tem bem mais de 1,80 m de altura e pesa uns 90 kg ("de puro músculo", como gosta de dizer). Lars consegue levantar muitas vezes o meu peso (é o que ele diz. Graças a Deus, fui poupada dessa visão).

Mas ele parece ainda mais assustador quando está correndo na sua direção com o rosto contorcido de raiva, meio que como um touro em direção a um formigueiro, se é que existe um touro sueco.

No instante seguinte, o Lars havia atravessado a porta dos O'Toole e pressionado a tia da Olivia, Catherine, contra uma das paredes da sala.

"A princesa foi atacada, mas o suspeito está detido", ouvi o Lars sussurrar para o ponto no ouvido. Eu não fazia ideia de com quem ele estava falando. Provavelmente com o quartel-general da Guarda Real da Genovia no consulado. "Repetindo, a princesa foi atacada, mas o suspeito está detido."

"Lars", eu disse, pulando pela casa com o pé machucado na mão. "Não fui realmente atacada."

No entanto, não pude deixar de pensar que se eu estivesse calçando sapatos de diamante, meu pé estaria doendo bem menos.

Enquanto isso, a Lilly ficou parada ali com um sorriso imenso no rosto e a câmera do celular na mão, filmando tudo.

"Não se preocupe", ela falou ao ver a minha cara de reprovação. "Não vou postar em lugar nenhum. É para a minha coleção *particular.*"

Ai, céus.

"O que está acontecendo?", Tina atravessava a grama com o Halim a tiracolo, os dois intrigados. "Mia, você está bem?"

"Estou bem", respondi, embora meu pé direito estivesse pulsando de dor. "Foi apenas um mal-entendido."

"Não houve mal-entendido", Lars afirmou duramente.

"Não." Lilly continuava filmando. "Definitivamente não houve um mal-entendido."

"Por favor." A voz de Catherine O'Toole estava abafada. E era porque o Lars ainda pressionava o rosto dela contra a parede coberta por um papel ornamentado. "Eu sinto muito. Não quis fazer isso. A Olivia mora aqui, sim. Por favor, apenas diga para esse... *homem* me soltar."

Senti pena dela, ainda que eu estivesse certa de que ela havia quebrado ou pelo menos torcido o meu pé.

"Lars, isso é ridículo. Por favor, solte-a."

Ele a soltou, e Catherine O'Toole se afastou da parede, ajeitando a gola de seu suéter chique, depois arrumou um dos cílios postiços que havia se soltado quando o rosto foi pressionado contra a estampa veneziana. Em seguida, falou: "Com licença, vossa alteza real, o que quis dizer era, por que não entra? Você e seus amigos gostariam de algo para beber?"

"Sim", respondi. "Seria ótimo."

Então cambaleei até o sofá branco. (Tudo na casa era branco. O chão de mármore. O papel de parede veneziano. Os móveis. Tudo. Era difícil acreditar que ela tinha três crianças — ou uma sobrinha e dois enteados — e conseguia manter tudo tão limpo. Eles devem ser muito bem treinados ou ela tem um serviço de faxina maravilhoso.)

"Peço desculpas por tê-la assustado, Sra. O'Toole", comentei depois que ela trouxe chá gelado em copos altos gravados com as letras C e R... em branco, claro. Lars tinha acompanhado Catherine na cozinha com a desculpa de que iria "ajudar" (mas, na verdade, tinha ido garantir que ela não ligaria para a polícia ou para a imprensa ou para o marido) e trouxera um pote de castanhas. O pote também era branco. "Mas eu vim aqui apenas para falar sobre a sua sobrinha, Olivia. Acredito que saiba que sou meia-irmã dela."

A Sra. O'Toole piscou através dos cílios tortos e disse: "Ah. Sim. Sim, claro. Na verdade, achei que seu pai apareceria. Nunca esperei que você viria."

Eu não fazia ideia de como responder, mesmo tendo declarado anteriormente deter poderes principescos diplomáticos extraordinários.

Então acho que foi uma boa a Lilly ter se intrometido e se apresentado.

"Lilly Moscovitz, Sra. O'Toole", ela disse, repousando o chá gelado na mesa de centro — branca — supercara e estendendo a mão. "Escola de Direito da Columbia, advogada real da princesa da Genovia..."

Dei uma cotovelada na barriga da Lilly, o que a fez baixar o braço tossindo, porque a Sra. O'Toole havia começado a piscar enlouquecidamente ao ouvir a palavra *advogada*.

"Não ligue para ela, Sra. O'Toole", falei depressa. "Estou aqui porque, apesar do desejo da sua irmã de não querer que a Olivia saiba sobre sua linhagem real, eu gostaria muito de conhecê-la. Como você teve a sorte de ter uma irmã, deve entender o meu motivo."

Catherine piscou ainda mais rapidamente e percebi que estava apenas tentando ajeitar o cílio solto. "Acho que sim", ela respondeu. "Apesar de Elizabeth e eu nunca termos tido muita coisa em comum. Nunca entendi por que ela não quis se casar com o seu pai quando ele pediu a sua mão. Eu teria adorado ser uma princesa."

Tina quase deixou o chá gelado cair. Os olhos dela quase dobraram de tamanho. "O príncipe Phillipe pediu a sua irmã em casamento?"

"Bom, sim", Catherine disse. Ela havia botado os cílios de volta no lugar e agora piscava para a Tina como se finalmente estivesse vendo-a direito e percebido como era linda. A Tina tem a cor morena e a delicadeza do pai, mas a estrutura óssea e a noção de estilo da mãe inglesa, o que fizera o Sebastiano babar em cima dela mais cedo de tal forma que me fez suspeitar se ele não desejava que *ela* fosse a noiva real.

"Mas a Elizabeth sempre disse que não era do tipo que queria um casamento real", Catherine continuou. "Ela gostava de pilotar aqueles aviões idiotas. Não acho que a deixariam continuar voando se fosse uma princesa."

"Não", concordei. "Seria uma profissão perigosa demais para a esposa do príncipe da Genovia."

"Foi o que pensei", Catherine disse, concordando.

Tina virou seu olhar descrente na minha direção. Eu podia ver que ela estava arrasada, pois queria acreditar que o meu pai havia amado somente a minha mãe durante toda a vida.

Mas é possível ter mais de uma alma gêmea... apesar de que, se eu perder o Michael, provavelmente vestirei apenas preto e perambularei para sempre de luto como a rainha Vitória depois de perder seu amado príncipe Albert.

"Sua irmã parece ter sido uma mulher maravilhosa", eu disse à Catherine. "Queria poder tê-la conhecido. Mas como nunca tive a oportunidade, gostaria de conhecer você e, é claro, a minha irmã antes que a sua família se mude para Qalif..."

Catherine O'Toole parecia aliviada. "Ah. Então veio aqui realmente por causa disso?"

Troquei olhares com a Tina e a Lilly. "Hum, sim. Por quê?"

"Nada."

Ha. Ela suspeitava completamente que eu teria outro motivo para a visita... que havíamos descoberto a verdade sobre ela e o marido polaco roubarem todo o dinheiro da minha irmã!

Mas é claro que eu não tinha nenhuma prova de nada disso... ainda. E como a Tina havia dito, talvez nem fosse verdade.

"Bom, quem sabe mais uma coisa", acrescentei improvisadamente.

Era só impressão ou ela parecia agitada?

"Sim?"

"Há, na realidade, um aviso da Secretaria do Estado contraindicando os cidadãos americanos de viajarem para Qalif por causa do confli..."

Catherine O'Toole fez um gesto espalhafatoso com um de suas mãos de unhas compridas. "Ah, isso. Falei com uma garota na embaixada e ela disse que estão exagerando. É perfeitamente seguro contanto que a gente fique dentro das áreas americanas."

"Hum", eu disse enquanto observava os olhos da Tina ficarem cada vez mais surpresos e maiores. "OK. Bom, se concordarem, meu pai e eu gostaríamos de saber se a Olivia pode ficar conosco por um tempo..." Eu já estava mentindo descaradamente; eram tantas mentiras que mal conseguia acompanhar. "Talvez por algumas semanas no verão enquanto você e a sua família se acomodam em, hum, na sua nova casa em Qalif? O que acha?"

Catherine O'Toole mordeu o lábio inferior. "Ah, bem, não sei. Eu teria que falar com o Rick..."

"Ah, você não precisa se preocupar com as laranjas", Lilly se meteu casualmente. "Os boatos sobre os ratos não são reais."

Eu a encarei, então falei para a tia da Olivia: "Eu realmente agradeceria a oportunidade, Sra. O'Toole."

"Ah, por favor, me chame de Catherine."

"Catherine."

"Bom", ela disse, hesitante.

Tina se inclinou para a frente e repousou a mão gentilmente no joelho dela. "Seria tanta gentileza. A Olivia é a única memória que você tem da sua irmã, mas a princesa Mia sequer teve uma irmã, então pense na oportunidade que isso geraria para ela."

Lilly lançou um olhar fulminante para ela que dizia, *Está abusando um pouco, não acha?*, mas Tina a ignorou.

"Ai, Deus", Catherine respondeu. "Não é como se eu não quisesse ajudar. É só que o Rick já pagou pela escola nova da Olivia em Qalif. A escola funciona o ano inteiro lá, então ela tem aulas até no verão. Eles chamam de aprendizado intensivo... e não foi barato. E também não é reembolsável."

Tina parecia confusa. "Espere. Está dizendo que...?"

Lilly se inclinou para arrancar a mão da Tina do joelho da mulher.

"Acho que sei *exatamente* o que a Sra. O'Toole está dizendo", Lilly afirmou. "Não é, Mia?"

Eu já estava buscando o talão de cheque na bolsa. "Certamente", concordei. A parada é: não é possível passar tanto tempo nas praias da Riviera sem reparar em todos os golpistas e aprender a reconhecer uma tentativa de golpe. "Por que não deixa que eu reembolse você pelo trimestre de verão da Olivia, afinal parece que ela ficará conosco durante esse tempo, não é mesmo?"

"Mas...", Tina gaguejou, pois ainda não havia entendido o que estava acontecendo. "O quê?"

"Ah, isso seria ótimo", Catherine confirmou, esperta que só. "Pode fazer o cheque em meu nome. É Catherine com C." Ela citou uma quantidade absurda de dinheiro que fez com que a Tina guinchasse ao ouvir.

Lars a ofereceu calmamente o pote que estava na mesa de centro. "Castanhas?", ele perguntou.

"Não, não estou com fom..."

Lilly enfiou um punhado de castanhas na mão da Tina e sinalizou para que a amiga comesse, o que ela fez, ainda de olhos arregalados, mas somente depois de receber um olhar fulminante da Lilly.

"Ótimo", Lilly disse, observando conforme eu preenchia o cheque. "E, Catherine, se puder só dar uma olhada neste contrato que tomei a liberdade de preparar hoje de manhã" — ela retirou um maço de papel grampeado da bolsa carteiro — "e assinar, acho que podemos ir embora."

Ela pegou as folhas e as olhou enquanto eu olhava surpresa para Lilly. Um contrato?

E a Lilly tinha feito uma cena sobre a gente vir aqui sem estar preparada.

Mas Lilly Moscovitz nunca estava despreparada para nada. Bom, pelo menos não depois do ensino médio.

"É um contrato padrão basicamente", Lilly continuou a falar, mais comigo do que com a tia da Olivia, "dizendo que você não pretende compartilhar nenhuma informação sobre essa reunião ou sobre o parentesco da sua sobrinha com a imprensa, e há um adendo no final com a permissão para que a Mia a busque na escola hoje de modo que possam ter um momento entre irmãs. Tudo bem?".

"Parece que sim", Catherine afirmou e abriu a página final do contrato, na qual a Lilly havia colado uma setinha rosa. Ela assinou com a caneta tirada por Lars gentilmente do bolso da frente do paletó.

A tia da Olivia parecia bem mais animada quando fomos embora. Ela acenou, segurando o cheque feito por mim, da varanda de casa enquanto caminhávamos de volta para a limusine.

"Pessoal", eu disse baixinho enquanto atravessávamos o gramado até o carro. "Ela está escondendo algo muito grave. E mais, acho que quebrou o meu pé."

"Né?" Tina estava quase sem ar. "Totalmente vi um filme assim com a Kirstie Alley uma vez no Lifetime. E a mulher foi presa!"

"Ninguém vai ser preso", Lilly falou. "O contrato que a tia dela assinou é compulsório."

"Você não tem nem o diploma de direito!", eu a lembrei.

"Tudo foi testemunhado por cinco pessoas", Lilly retrucou. "Serve na justiça, assim que vocês todos assinarem. Agora vamos buscar a irmã da Mia."

"Você viu o quarto dela?", perguntei.

"Do que está falando?" Lilly parecia irritada com todos nós enquanto o François saía do carro para abrir a porta para ela, que foi a primeira a chegar.

"Quando pedi para ir ao banheiro, olhei todos os quartos", expliquei. Eu estava tentando disfarçar, mas precisava de ajuda para caminhar e estava apoiada no Lars. Meu pé estava me matando. Tinha sido difícil bisbilhotar a casa, mas obviamente era necessário. "As duas outras crianças — filhas do primeiro casamento do Rick — tinham TVs de tela plana gigantes no quarto, mas a Olivia não. O quarto dela era o menor e não tinha nada divertido, nem mesmo um computador."

"Eu também reparei", Tina comentou. "Mas pensei que talvez ela não goste de TV. Talvez não goste de computadores."

"Ela é parente da Mia", Lilly argumentou secamente. "Realmente acha que isso é possível?"

"Quem sabe", Tina mencionou, ainda tentando encontrar uma explicação diferente da única resposta óbvia: Olivia era a Cinderela da família, explorada e forçada a dormir no equivalente moderno de um sótão, "o quarto da empregada".

"Tinha uma placa na porta com o nome Olivia", falei. "Acho que ela mesma fez. Era feito de canetinha e tinha uns desenhos de pássaros e gatos. O dossiê do GRG diz que ela gosta de desenhar."

Houve um momento de silêncio enquanto ficamos sentadas ali, no ar condicionado da limusine, absorvendo todas as informações.

"Bom", Lilly disse finalmente. "Pelo menos não era um quarto sob a escada."

Semicerrei os olhos na direção dela, então falei: "François, vamos à Cranbrook Middle School, por favor."

"Sim, vossa alteza", ele respondeu.

Então, agora estamos na frente da escola, esperando o sinal tocar. Quando a minha irmã sair, vou abrir a porta e contar quem eu sou e perguntar se ela quer dar uma volta.

Tina disse que esse é o pior plano do mundo porque as crianças não devem aceitar caronas de estranhos, mesmo que sejam estranhos da realeza com fama mundial sentados numa limusine do lado de fora da escola afirmando ser uma irmã perdida, e que eu deveria fazer uma abordagem mais sutil, pois provavelmente vou traumatizá-la para sempre.

Mas o meu pé está doendo, e estou chateada por causa da tia (e do quarto) e porque meu pai deveria estar aqui comigo, mas isso não seria "seguir o mapa".

Então não consigo pensar em nada mais sutil no momento.

Tina reparou que eu estava mancando antes de a gente entrar no carro e me fez tirar o sapato. Agora está examinando o meu pé e me fazendo pressionar os dedos contra a mão dela. Ela disse que não parece estar quebrado, mas que provavelmente vou ficar com um hematoma feio e que eu deveria consultar meu médico.

Mas ele provavelmente só vai dizer que eu deveria escrever sobre isso no meu diário, o que já estou fazendo.

Ai, Deus — o sinal acabou de tocar e um monte de crianças começou a sair do colégio.

Lá está ela.

Quarta-feira, 6 de maio, 15h50, na limusine no caminho de volta a Nova York, posição no Ranking da Realeza: 7

Bom, acabei de estragar a vida da minha irmã, para sempre.

Obviamente esse não era o meu objetivo quando vim para Cranbrook, Nova Jersey. Meu objetivo ao vir para Cranbrook era o de melhorar a vida da minha irmã.

Mas, em vez disso, arruinei tudo irreparavelmente.

Não sei por que ainda ouço o que a Lilly tem a dizer depois desse tempo todo. É óbvio que eu deveria ter consultado os advogados da família ou a Dominique ou *alguém* que não fosse a minha melhor amiga insana antes de vir até aqui e causar danos catastróficos e irreparáveis na vida dessa garotinha, uma vida que (provavelmente) nem era tão ruim assim e que agora ela nunca mais terá de volta, graças a mim, embora ela não pareça perceber isso. Está ao meu lado na limusine, fazendo o dever de casa alegremente, pensando que vai entregá-lo amanhã.

Ha! Amanhã a notícia de que ela é a filha ilegítima do príncipe Phillipe da Genovia vai estar em todas as capas de jornal (estou surpresa que ainda não virou *trending topic* no Twitter).

Não tem a menor possibilidade da Olivia voltar para a Cranbrook Middle School amanhã, ou jamais.

- *Lembrete:* Não tenho condições de ter filhos. Cancelar o casamento e abrir mão do trono? Ou quem sabe ligar as trompas?

Pensando melhor... A Olivia *parece* estar se divertindo. Acabou que eu não precisava ter me preocupado em aprender tudo sobre uma estrela teen porque a Olivia está bem mais interessada em *mim*... e na limusine e no refrigerante com açúcar de verdade.

Quem sabe não destruí *completamente* a vida dela. Quem sabe só *mudei* a vida dela. Para melhor!

Era isso que eu queria hoje de manhã — o que quero *todos os dias*: deixar o mundo um lugar melhor do que quando cheguei aqui, e é assim que escolho definir o que acabou de acontecer. A vida da Olivia vai ser muito, muito, muito melhor agora. Como não seria? Ela tem a mim e Coca Cola agora (e logo terá o pai e a avó, assim que eles resolverem retornar minhas mensagens...).

OK, quem eu acho que estou enganando? Acabei com a vida dela. Dominique acabou de me ligar porque mandei uma mensagem contando o que aconteceu (*Oi, Dominique, sou eu! Então, não tenho certeza se você sabe, mas meu pai tem outra filha e eu talvez tenha exposto sem querer a existência dela para a imprensa... me ligue!*) e tudo que consegui ouvir do outro lado da linha foram gritos.

Enfim, foi a Tina quem viu a Olivia primeiro.

"Lá está ela!", gritou, enfiando o dedo contra o vidro escuro da limusine.

Eu a vi parada no centro de um grupo de crianças uniformizadas ao lado da haste da bandeira da escola.

Ela parecia tão... *pequena*.

Eu sabia que seria porque no dossiê tinha a altura, o peso e, é claro, diversas fotos (a GRG é muito precisa).

Mas fotos são muito diferentes da realidade. Na vida real, a Olivia Grace é toda adorável com joelhos para dentro, braços finos, aparelho brilhante nos dentes, óculos azuis e um cabelo cacheado em duas tranças.

Será que um dia já fui tão pequena? Talvez tenha sido, mas nunca me senti desse tamanho. Sempre me senti enorme, grande demais para o meu corpo e tão esquisita e desajeitada (demais para atrair alguém, principalmente do sexo oposto).

No instante que a vi, quis pegá-la e levá-la até Nova York para jogá-la na cara do meu pai e dizer: "Isso! É disso que você tem tanto medo ao ponto de evitar pelos últimos doze anos? *Essa* garotinha de trancinhas. Você, meu caro senhor, é um idiota real."

Mas me controlei, obviamente. Pelo menos nessa hora.

"Own", Tina disse. "Ela é tão fofa."

Pelo menos isso confirmava que eu não era a única pessoa que a achava totalmente adorável.

"Olha, está de cano alto e uniforme da escola, que nem você fazia com o coturno!", Tina continuou. "Ah, espere... ela está em alguma encrenca?"

Era verdade. Enquanto assistíamos do carro, uma garotinha loira (que era muito parecida com uma mini versão da Lana Weinberger treze anos antes) foi até a minha irmã, botou as mãos na cintura e disse algo. A gente não conseguiu ouvir por causa do vidro à prova de balas, além disso tinha muito barulho à nossa volta com os gritos animados das crianças saindo da escola, os apitos irados de uma mãe voluntária que não queria nosso carro parado onde estava (embora o motor estivesse ligado) e os motores dos ônibus e dos carros de todos os pais.

Mas dava para ver pela expressão da menina loira — e o rosto da minha irmã — que era algo agressivo. Reconheci a expressão no rosto da Olivia: ela estava magoada, cabisbaixa e um pouco assustada. Era o mesmo jeito (eu imaginava — não tinha como ter me visto) que eu sempre ficava quando era confrontada pela Lana, tempos atrás, antes que ela melhorasse com a idade.

De repente, um grupo de crianças se formou em volta das duas, bloqueando a nossa visão.

"Que [CENSURADO] está acontecendo?", Lilly disse elegantemente.

"Acredito", Lars respondeu, "que estamos observando o que os Estados Unidos chamam de uma *porradaria*".

Era verdade! Através de um buraco no círculo de crianças em volta da minha irmã e sua inimiga, eu podia ver que a garota estava prestes a arrancar fora o cabelo da Olivia.

Seja lá quanto for o salário de um professor hoje em dia, não é o suficiente. As crianças do ensino fundamental são uns *animais*. (Não estou falando da minha irmã, é claro. Ela é um anjo perfeito. Bom, quase.)

Lars botou a mão instintivamente no coldre do calcanhar.

"Lars, não!", gritei. "São *crianças*, não genovianos expatriados atirando laranjas contra o uso de transgênicos. Eu resolvo isso."

Porque, né, quando a sua irmãzinha perdida está prestes a apanhar na sua frente, você não tem outra escolha a não ser ir resgatá-la. O que mais eu poderia fazer? Não vejo como alguém pode me culpar por isso.

Mas claro que era um pouco difícil sair da limusine com um pé possivelmente quebrado, ainda mais quando o meu guarda--costas é treinado não só para evitar o meu assassinato, mas para me impedir de prevenir o assassinato de outras pessoas.

"Princesa", Lars disse, agarrando o meu braço quando segurei a maçaneta mais próxima. "De verdade. Precisa deixar que eu..."

"Lars, você já apertou a tia contra a parede. Deixe que eu cuido da sobrinha."

"Para ficar com o outro pé quebrado?"

"São *crianças*."

Ele então mencionou que as garotas no popular seriado *Pretty Little Liars* também são crianças, revelando que:

- Lars assiste a *Pretty Little Liars*.

- A Organização dos Direitos Humanos deveria ficar de olho nas escolas públicas e privadas dos Estados Unidos porque parecem estar produzindo crianças assassinas o suficiente para inspirarem programas de televisão sobre o assunto. Tem um no Lifetime chamado *Crianças assassinas*, sem falar em *Teen Wolf* da MTV e em *Vampire Diaries* da CW (embora eu tenha de admitir que os dois últimos são protagonizados por entidades paranormais).

Enquanto isso, Tina estava gritando: "Isso aqui está lotado de pais. Por que não estão fazendo nada para controlar as crianças?"

Era verdade. Todas as mães em calças de yoga e sandálias Tory Burch estavam conversando entre si, enquanto bebiam seus lattes grandes com o olhar concentrado — detesto dizer — na imensa limusine preta com as minibandeiras da Genovia voando nas laterais (por que, por que não as tirei quando pensei nisso?) em vez de olharem para o que estava acontecendo debaixo de seus narizes.

Pensando bem, a Lilly foi a única que teve o bom senso de dizer: "Hum, Mia, realmente acha que é uma boa ideia ir até lá? Se você for, alguém vai tirar uma foto e postar nas redes sociais e, quando menos esperar, todo mundo vai saber que..."

Mas, como uma idiota, saí do carro sem ouvir o restante da frase. Porque àquela altura, a garotinha loira já segurava a trança esquerda da minha irmã nas mãos, e não tinha a *menor chance* de eu permitir um absurdo daqueles.

Abri a porta do carro com força e saí pelo pátio do colégio chamando a Olivia. As crianças demoraram um minuto para me ouvir, pois estavam ocupadas demais gritando *Porrada, porrada, porrada.*

Mas, uma por uma, elas começaram a me ouvir e então pararam o que estavam fazendo, inclusive a garota loira, que soltou o cabelo da Olivia e me encarou, sem reação.

Acho que não é todo dia que a princesa da Genovia sai de uma limusine na frente da sua escola.

"Olivia?" eu chamei quando finalmente a alcancei.

Ela me olhou através das lentes grossas dos óculos. Estava bem claro que ela, assim como a garota loira e a maioria das crianças no círculo ao redor, sabia quem eu era. Preciso dizer que, por mais que eu reclame, existem algumas vantagens em ser da realeza.

"Ah", Olivia respondeu com uma voz muito educada, largando a camisa da garota loira e ajeitando a trança, que agora estava muito bagunçada. "Oi. Sim, sou eu."

"É...", eu disse.

O que se diz para uma irmã na primeira vez que você a vê?

De repente, reparei em todos os olhares — e câmeras de celular — que estavam mirados para nós. Nesse momento, percebi que a Lilly estava certa: tinha sido uma péssima ideia sair do carro. Eu podia ter mandado a Lilly separar a briga. Ou a Tina. A Tina entendia bem mais do que qualquer um de nós sobre garotas pré-adolescentes e também era praticamente uma médica, ou havia pelo menos estudado psicologia infantil.

"Oi", eu disse, sentindo o suor se formar no meu couro cabeludo, mesmo que não estivesse tão quente assim para um dia tão ensolarado em maio. "Eu, hum, sou a Mia Thermopolis." Eu nunca tinha me sentido tão desconfortável ao dizer meu nome. "Sua tia Catherine concordou que eu buscasse você no colégio hoje."

A garotinha me encarou desconfiada através dos óculos. Eu conseguia entender como ela poderia achar esse cenário um pou co esquisito.

"Ah", falei, lembrando subitamente. "Aqui está o bilhete em que diz isso."

Fiquei feliz da Lilly ter pensado nisso na hora e também por ter pedido para a tia da Olivia assiná-lo. Existem vantagens em ter uma amiga que quer ser advogada, mesmo que queira se especializar em algo tão entediante quanto direito contratual, embora a Lilly diga que direito contratual não é *nem um pouco* entediante, mas sim a base de todas as especializações legais, assim como os romances de suspense são a base da literatura. O assassinato quebra um contrato com a sociedade que só pode ser consertado através da justiça.

"Você gostaria de ir comigo?", perguntei ao entregar o bilhete para a Olivia.

Ela não saiu correndo de empolgação com a possibilidade de entrar na limusine da princesa da Genovia, mesmo que fosse para se afastar de alguém que estava ameaçando bater nela. Quem sabe não estava em condições tão precárias quanto eu havia imaginado. Com uma calma impressionante, a Olivia desdobrou o bilhete e o leu cuidadosamente.

As crianças ficaram em silêncio total enquanto ela lia, embora eu pudesse ouvir a respiração de várias delas, inclusive de algumas que tentaram se espremer para ler o bilhete por trás do ombro da Olivia (e do meu — bom, dos meus cotovelos, porque as crianças eram baixas demais). Tentei afastá-las gentilmente, mas elas não se intimidaram.

A maioria das crianças é adorável, mas de perto algumas não são tão arrumadinhas assim (não estou falando da minha irmã, claro).

"Obrigada", Olivia disse, dobrando cuidadosamente o bilhete e o botando dentro da mochila. "Eu gostaria bastante de ir com você."

Gooooooooooooool!

"Ótimo!", falei e segurei a mão dela para voltarmos à limusine antes que ela mudasse de ideia. A essa altura, Lars e Halim já tinham me alcançado e se espremido pela multidão para fazer uma barreira de cada lado, olhando paranoicamente pelo pátio em busca do DemagogoReal ou qualquer inimigo que possa ter ficado sabendo da minha chegada em Cranbrook e aparecido para salvar o mundo da minha existência. "Vamos."

Eu sabia que o que tinha acontecido entre ela e a garotinha loira era megaintenso, mas não ia perguntar até que a gente estivesse em segurança dentro do carro e a vários quilômetros de distância, se muito. A última coisa que eu esperava era que a garotinha — que havia começado a nos seguir, assim como o resto das crianças — me fizesse uma pergunta.

"Com licença", ela disse com uma voz aguda, "mas é verdade que você é irmã da Olivia?".

Fiquei tão chocada que quase dei de cara com o Lars, que gritava "Abram caminho!" para todas as mães curiosas que haviam se aproximado para nos encarar. Como que essa garotinha podia saber de um segredo familiar tão pessoal? E tão rapidamente? Será que a tia Catherine estava fazendo ligações, apesar do contrato de confidencialidade que havia assinado? Era sobre isso que todas aquelas mães com calças de yoga debatiam por trás das bocas de seus lattes grandes? Que eu era parente de uma das colegas de turma de seus filhos?

Se fosse o caso, eu ia cancelar aquele cheque no minuto que pisasse no carro.

"Hum", falei, puxando a mão da Olivia para apressá-la. Mas é claro que era *eu* quem estava andando devagar por causa do meu pé. "Quem é você, exatamente?"

"Essa é a Annabelle", Olivia respondeu com um suspiro profundo.

"Meu pai é advogado do tio dela", Annabelle explicou com um tom metido, como se eu fosse uma idiota por não saber. Aparentemente, todo mundo em Cranbrook, Nova Jersey, sabia que o pai da Annabelle era advogado do tio da Olivia, e eu também deveria saber. "Ele é o advogado de lesão corporal mais respeitado de Cranbrook. Meu pai disse que a Olivia é da sua família. Eu não acreditei, claro, mas agora que você está aqui..."

Ela parou a frase no meio sugestivamente.

Agora que eu estava ali, qualquer coisa que havia sido dita à Annabelle tinha sido confirmada.

E, apesar do contrato de confidencialidade assinado pela tia da Olivia, em breve a notícia se espalharia rapidamente pela pequena cidade de Cranbrook, Nova Jersey, e logo depois, pelo mundo todo. Cada celular existente na entrada da escola estava apontado para mim e para a Olivia, inclusive os dos motoristas dos ônibus. Até a senhora malvada do apito havia largado a função e agora apontava seu iPhone para nós.

Foi quando soube. Eu deveria ter ficado no carro em vez de resolver agir de forma incrivelmente altruísta e fazer a caridade fraternal de resgatar a Olivia por conta própria. Deveria ter feito o que meu pai tem feito todos esses anos e "seguido o mapa".

Por que não tinha sido uma boa princesa noiva e ido almoçar com a equipe de administração de crise como dizia o meu itinerário? Eu só estava criando uma crise ainda *maior* para eles administrarem, além de estar destruindo a vida da minha irmã. Nada jamais seria igual para ela, assim como nada foi igual para mim depois daquele dia que o meu pai me levou para almoçar no Plaza Hotel e me disse que eu era herdeira do trono da Genovia, e logo depois a notícia se tornou pública e passei a ter que andar com uma equipe de segurança para todos os lugares.

Mas, por outro lado, as coisas não ficaram tão ruins assim para mim.

Três coisas pelas quais sou grata:

1 Faço o que amo — deixo o mundo um lugar melhor ao chamar a atenção para as causas que são importantes para mim (quer dizer, num dia bom. Hoje não seria um bom exemplo).

2. Tenho amigos maravilhosos, que sempre me apoiam e ajudam quando preciso.

3. Vou me casar com o homem que amo.

Ah, lembrei de uma quarta coisa! Eu impedi que a minha irmã levasse um soco na cara (eu acho. Ela ainda não explicou *direito* o que estava acontecendo ali. Espero que a gente fale disso em breve).

Com sorte, poderei continuar a ajudá-la com outras coisas também.

"Sinto muito, Annabelle", eu disse para a inimiga da Olivia com meu melhor tom de princesa. "Mas isso é um assunto particular. Não tenho tempo para conversar hoje. Adeus."

Então apertei a mão da minha irmã e tentei apressar o passo, embora fosse difícil por causa do meu pé possivelmente quebrado (mas provavelmente apenas torcido).

Preciso dizer que foi bem satisfatório ver a cara chocada da Annabelle com a minha resposta, mas foi ainda melhor ver a expressão triunfante da Olivia.

No entanto, a sensação durou pouco, porque logo vi o Lars apertar o aparelho de Bluetooth que usa na orelha o tempo inteiro e dizer, "É... princesa", sobre a cabeça da Olivia para que ela não pudesse ouvir. "Polícia."

"Alguém chamou a *polícia*?" Meu olho começou a tremer ainda mais que o normal. "Mas por quê? A gente não fez nada de errado."

"Bom", Lars disse enquanto o Halim se apressava para abrir a porta para nós. "Isso é uma questão de ponto de vista. Incitar confusão. Causar um tumulto. O tio pode discordar da esposa sobre a gente levar a garota, que tem sido uma fonte importante de dinheiro por um bom tempo..."

Eu não havia pensado nisso.

A Olivia deve ter escutado — ou sentido que apertei a mão dela com mais força — porque olhou para cima preocupada e perguntou: "Está tudo bem?"

"Está tudo ótimo!", quase gritei. "A gente só precisa ir logo."
Então comecei a puxá-la com a minha energia renovada em direção a limusine, o que deve ter sido humilhante porque ela já tem 12 anos e até o Rocky, que só tem 9 anos, detesta que deem a mão para ele.

"Para trás, por favor", Lars dava ordens a todos que tentavam se aproximar para tirar selfies comigo ou com a Olivia. "Por favor, dê espaço para a princesa passar. Não, sem fotos, desculpe. Nada de selfie."

Foi assustador, e não apenas porque li recentemente que as selfies são o motivo número um para a transmissão de piolhos, pois quando uma criança encosta na cabeça de outra criança, cria-se uma passagem perfeita de cabelo por onde o piolho transita.

Achei que a situação devia ser ainda mais assustadora para a Olivia, que não estava acostumada. Até a senhora com o apito levantou o celular para dizer, com um tom anasalado: "Posso tirar uma foto com vocês duas?"

Lars esticou o braço grosseiramente.

"Não", ele disse, quase derrubando o telefone das mãos dela.

"Bom", a mulher gritou, ofendida. "*Eu* nunca vou visitar a Genovia!"

"Ninguém quer você lá", Lars a informou (achei que pegou um pouco pesado).

Mas assim que nós todos estávamos dentro da limusine e o Lars havia fechado a porta, a Olivia parecia mais animada do que chateada. Ela ficou pulando pelos bancos enquanto olhava para as crianças que se esmagavam contra as janelas escurecidas (nós podíamos vê-las, mas elas não podiam nos ver). Parecia algo visto num documentário de boy band.

François ligou o motor e tentou arrancar com o carro, mas as crianças entraram em erupção (fazendo um som não muito diferente do vulcão que entrou em erupção quando visitei a Islândia uns anos atrás). Os colegas da Olivia continuavam com as mãos e os rostos colados nas janelas, esmagados contra a limusine para impedir que a gente fosse embora.

"O que estão fazendo?", perguntei, horrorizada.

Olivia deu de ombros. "Nada. Só estão animados. A gente não vê muitas celebridades na Cranbrook Middle School. Na verdade, você é a primeira."

"Ah, entendi."

Se eu ainda não havia compreendido o absurdo do que tinha feito, passei a entender.

Felizmente, conseguimos escapar sem nenhum outro incidente porque o François ligou uma buzina que a Grandmère mandou instalar contra os conselhos de todos — ela toca os primeiros acordes do hino da Genovia num volume ensurdecedor. Isso fez com que as crianças se descolassem da limusine e saíssem correndo assustadas.

Mas só Deus sabe o que a polícia encontrou quando chegou no pátio do colégio depois que a gente já tinha partido (ouvimos as sirenes, mas de longe, pois já estávamos na saída para a rodovia, ainda bem).

"Olivia", eu disse, assim que a gente teve a chance de recuperar o fôlego. "Peço mil desculpas por isso. Não queria que descobrisse desse jeito que você... que somos..."

"Tudo bem", Olivia respondeu, não parecendo nem um pouco incomodada. O olhar dela vasculhava o interior do carro e parou encantado no minibar, que estava lotado de latas de refrigerante usados nos drinques da Grandmère, sem falar nos pacotes de salgadinhos e outras guloseimas prediletas da minha avó. "Eu já sabia. A Annabelle tinha me contado."

"Sim, percebi. Mas é disso que estou falando. Não deveria ter sido assim. Sinto *muito* mesmo."

"Não tem problema", Olivia reafirmou. "Estou me divertindo."

"Está se *divertindo?*" Lancei um olhar tenso para as minhas companheiras adultas. Qual parte do que tinha acabado de acontecer era divertida? "Sério?"

"Sim", Olivia respondeu. "É a minha primeira vez numa limusine. Isso acende?" Ela apontou para a iluminação de fibra ótica no teto da limusine, que a Grandmère havia mandado instalar porque gosta de ser iluminada pela melhor cor em todas as situações.

"Sim", falei. "Acende."

Como num passe de mágica, fomos iluminadas por uma aura rosa vinda de ambos os lados do carro, assim como do teto.

"Legal!", Olivia comemorou, abrindo um sorriso largo, especialmente depois que o François, que havia escutado a conversa, resolveu ligar o efeito "piscante", então o rosa virou roxo e, por fim, azul.

Quando se anda de limusine toda hora, é difícil lembrar que para algumas pessoas — especialmente as de 12 anos — é uma experiência inédita e empolgante. É a maior vantagem de se ter 12 anos.

314

"Então", falei para a Olivia, "tenho certeza de que deve ter um monte de perguntas..."

"Sim, tenho." Ela olhou para mim extremamente focada. "É verdade?"

"Que somos irmãs? Sim, é verdade. Sinto muito mesmo que você tenha descoberto desse jeito, mas é tudo verdade..."

"Não, é verdade o que está escrito no papel que você me mostrou? Que tem a permissão da minha tia para me levar em qualquer lugar que eu quiser?"

Lancei um olhar assustado para a Lilly. Na verdade, eu não tinha lido o acordo assinado pela tia da Olivia.

"Hum, sim", respondi quando vi a Lilly assentir. "Sim, é verdade. Por quê? Quer ir a algum lugar específico?"

"Sim", ela disse, os olhos escuros brilhando. "Quero ir conhecer o meu pai."

Não tenho certeza do que eu esperava que ela fosse dizer, mas não era isso. Não sei por que, uma vez que era óbvio.

No entanto, essa pequena frase me tirou o ar momentaneamente por ser tão doce e simples.

Claro. *Claro* que queria conhecer o pai. Como pude ser tão burra? O que mais uma garotinha que nunca conheceu o pai — que nunca realmente teve pais de verdade — gostaria de fazer?

"Ah. Certo", falei com o coração saltado no peito. Até aquele segundo, sequer tinha pensado para onde estávamos indo. Apenas havia dito *vamos* para o François. Apenas vamos embora... para longe daquela escola horrível, da cruel Annabelle, de todas aquelas crianças se jogando contra o carro, da tia Catherine e de Cranbrook.

Mas é claro que eu precisava levá-la para conhecer o pai, e imediatamente, antes de qualquer coisa.

Eu não tinha certeza se o meu pai concordaria, mas não me importava.

"É *claro*. François? Nova York, por favor."

Ele assentiu. "Sim, vossa alteza."

Olivia pareceu um pouco nervosa ao ouvir isso. "Espere... meu pai está em Nova York?"

"Ele está", Lilly confirmou, se inclinando para esticar a mão direita em direção à Olivia. "A apenas 100 km de distância e você nunca soube, né? Sou a Lilly Moscovitz, aliás, mas pode me chamar de tia Lilly. Sou a amiga legal da sua irmã."

"Ei!", Tina protestou.

"Lilly está brincando com você", expliquei para a Olivia enquanto ela apertava educadamente a mão da Lilly. "Todos os meus amigos são legais."

"Não é verdade", Lilly disse sem largar a mão dela. "Eu vou ser a pessoa que você vai procurar para falar de garotos..."

"Não." Eu me lancei para a frente e soltei as mãos das duas e botei a da Olivia novamente no colo dela. "*Não* fale com ela sobre isso."

"Fale *comigo*", Tina disse firmemente. "Sou a tia Tina. Estou na faculdade de medicina."

"OK", Olivia disse, desconfiada. "Mas só tenho 12 anos."

Numa tentativa de distraí-la — e a mim também, porque estava me sentindo um pouco emocionada desde que ela tinha pedido para conhecer o pai — perguntei à Olivia, "Você quer um refrigerante?". Foi a única coisa em que consegui pensar para dizer. Quem não teria sede depois de uma confusão como aquela que a gente tinha acabado de enfrentar no pátio?

"Sim, por favor", Olivia disse, parecendo atordoada pela conversa com as minhas amigas... e era de se imaginar, porque elas são umas psicóticas. "Então a gente vai para Nova York *agora*?"

"Sim", confirmei enquanto servia o refrigerante. "Isso não é um problema, é?"

Ela balançou a cabeça fazendo com que as tranças voassem.

"Acho que não. Meu pai sempre disse que a gente ia se conhecer um dia, mas só quando eu fosse bem mais velha."

Quase derrubei a bebida. "Ele disse isso? Quando?"

"Nas cartas dele", ela me informou como se não fosse nada. "A gente troca cartas há muito tempo."

Eu não podia acreditar. Meu pai, que tinha surtado na noite anterior com a possibilidade de ser pai solteiro, estava em contato com ela esse tempo todo? Bom, em contato por escrito, mas mesmo assim. Ele me fizera pensar coisas horríveis a seu respeito — que permitira que essa criança vivesse em total ignorância da existência dele — e sequer eram verdade!

"Ele me dá um monte de conselhos", Olivia continuou a contar ao aceitar o refrigerante. Ela certamente não era tímida, o que é sempre bom quando se está prestes a ser lançado nos holofotes internacionais. "Tipo, ele me disse para escrever um diário. Falou que escrever os sentimentos quando a gente se sente um pouco sobrecarregado realmente ajuda."

"Nossa, de onde será que ele tirou isso", balbuciei.

"Como assim?", ela perguntou, curiosa.

Não era para ter me escutado.

"Ah, nada. Minha mãe me disse a mesma coisa — para escrever meus sentimentos num diário se me sentisse sobrecarregada — quando eu era mais ou menos da sua idade."

"Sério? A sua mãe ainda está viva?"

"Sim. Também mora em Nova York."

"Com o nosso pai?"

O meu coração, que tinha passado a tarde quase desmanchando, se tornou líquido, especialmente quando olhei para ela e vi que sua expressão havia ficado subitamente tensa. Eu não fazia ideia do que o meu pai tinha falado nas cartas, mas obviamente não escrevera nada sobre mim e certamente muito pouco sobre ele.

"Não, Olivia", respondi. "Nosso pai e a minha mãe se separaram há muito tempo — logo depois que eu nasci. O papai é solteiro e não mora com ninguém."

"Só com a mãe", Lilly disse sarcasticamente.

Mas acho que a Olivia não ouviu. Ela disse, olhando as árvores que passavam pela janela na rodovia I-95: "Faz sentido que ele não more com ninguém. É provável que a morte da minha mãe, que era muito bonita, o atormente até hoje. Deve ser por isso que ele nunca quis me conhecer, porque pareço muito com ela e me ver seria uma lembrança terrível do amor que ele perdeu."

Fiquei tão impressionada com isso, que não sabia como responder. Acho que nunca vi a Lilly botar a mão tão rapidamente sobre a boca para não rir.

318

"Ah!", Tina sussurrou. "Que fofa. Que coisa mais fofinha!"

Olivia desviou o olhar da janela para nós, completamente alheia ao fato de que havia causado uma de nós a quase morrer de rir e a outra a chorar. Eu estava dividida entre as duas coisas.

A expressão dela era grave. "Agora consigo entender por que a tia Catherine dizia que eu não podia ir lá."

"Lá aonde?", perguntei. "Ir conhecer o seu pai? Sua tia e eu conversamos sobre isso, Olivia, e decidimos que não tinha problema." Bom, não exatamente, mas enfim.

"Não, ir até Nova York", ela disse, tomando outro imenso gole de refrigerante. Estava claro que amava esse negócio. Já tínhamos tanta coisa em comum. "Minha tia sempre disse que Nova York era suja e perigosa demais para crianças. Mas agora consigo ver que ela provavelmente não queria que eu fosse porque eu poderia encontrar com o meu pai, aí descobriria que sou uma princesa, e ele poderia ficar emocionalmente abalado em ver."

Achei que seria melhor ignorar o último assunto — ainda mais porque fazia com que a Lilly começasse a gargalhar e ela nem tentava disfarçar — e me concentrar em perguntar o que ela queria ser quando crescesse (o que era ridículo e patético, afinal agora ela obviamente vai ser uma princesa, e eu já me disse um milhão de vezes para não perguntar para as crianças o que desejam ser quando crescer, mas lá estava eu fazendo isso com a minha própria irmã).

Mas a Olivia me mostrou alegremente o seu "diário" — na verdade, era um caderno —, no qual havia desenhado muitos gatos, cavalos e, por motivos desconhecidos, cangurus.

"Quero ser ilustradora de animais", ela respondeu, explicando que esse era um dos motivos para querer ir a Nova York. "Os artistas que desenham os animais nas placas dos zoológicos, nos sites e nos livros e tal moram lá. É uma indústria em decadência, graças à fotografia, mas tenho quase certeza de que vou conseguir porque sempre tirei notas muito boas em arte. Minha professora disse que só preciso continuar a treinar."

"Bom", eu disse, impressionada. Porque, sério, quantas meninas de 12 anos querem ser ilustradoras de animais? A minha irmãzinha é claramente superior. "Acho que já está mais do que na hora de você ir para Nova York, porque precisamos de mais ilustradores de animais no mundo."

"É verdade", Tina contribuiu, animada.

"Com certeza", Lilly concordou. "E vai poder conhecer a sua avó também. Eu sei que ela vai ficar muito animada de conhecer *você* e ouvir tudo sobre suas ilustrações de animais."

Dei um olhar de reprovação para a Lilly, mas era tarde demais. A Olivia já tinha começado a perguntar que tipo de comida a nossa avó gostava de fazer. "A avó da minha melhor amiga, Nishi, faz samosas indianas de verdade e frango com masala todo domingo à noite."

Lilly engasgou no drinque que havia preparado. "É, Mia", ela disse. "Conte para a sua irmã sobre as receitas caseiras que a sua vovó adora preparar nos domingos à noite. Qual é o ingrediente favorito dela mesmo? Whisky?"

"Não", retruquei, mais para a Lilly do que para a Olivia. "Nossa avó não cozinha. Mas tem muitos outros talentos. Ela é muito..."

Como eu poderia descrever a Grandmère? Pela primeira vez, não encontrei as palavras. E isso não é pouca coisa, porque além de encher páginas e páginas de diários como este, tirei dez em todas os testes discursivos da faculdade que ocasionalmente eram descritos como "trabalhos exemplares". Bom, tudo bem, foi só uma vez.

"Sua avó é muito *culta*", Tina disse, finalmente.

Bom, isso era certamente verdade.

"Isso é bom", Olivia afirmou, tirando uma folha de papel da mochila, que parecia estar lotada deles. "Porque estamos estudando genealogia na aula de biologia e tive que deixar todos esses espaços em branco no dever por não saber as respostas. Eu ia escrever para o meu pai, mas sabia que quando ele me respondesse o dever já estaria atrasado. Talvez a minha avó possa me ajudar a preencher?"

Eu olhei para a folha. "Quem sou eu?" estava escrito no alto em negrito.

Muitas pessoas passam suas vidas todas sem ter a menor ideia de quais nomes colocar no dever de "Quem sou eu?" e não se incomodam nem um pouco com isso. Qual é a diferença? Hoje em dia é possível fazer um teste de sangue para descobrir sua herança genética.

Mas me pareceu horrível que a minha própria irmã não soubesse.

"E, na verdade", Olivia continuou, perfeitamente confortável, como se me conhecesse desde sempre, "eu meio que gostaria de saber algumas coisas de interesse pessoal, tipo se a nossa família tem tendência a diabetes ou a doenças cardíacas. A tia Catherine nunca me disse nada sobre meu pai, somente que ele estava ocupado demais para cuidar de mim porque o seu trabalho era muito importante. Consigo entender isso agora, ele comanda um país inteiro. Mas talvez" — Olivia havia tirado uma caneta da mochila junto com dever — "você saiba algumas dessas respostas? É para amanhã e vale 25% da minha nota".

"Ai, Deus", ouvi a Tina sussurrar. Acho que era por causa da parte sobre a tia dizer que o meu "pai estava ocupado demais" para cuidar da Olivia, o que também fez o meu coração doer um pouco.

Lilly, no entanto, apenas balançou a cabeça, dizendo, "É. Ela é realmente sua irmã, Thermopolis", provavelmente por causa da preocupação da Olivia com possíveis doenças que talvez tenha herdado do lado Renaldo da família. Eu respondi com uma careta porque as preocupações da Olivia são legítimas (quem não se preocupa com diabetes?) e também porque *não* sou tão hipocondríaca assim.

- *Lembrete:* Olhar no Google mais tarde o que pode estar causando a dor nos meus seios. Estão me matando há dias. Será que pode ser um efeito colateral do magnésio?

"Bom, felizmente, estou aqui agora para ajudar", eu disse para Olivia. "Vamos começar?"

"Sim!" Ela sorriu tanto que só naquele momento reparei nos elásticos azul-turquesa nos dentes de trás. "Vai ser ótimo!"

Então é isso que estamos fazendo agora. Preenchendo as informações que faltam no dever de "Quem sou eu?" enquanto o François nos leva de volta para Nova York para que a Olivia possa conhecer o pai dela (e a avó), e quem sabe, se der tempo, a gente pode até ir no zoológico do Central Park para ver algumas das ilustrações de animais.

- *Lembrete:* As placas de lá são ilustradas? Já passei mil vezes no zoológico, mas nunca reparei nelas — porque estava ocupada demais me sentindo traumatizada por ter descoberto que eu era uma princesa (ou lidando com muitas outras crises).

Estou deixando a Olivia comer todas as porcarias que quiser do minibar, e não só porque ela disse: "A tia Catherine não me deixa comer açúcar."

(A Tina não aprovou isso, pois "açúcar realmente não é bom para crianças, ou para ninguém", mas como a Lilly mencionou: "Com que frequência alguém descobre que é uma princesa? Melhor a criança comemorar enquanto pode, porque imagino que o mundo dela vá desabar muito em breve.")

Isso, assim como o resto do dia — a semana inteira, na verdade —, provavelmente vai ser um desastre.

Mas, enfim.

Não é nenhuma novidade.

Quarta-feira, 6 de maio, 16h35, na limusine a caminho de Nova York, posição no Ranking da Realeza: 7

O Michael acabou de ligar. Não demorou muito mesmo para a [CENSURADO] bater no ventilador.

Bom, eu meio que já esperava isso porque quando a Dominique parou de gritar, ela disse isso ao telefone mais cedo:

"Vou cuidar disso. Não fale com ninguém. Não pare o carro para comer ou sequer para ir ao *toilette*. Não atenda o telefone a não ser que seja alguém que você conheça."

"Hum...", eu disse. "Posso fazer alguma coisa para ajudar?"

"Não, já fez o suficiente", Dominique respondeu acidamente, depois desligou.

Assessores são como gatos: superadoráveis até você se meter no caminho deles. Aí as garras aparecem.

Michael que me contou o que estava acontecendo:

"Você tem noção que alguém postou uma foto sua com uma criança que estão chamando de 'irmã ilegítima da Princesa Mia' numa rede social pouco tempo atrás e o post foi reproduzido por basicamente todos os meios de comunicação no Ocidente?"

"Argh", eu disse. Não podia demonstrar muita coisa porque a Olivia estava ao meu lado. Nós tínhamos terminado o dever de "Quem sou eu?" e começado o dever de matemática (ou melhor, a Olivia tinha começado com a Lilly e a Tina ajudando quando ela pedia. Eu não tenho ideia de como se multiplica ou se divide

324

frações. Nem sei por que obrigam as crianças a aprenderem essas coisas quando existem calculadoras. Embora algumas delas — aparentemente como a Olivia — queiram aprender).

"Bom", continuei. "Ia acontecer mais cedo ou mais tarde."

"Mia, acabaram de aparecer dois agentes da GRG no meu escritório", Michael comentou. "Eles foram enviados para proteção extra por causa de ameaças anônimas de pessoas que não aprovam relacionamentos inter-raciais que resultam em princesas ilegítimas."

"Bom, isso é simplesmente *ridículo*."

Olhei de relance para o Lars, mas reparei que, assim como todo segurança altamente treinado, ele já estava em contato com o escritório, sussurrando em francês sobre as *ameaças públicas*.

"Mia, sei que é ridículo, não foi por isso que liguei. Estou preocupado com *você*. Onde você está?"

"Michael, está tudo bem, ainda estou no carro. Sinto muito mesmo por tudo isso..."

"Não peça desculpas. É óbvio que não é culpa sua. Mas aonde está indo?"

"Para casa." Tentei manter o tom animado para não preocupar ninguém no carro. "A Olivia quer conhecer o pai dela." Ela levantou os olhos ao ouvir o seu nome e sorriu para mim. Eu sorri de volta. Animadamente. Estávamos todos animados.

"O pai dela?", Michael repetiu. "Você sequer saber onde o pai dela está nesse momento?"

"Não, para falar a verdade, não sei. Estou tentando falar com ele o dia inteiro, mas ele não me atende nem responde as minhas mensagens..."

"Claro que não, é proibido usar celular no tribunal. Todo mundo sabe disso. Você nunca foi chamada para servir no júri popular?"

"Não", respondi, um pouco ofendida. "Lembra? Eu queria, mas me dispensaram porque ficaram com medo que fosse virar um inferno se a imprensa aparecesse... espere, ele está no *tribunal*?"

"Sim, você não sabia? Acabei de ver um vídeo dele subindo as escadas do tribunal de justiça com os advogados no canal NY1. Finalmente vão julgar o caso dele hoje. Está vestido com o uniforme oficial de cerimônias, com a espada e tudo. Confiscaram a espada, claro."

É óbvio que eu não sabia. Ninguém nunca me diz nada.

Sinalizei para a Lilly olhar o telefone. Ela obedeceu, desviando discretamente a tela da visão da minha irmã. A Olivia nos contou que a tia Catherine não "permite que ela tenha um telefone", embora os primos postiços, Justin e Sara, tenham cada um o seu, assim como um tablet e um laptop.

(A lista de coisas proibidas para a Olivia, além de açúcar, celulares e viagens para Nova York, é extensa e curiosa, e me faz questionar as habilidades maternas da tia dela, embora eu saiba que não posso julgar porque não tenho filhos. A lista inclui:

Furar as orelhas.

Dormir depois de 21h30, "mesmo nos finais de semana".

Ler livros indicados para maiores de 12 anos, o que é problemático porque a Olivia consegue ler "como uma pessoa de 14 anos", conforme ela nos disse orgulhosamente.

Ter animais de qualquer espécie, porque "o tio Rick é alérgico".

Usar sapatos dentro de casa.

Receber amigos, porque "podem incomodar o tio Rick".

Entrar na internet, a não ser para fazer o dever de casa.

Jogar videogames — violentos demais.

Comer glúten — embora a Olivia ou nenhum membro da família O'Toole tenha sido diagnosticado como celíacos ou com intolerância à substância.

Assistir a programas de TV que não sejam aprovados para crianças de 11 anos segundo a censura.

Qualquer coisa envolvendo Boris P. "Sexy demais.")

A Tina ficou tão chateada com a lista (especialmente a parte dos livros adultos e do Boris ser considerado "sexy demais") que deu à Olivia o seu telefone, que era enfeitado de cristais rosas e cheio de vídeos do Boris P, obviamente.

"Tome", Tina disse. "Pode ficar com o meu até receber o próprio."

Olivia ficou chocada e muito animada, então gritou: "Obrigada, tia Tina!"

Eu também fiquei chocada, mas provavelmente não pelo mesmo motivo que a minha irmã.

"Tina", sibilei. "Não precisa dar o seu telefone para ela. A gente compra um. Além do mais, o que você vai usar?"

Tina sacou outro telefone da sua enorme bolsa azul Tiffany. "Não se preocupe. Esse aí é o meu telefone para músicas e jogos. Esse aqui é o meu telefone *de verdade*." Era enfeitado com cristais listrados de zebra.

Lilly virou o telefone dela na minha direção. Ela está se esforçando bastante para não falar palavrão na frente da minha irmã menor, então só disse: "Zoinks."

A página inicial do TMZ (que não é mais o site principal de fofoca do país, mas sim o site principal de últimas notícias) tinha dividido a tela para que uma metade mostrasse uma foto do meu pai na frente do tribunal de Manhattan e a outra metade mostrasse uma foto minha na frente da Cranbrook Middle School, cercada pelos colegas da Olivia.

"O príncipe cara a cara com o juiz", gritava a parte do meu pai.

"A princesa cara a cara com a irmã?", gritava a minha parte.

Meu coração parou.

"Mia? Ainda está aí?", Michael perguntou no meu ouvido.

"Claro que ainda estou aqui", eu disse.

"Você e o seu pai por um acaso já pensaram em unir forças?", ele quis saber. "Porque caso se juntem, talvez consigam dominar o mundo."

Um pouco pesado, mas não totalmente sem cabimento. "Entendi o recado. Mas, em minha defesa, não era a minha intenção, nem um milhão de anos, que isso acontecesse..."

"Claro que não", ele concordou, com a voz mais gentil. "Nunca é. Então, como ela é?"

Olhei para a Olivia, que ainda estava com a cara enfiada nas frações, a ponta da língua ligeiramente para fora entre os dentes.

"Incrível", falei carinhosamente.

"Que bom. Vou ver se faço algumas ligações para tentar falar com o seu pai. Conheço um cara do *World of Warcraft* que trabalha no departamento de TI no tribunal de justiça. Acho que posso fazer com que ele dê o seu recado."

"Ai, meu Deus, você pode? Seria ótimo..."

Meu coração se encheu como sempre acontece quando o Michael diz ou faz alguma coisa incrível — ou até mesmo quando simplesmente aparece na minha frente. Ele é realmente o homem mais espetacular do mundo.

Então me lembrei de algo.

"Ah, mas se conseguir falar com os advogados e eles pedirem para você assinar um acordo pré-nupcial", acrescentei sussurrando, "apenas os ignore. Já disse que não vamos fazer isso".

"Eu não vou ignorar, coisa nenhuma", ele disse, parecendo ofendido. "Um acordo pré-nupcial faz todo sentido."

"Michael!"

"O quê? É uma boa ideia a gente proteger nossos bens pessoais."

"Ai, céus." Larguei a minha cabeça em uma das mãos. "Sua mãe tinha razão."

"Minha mãe? Sobre o quê?"

"Ela disse que a gente sempre casa com os nossos pais. 'Uma boa ideia a gente proteger nossos bens pessoais'? Você falou exatamente como o meu pai."

"Bom, o seu pai nem sempre está errado, Mia. E você está *sempre* tentando ajudar as pessoas. *Isso* parece com quem?"

Lancei um olhar para a Lilly do outro lado da limusine, que agora estava banhada pela luz azul safira da fibra ótica enquanto se debruçava sobre o dever de casa da Olivia.

"Não com a sua irmã", sussurrei, horrorizada.

"Não, sua doida", ele respondeu. "Com meus pais, que são psicoterapeutas, uma das profissões mais altruístas. Você sempre quer ajudar todo mundo. É um dos motivos pelo qual me apaixonei por você, mas também é um dos motivos pelo qual está sempre se metendo em confusão."

"Bom, posso afirmar", comentei, "que depois de hoje, vou me aposentar".

"Só acredito vendo. Olha, mando mensagem assim que souber de alguma coisa. Enquanto isso, se for parada pela polícia, não deixe o Lars mostrar a arma dele."

"Obviamente", falei.

Quando desliguei o telefone e voltei ao meu lugar de origem, a Tina me lançou um olhar preocupado e perguntou, apenas mexendo a boca: "Tudo bem?"

Dei um sorriso tranquilizante. *Claro* que está tudo bem. Sou eu! Quando que *não esteve* tudo bem?

- Descobri que sou uma princesa de um país que ninguém nunca ouviu falar, mas que todos querem morar lá? Fato!

- Vou me casar em menos de três meses num evento televisionado mundialmente e ainda não tenho um vestido ou nada pronto? Fato!

- Descobri que tenho uma irmã perdida? Fato!

- Expus a identidade dela para o mundo inteiro ao aparecer no momento errado, tendo a minha foto publicada em todos os sites existentes e assim destruir a vida dela? Fato, fato *e* fato!

Quarta-feira, 6 de maio, 17h32, engarrafamento na Houston Street, posição no Ranking da Realeza: 1

Quando liguei agora há pouco para avisar que estava a caminho do seu apartamento com sua neta perdida, Grandmère reagiu de forma nada surpreendente, mas ainda assim insatisfatória.

"Mas estou sem as minhas sobrancelhas! Não posso conhecer a minha única outra neta sem sobrancelhas."

Eu disse que ainda levaria a Tina e a Lilly para seus respectivos domicílios, assim teria tempo suficiente para pintar as sobrancelhas.

Olivia, que estava bisbilhotando a ligação, disse empolgadamente, "Nossa avó também gosta de desenhar? Que incrível!" e levantou o caderno. "Já temos algo em comum!"

Quando descobrir que a nossa Grandmère só gosta de desenhar sobrancelhas (e sua assinatura em cheques da conta na Suíça), vai ficar arrasada, mas tentei parecer animada. "É! É incrível!"

"É ela quem está falando?", Grandmère perguntou. "Não consigo acreditar que tenha feito uma coisa dessas, Amelia. Vai estragar todos os meus meticulosos planos."

"Sim, é ela", falei, então troquei para o francês. Nunca pensei, nem em um milhão de anos, que usaria meu conhecimento de francês — que aprendi em muitos verões visitando a minha avó e que depois aperfeiçoei com a mademoiselle Klein no ensino médio — para impedir que a minha irmã secreta pudesse entender o que eu estava falando sobre ela com a nossa avó no telefone. "E que péssima atitude em relação a sua neta. Por que não está com as sobrancelhas feitas? Já é happy hour."

"Eu, hum, tive uma visita à tarde, e elas devem ter ficado borradas de algum jeito..."

"Ah, claro, de *algum jeito*. Quem era dessa vez? Por favor, não diga que era o Chris Martin. Você precisa deixar aquele pobre homem em paz."

"José de la Rive, se quer saber, embora eu não entenda o motivo..."

"Você estava *fazendo amor* com o diretor da Guarda Real da Genovia enquanto o seu filho está no tribunal?"

"Amelia, precisa ser tão vulgar? O José passou aqui para compartilhar os resultados bastante interessantes do restante da investigação sobre as finanças pessoais do tio da Olivia. Acho que uma coisa levou a outra e, antes que pudesse me tocar, nós..."

"O *restante*? Eu não sabia que ele tinha *começado* uma investigação sobre as finanças pessoais do tio da Olivia."

"O que você acha que o diretor da Guarda Real da Genovia faz o dia todo, Amelia, além de procurar bombas nos meus trajetos de compras? De qualquer forma, ele descobriu algo muito importante. Sabia que o avô do Ivan — meu querido conde Igor — era sócio majoritário da Monarch of the Seas Cruise Lines uma das maiores frotas de cruzeiros do mundo?"

"Hum, não."

"E que quando faleceu, ele deixou a sociedade da empresa para seu único neto, Ivan?"

Fiquei boquiaberta. "Mas, Grandmère, isso quer dizer..."

"Claro. Ele nunca compartilhou esse conflito de interesses, não é mesmo? E ainda mais quando a plataforma de campanha econômica dele inclui uma promessa de ampliar a baía para receber cruzeiros maiores e em maior quantidade. Que menino levado."

Eu estava chocada. "Mas isso é crime!"

"Claro que é, Amelia", Grandmère se vangloriou. "É por isso que o José está a caminho do aeroporto nesse instante para voltar à Genovia e se reunir com o primo Ivan. Ele vai perguntar se o Ivan prefere se retirar silenciosamente das eleições — por motivos médicos, imagino — ou encarar a humilhação pública e ser preso."

"Não me diga. O José vai causar os motivos médicos para a desistência se ele não concordar em se retirar silenciosamente, não é?"

"Não seja tão cínica, Amelia, é deselegante para uma jovem noiva. Agora fale sobre a minha neta. Como ela é? Dá para treiná-la como daminha? Já pedi para algumas das suas primas de segundo grau ocuparem essa posição, mas, como sabe, elas não são muito fotogênicas, porque herdaram o queixo problemático do seu avô. Você tem tanta sorte de ter herdado o meu queixo, Amelia. E a sua irmã? O queixo dela é de tamanho normal?"

"Grandmére, pare. E o meu pai? Ficou sabendo de alguma coisa?"

"Seu pai está a caminho. Recebeu apenas uma multa do juiz. E devolveram a espada dele."

"Grandmère, que notícia boa!"

"Sim. É de se imaginar que isso — mais a notícia sobre o Ivan — o faria um homem muito contente. Mas sinto dizer que ele foi bem grosseiro no telefone comigo. Acredito que as suas artimanhas de hoje talvez tenham estragado ligeiramente o humor dele."

"*Minhas* artimanhas? Acho que as artimanhas foram dele doze anos atrás."

"O que disse, Amelia?", ela perguntou. "Já disse para você não murmurar, é deselegante."

"Nada. Meu pai não está realmente chateado comigo, está? Porque se for o caso, ele sabe onde me encontrar."

"Ele está ocupado demais fugindo das ligações da vice-primeira-ministra sobre sua filha ilegítima. É um fenômeno como aquela mulher não consegue lidar sozinha com a imprensa."

"Hum, talvez porque a Olivia seja filha do meu *pai* e as perguntas devessem ser respondidas por *ele*?"

Grandmère desdenhou. "Bom, ela não devia ter escolhido ser vice-primeira-ministra da Genovia se não aguenta a pressão. Ela não saberia comandar um clube do livro, imagine um país."

"Isso está longe de ser verdade, Grandmère. Ela se formou em primeiro lugar na sua turma na Sorbonne. E o que você sabe sobre clubes do livro? Tudo o que lê hoje em dia são as notícias de entretenimento do BuzzFeed."

"E foi assim que fiquei sabendo que alguém falou com aquele monstro do Brian Fitzpatrick do Ranking da Realeza sobre esse assunto. Ele está dizendo coisas terríveis sobre o seu pai e fazendo *você* parecer uma santa."

"Bom, não sou *eu* que tenho uma filha desconhecida do público em Nova Jersey." Ainda assim, era surpreendente que o Brian Fitzpatrick tivesse qualquer coisa boa a dizer sobre mim, ainda mais depois da forma que eu havia o tratado alguns dias antes.

"Não seja engraçada, Amelia, não é atraente. E agora a Lazarres-Reynolds está dizendo que a melhor maneira de lidar com essa situação é se você levar a criança amanhã no *Wake Up America* em vez de levar o Michael. Não querem mais que fale sobre o casamento, só querem falar sobre *ela*. Eles dizem que é a melhor forma de, hum, como foi que disseram? Ah, sim... sair na frente da história."

"Bom, pode dizer para a Lazarres-Reynolds que eu disse que *isso* só vai acontecer por cima do meu cadáver", retruquei, olhando de relance e de forma protetora para a Olivia, que já estava no terceiro pacote de biscoitos de chocolate enquanto mostrava para Tina como se desenha uma girafa.

"Não farei nada do tipo", Grandmère sibilou com sua voz mais assustadora. "E você também vai ao evento beneficente de problemas cardíacos hoje à noite. Precisamos mostrar ao mundo que nada está fora do lugar. A Dominique pode enviar um vestido para você se trocar."

"Hum", falei. Eu tinha esquecido completamente do evento no W. "Não, Grandmère. Sei que paradas cardíacas repentinas são um assunto importante e, além do mais, foi escolha minha trazer atenção para isso após o falecimento do Sr. Gianini, mas levando em consideração os acontecimentos do dia, sinto que o melhor a fazer é cancelar e ficar em casa com..."

Ela me cortou mais rápido que o Ian Ziering corta tubarões em pleno ar com serras elétricas.

"Ninguém está interessado nos seus sentimentos, Amelia. A Lazarres-Reynolds vai enviar alguém imediatamente — um para cá e outro para a casa do tio polaco — para começar o plano de ataque."

"Que ataque?"

"Na mídia! O que esperava, Amelia? Essa revelação sobre o seu pai vai trazer uma atenção internacional para ele, e não do tipo agradável!"

Ela gritava tanto que precisei afastar o telefone do ouvido. Dava para ver que todo mundo no carro podia escutar o que a minha avó dizia, porque estavam todos me olhando intrigados. Felizmente, esbravejava em francês, então pelo menos a Olivia não conseguia entender. Sacudi os ombros para ela, envergonhada.

"Avós", fiz com os lábios, e a Olivia sorriu, mas era claro pela expressão confusa em seu rosto que sabia que algo estava acontecendo.

"Agora consegue entender por que a Genovia precisa urgentemente de um casamento enorme, cheio de ostentação e elegância e tiros de canhão?", Grandmère continuava aos berros. "Com isso e a crise dos refugiados, não sei o que mais pode sobrar, Amelia. Este é o nosso *annus horriblis*. E, por você ser uma noiva, principalmente uma noiva real, pode mudar isso tudo ao se tornar um símbolo de esperança, beleza e alegria."

"Sim", concordei com uma leve careta para o tom dela. "Entendo. Mas enquanto isso, eu não vou permitir que a minha irmã seja exibida como um cachorro com pedigree num desfile. Achei que o objetivo do casamento era *distrair* o público da existência dela..."

"Era, até você atirá-la aos holofotes", Grandmère disse.

"Não era a minha intenção, mas pelo menos *alguém* fez a coisa certa e apareceu..."

"Com licença."

Eu parei de falar ao reconhecer a voz que me interrompia. Era a voz da minha irmã Olivia, mas falava em um francês impecável quando não deveria. Eu virei a cabeça lentamente e a encontrei olhando para mim, ansiosa.

"Perdão", ela disse, novamente em um francês perfeito. "Não queria interromper, mas posso sugerir algo?"

Meu queixo de tamanho normal caiu.

"Quem é essa?", Grandmère demandou. "Quem está falando, Amelia?"

"Sua outra neta", respondi. "É bom você desenhar as sobrancelhas. Vai precisar delas." E desliguei na cara da minha avó, então encarei a minha irmã mais um pouco. "Desculpe, o que você disse?"

"Os refugiados", Olivia explicou, dessa vez em sua língua nativa. "Sinto muito em interromper, mas não pude deixar de ouvir você e a vovó falando sobre eles. E os cruzeiros. Bom, tenho uma ideia que talvez possa ajudar."

Eu balancei a cabeça em choque. "Como pode ter entendido a conversa?"

"Ah, não sei, Mia", Lilly retrucou, levantando o caderno no qual Olivia desenhava. "Talvez por causa da aula de línguas que

338

ela faz. *Francês.*" Depois mexeu a boca e disse as palavras *sua idiota* sobre a cabeça da minha irmã.

Eu estava enjoada. "Ah, uau. Então entendeu tudo que eu disse para a Grand... é, para a vovó, Olivia?"

"Não *tudo*", Olivia admitiu. "Vocês falam bem rápido. Mas entendi bastante. E com certeza a parte do cara e dos cruzeiros. E foi quando comecei a pensar: por que não deixam os refugiados morarem nos navios até encontrarem um lugar melhor para eles? Foi o que fizeram com os refugiados do furacão Julio. A gente viu um documentário sobre isso na escola."

Eu a encarei ainda mais. Já tinha ouvido a expressão *pela boca das crianças* um milhão de vezes, mas nunca tinha entendido o significado até aquele momento.

"Ah, Olivia", exclamei, lançando meus braços alegremente em volta dela para abraçá-la. "Onde você esteve a minha vida inteira?"

"Hum", ela disse, um pouco assustada, mas retribuindo o abraço. "Nova Jersey?"

Acho que fazia tempos que eu não ria tanto. Me fez bem. Quase tão bem a ponto de esquecer a dor lancinante no meu pé, que tinha sido esmagado contra a porta pela tia dela.

Depois que a soltei, a Olivia levantou a mão para ajeitar os óculos.

"Por que fez *isso*?", ela queria saber, se referindo ao abraço.

"Você acabou de resolver uma imensa dor de cabeça real", expliquei.

"Resolvi?", ela perguntou. Um sorriso contente se abriu no rosto dela. "Que bom. Como?"

"Pensando fora da caixa", Lilly disse a ela, pois eu estava de volta no telefone, dessa vez mandando uma mensagem de texto para a madame Dupris. "Termine o seu dever de casa."

"Eu não estava pensando fora de caixa nenhuma", Olivia comentou. "Mas, às vezes, gosto de colorir fora das linhas."

"Continue fazendo isso, garota", Lilly aconselhou. "Vai a muitos lugares assim."

SAR Mia Thermopolis "FtLouie" para vice-primeira-ministra madame Cécile Dupris "Le Grand Fromage"

Madame, você vai receber uma notícia do *monsieur le directeur* José de la Rive (sobre algo que não posso entrar em detalhes no momento) que será chocante, mas positiva. Quando a receber, a proposta a seguir fará completo sentido:

No momento propício (você saberá quando), peça ao Ivan Renaldo que doe três cruzeiros para o uso do governo da Genovia de modo que possamos abrigar os refugiados de Qalif por um período de tempo não menor que seis meses.

Caso se recuse, informe-o de que tudo que a família Renaldo sabe sobre ele chegará a público.

Acredito que essa medida aliviará a crise com os refugiados momentaneamente, até que possamos pensar em uma solução mais permanente.

Beijos e abraços,
M

Vice-primeira-ministra madame Cécile Dupris "Le Grand Fromage" para SAR Mia Thermopolis "FtLouie"

!!!
Estou, como vocês dizem, muito surtada com essa notícia e morta de curiosidade para saber tudo sobre o assunto, mas por enquanto farei o que me pediu.

Fiquei bastante surpresa, princesa, com a notícia sobre a sua irmã, mas também estou bastante surtada com isso. Qualquer adição à família é bem-vinda, certo?

Beijos,
C

Não tenho muita certeza de que a madame Dupris sabe o que significa *surtada*, mas é bom saber que temos pelo menos uma pessoa normal, além de inteligente, na nossa equipe e que possivelmente vai conseguir levar essa ideia até o final.

Quarta-feira, 6 de maio, 19h05, Plaza Hotel, posição no Ranking da Realeza: 1

Não sei como pude ser tão burra. Todos os sinais estavam bem ali. Acho que os ignorei porque não queria encarar a verdade.

Mas não posso mais ignorá-los, especialmente depois que adentrei o apartamento da Grandmère pouco tempo atrás e dei de cara com o *J.P. Reynolds-Abernathy IV*.

Bom, de fato ele tinha me dito que estava trabalhando com o tio depois do fracasso do último filme.

A culpa foi minha por não ter perguntado *que tipo de trabalho* ou pensado que o *Reynolds* em Lazarres-Reynolds era o mesmo de Reynolds-Abernathy IV.

Mas isso não seria outro exemplo de conflito de interesses, assim como o caso do primo Ivan? O J.P. devia ter recusado essa conta quando a ofereceram. *"Ah, não, ela é a minha ex-namorada do colégio. Eu não poderia trabalhar para a família dela de jeito algum."*

Mas, não. Para isso, o J.P. teria que ter desenvolvido alguma empatia, e por que faria isso? Quero dizer, tudo indica que só ficou mais manipulador desde o colégio. Ele já me encurralou na cozinha da Grandmère (onde fui cambaleando pegar gelo para o meu pé, pois não queria incomodar ninguém com o pedido) e disse com uma voz muito sincera (só que não):

"Mia, espero que não se incomode de eu estar aqui. Pensei em mandar uma mensagem para avisar, mas aí percebi que seria um insulto, porque somos adultos maduros e a nossa relação foi há tanto tempo — imagina, ainda estávamos no colégio. E você está noiva do Michael agora, então achei que não faria sentido mencionar."

"Ha, ha!", falei descontraidamente. "Claro! Exatamente."

"Então está tudo bem", J.P. disse. "São águas passadas."

Enquanto isso, não tenho nem certeza se a empresa do tio dele é competente o suficiente para lidar com uma crise. Quando o François chegou ao hotel, a entrada estava uma loucura. A imprensa estava por *toda parte* tentando achar um lugar privilegiado de frente para o tapete vermelho (a entrada do Plaza realmente tem um tapete vermelho, acho que serve para os hóspedes se sentirem como celebridades, algo que a maioria das pessoas quer hoje em dia).

"Prontas?", Lars nos perguntou conforme o François abria a porta da limusine. "Um, dois, *três*."

A Olivia se saiu muito bem na sua primeira vez no tapete vermelho — bem melhor do que eu teria me saído na idade dela. Ela conseguiu ser graciosa apesar dos flashes — que realmente cegam um pouco — e do som ensurdecedor, sorrindo e acenando.

"Olivia, como se sente ao saber que foi abandonada pelo seu pai branco e rico ao nascer?"

"Olivia, você vai no casamento real da sua irmã?"

"Olivia, olhe para cá!"

"Olivia, acha que eles não reconheceram você antes por ser negra?"

"Olivia, pode assinar o meu gesso?"

"Olivia, qual é a primeira coisa que vai comprar com todo o dinheiro que vai receber?"

"Olivia, olhe aqui, querida!"

Mas eu não larguei a mão dela para que não tivesse medo...

Embora não ache que ela estivesse com medo. Ao chegar no alto da escadaria, a Olivia fez a última coisa que qualquer um de nós esperava: ela se virou para tirar uma foto rápida (com o celular que a Tina tinha dado) de toda a imprensa que a fotografava.

"Ah", Olivia explicou quando chegamos do lado de dentro e eu a olhei intrigada, "quero me lembrar disso".

Eu não acho que ela entendeu que nada disso vai desaparecer amanhã. Vai existir para todo e sempre. É *claro* que quer se lembrar...

... ao contrário de mim, que faria de tudo para esquecer. Aliás, eu estaria bebendo nesse instante para aplacar a dor (e a memória), mas meu pé dói demais para eu me levantar e ir até o bar, e com certeza não vou pedir ao J.P. que pegue um drinque para mim, embora ele já tenha perguntado três vezes se pode "fazer algo por mim".

Sim, J.P., você pode. Pode sumir da minha frente.

Eu ainda não tive coragem de contar para o Michael que o J.P. está aqui (ele mandou uma mensagem para avisar que está a caminho, mas o híbrido dele está preso no engarrafamento aqui do lado e a GRG não permitiu que ele viesse caminhando por questões de "segurança").

O J.P. nunca foi a pessoa favorita do Michael. Ele até ameaçou dar um soco nele uma vez, mas conseguiu se controlar. Não sei se terá esse autocontrole agora, considerando que o J.P. está de bigode (embora não seja tão simpático quanto o do meu pai) e calça skinny.

Nojento.

Claro que tem um momento nisso tudo do qual *quero* lembrar, que foi a expressão no rosto da Grandmère quando abriu a porta e viu sua outra neta (além de mim).

Dava para ver que estava emocionada, embora tenha tentado bastante não demonstrar. A boca dela ficou apertada com uma pequena careta (alguns dos músculos do seu rosto estão permanentemente congelados por causa da quantidade de Botox que usa, mas ainda consegue mexer quase toda a boca de diversas maneiras).

"Então essa é ela?", Grandmère perguntou corretamente, embora não de forma muito amável.

"Essa é ela, Grandmère", respondi, cutucando as costas da Olivia. Eu havia treinado com ela no carro o que dizer ao conhecer a avó, e ela tirou de letra... quase.

"É um prazer conhecê-la, vov— aquilo é um *poodle* miniatura?"

A reverência da Olivia não foi exatamente graciosa, mas ela quase caiu ao ver a bolinha branca de pelo atrás das pernas ainda torneadas da Grandmère (ela tem bastante orgulho das próprias pernas).

"Eu amo poodles!", Olivia exclamou. "São a raça mais inteligente de cachorros. E também são excelentes nadadores."

Eu não a treinei para dizer *isso*.

A leve careta no rosto da Grandmère se transformou ligeiramente num sorriso.

"Sim", ela concordou, tentando ser fria sem sucesso. É muito difícil ser fria com uma criança que está expondo as virtudes da sua raça favorita de cachorros. "Poodles *são* muito inteligentes, não são?"

As duas ficaram ali falando de poodles. Não estou brincando. Era como assistir a dois anunciantes na premiação de cachorros Westminster Kennel Dog Show, só que um deles era uma princesa viúva da Riviera de 900 anos e a outra era uma criança de 12 anos de Nova Jersey.

"Minha *outra* neta gosta apenas de gatos", Grandmère comentou, lembrando finalmente da minha presença e lançando um olhar cruzado.

"Não gosto apenas de gatos", protestei. "Eu só tive um gato na vida. Grandmère, a gente pode entrar agora? Machuquei meu pé mais cedo e está muito desconfortável e gostaria de sentar..."

Grandmère abriu a porta para que a Olivia entrasse, e ela saiu correndo atrás do cachorro, que obviamente tinha gostado dela porque se virou e começou a brincar ao seu lado, todo feliz com a língua de fora... o que não era uma surpresa, considerando que suas únicas outras companhias eram a minha avó, que não brinca muito por aí, e o Rommel, é claro, que só encoxa, não brinca.

"Bom?", perguntei à Grandmère ao cambalear do seu lado. "Ela passa a inspeção?" Como se precisasse perguntar. As duas estavam claramente apaixonadas.

"Ela tem um certo charme moleque", Grandmère disse, fingindo não se importar. "Seu cabelo era bem pior na idade dela. Ainda é. Deve ter herdado do seu pai. Ele tem sorte de ter ficado sem nenhum. Quem sabe o seu também vai cair. Aí você poderia simplesmente usar perucas."

"Muito obrigada. Por falar no meu pai, ele está aqui?"

"Sim, está na..."

Ela foi interrompida por um grito. Um grito da Olivia, para ser exata.

Mas não por haver se machucado em algum dos estranhos objetos colecionáveis espalhados pelo apartamento nova-iorquino da Grandmère, tal como uma armadura completa do século XV e um dente de narval.

E sim porque aparentemente deu de cara com o meu pai na biblioteca e o reconheceu imediatamente (parece que ela fez uma pesquisa no telefone da Tina, pois ele nunca enviou fotos nas cartas trocadas entre eles). Como não é uma menina tímida, a Olivia deu um grito e se jogou nos braços dele. Quando a Grandmère e eu chegamos para ver o que estava acontecendo, os dois estavam abraçados como se nunca fossem se largar.

Eu não acho que tenha sido o efeito das luzes não econômicas que a Grandmère insiste em usar que deixou um brilho em nossos olhos.

Agora o meu pai, a Olivia e a Grandmère estão conversando na biblioteca — parece que pediram tudo que havia no cardápio do serviço de quarto, porque tem um banquete na mesa de centro à frente deles — enquanto o tio do J.P. e os advogados do meu pai estão no escritório fazendo ligações para descobrir como podem conseguir a guarda total da Olivia.

Ai, céus, agora tem alguém batendo à porta. Quem eles deixariam subir? Não pode ser o Michael. Os funcionários do hotel o deixam subir sempre e todos os agentes da GRG o conhecem...

Quarta-feira, 6 de maio, 19h20, Plaza Hotel, posição no Ranking da Realeza: 1

AIMEUDEUS. É a minha mãe.

E ela não está nada feliz.

Quarta-feira, 6 de maio, 19h45, Plaza Hotel, posição no Ranking da Realeza: 1

Os empregados da Grandmère não reconheceram a minha mãe porque ela nunca vem aqui, por isso não a deixaram subir imediatamente.

Não posso culpá-los, afinal a minha mãe não está parecendo nada com ela mesma (nem mesmo nas fotos da identidade). Está vestida com as roupas do ateliê — macacões manchados de tinta e uma camiseta masculina — e prendeu o cabelo no topo da cabeça com uma corda.

Fui a primeira a chegar na porta, apesar do meu pé, e o olhar insano dela assustou até a mim.

"Você conhece essa mulher?", os guardas reais que a seguravam pelo braço perguntaram.

"Mia", minha mãe disse acidamente. "Diga que me conhece."

"Claro que conheço", respondi, chocada. "É a minha mãe."

Ao lado dela, Rocky disse: "Oi, Mia. A mamãe está muito irritada."

"Mãe", falei, abrindo mais a porta para que os dois entrassem, "o que aconteceu?".

Eu devia ter antecipado isso, claro.

"Ah, nada", ela retrucou. Havia lágrimas nos cantos de seus grandes olhos escuros. "Acabei de ouvir na *rádio* que você tem uma meia-irmã, só isso. Porque seria pedir muito ouvir essa notícia diretamente do seu pai. Ou de você. Foi até Nova Jersey para olhar vestidos de madrinha, Mia? Sério?"

Ihh. É, parece que a rádio de notícias pública de vez em quando dá informações que não são necessariamente de importância cultural ou nacional.

"Mãe", eu disse, minha pálpebra começava a tremer incontrolavelmente. "Olha. Posso explicar..."

"Ah, não se preocupe", minha mãe interrompeu. "Não é com você que estou chateada. Nada disso é culpa sua. É *ele* quem eu vou matar por ter deixado aquela pobre criança sem pais em Nova Jersey."

"Ela não estava sem pais", respondi, embora eu estivesse pensando exatamente a mesma coisa desde que descobri tudo isso. "Ela tem uma tia..."

"Mia", minha mãe disse, a boca apertada do tamanho de uma moeda, o que era um sinal perfeito de que estava prestes a explodir. "Você entendeu."

"Helen", meu pai falou, aparecendo de repente no foyer, pois deve ter ouvido toda as batidas na porta e finalmente resolveu investigar. "O que está fazendo aqui?"

"O que *acha* que estou fazendo aqui?", minha mãe perguntou agressivamente, os olhos piscando cheios de água. "Como *pôde*, Phillipe? Como *pôde*?"

Ela gritou com tanta força que a porta do escritório se abriu imediatamente, e J.P. e seu tio, assim como o time de advogados da família real, vieram assustados em direção à entrada.

(Felizmente, Grandmère e Olivia estavam ocupadas demais com alguma coisa na biblioteca — provavelmente ensinando truques para os poodles —, então não pareceram escutar.)

350

Meu pai lidou com a situação como um cavalheiro. Ele levantou a mão para impedir que os agentes da GRG expulsassem a minha mãe e disse: "Não, não, senhores. Eu cuido disso."

Depois a levou pelo braço para a varanda, onde deve achar que ninguém pode ouvir a discussão absurda que está acontecendo.

Mas é claro que podemos.

(Bom, dificilmente Grandmère, Olivia e Rocky, que foi enfiado na biblioteca pela Dominique, conseguem ouvir.) Mas eu consigo.

Sei que deve ser errado gravar o que estão dizendo com o celular, mas como eu poderia salvar a conversa e mostrar para a Tina mais tarde? Ela vai querer saber todos os detalhes e eles estão falando rápido demais para eu anotar.

Além do mais, ficam mencionando o meu nome. Como *não* vou escutar?

Mãe: "Phillipe, no que estava pensando? Não me importo com o que a mãe dela disse, é *claro* que você deveria ter mantido contato. É sua *filha*."

Pai: "Eu mantive. A gente se correspondia uma vez por mês. Helen, a Mia me falou do Rocky."

Mãe: "Rocky? O que *tem* o Rocky?"

Pai: "Ela disse que ele está com dificuldades na escola."

Mãe: "O que *isso* tem a ver com o que está acontecendo? Phillipe, estamos falando sobre você, não eu. Escrever uma vez por mês não é o mesmo que participar fisicamente e emocionalmente. É um homem adulto, como pode não saber disso?"

Pai: "Eu estava pensando que como você vai para a Genovia em julho para o casamento da Mia, talvez pudesse fazer uma visita ao colégio no qual estou pensando em matricular a Olivia..."

Mãe: "Matricular a Olivia? Achei que ela morava com a tia!"

Pai: "Mas agora estou tentando a guarda total, porque é claro que ela deve ficar comigo. E essa escola tem um programa excelente para crianças excepcionais, assim como a Olivia e o Rocky."

Mãe: "Excepcionais? O Rocky não é *excepcional*, Phillipe. Ele está com problemas na escola por causa da obsessão com peidos, só isso. Peidos e dinossauros. Hoje mesmo eu o encontrei no quarto construindo algo com caixas de papelão que ele diz ser uma nave movida a peidos."

Pai: "Uma mente tão brilhante, igual à mãe. Deve estar se sentindo sobrecarregada de criar uma criança tão esperta por conta própria."

Mãe: "Não, não estou, Phillipe, porque já criei uma criança por conta própria. Sua filha Mia, lembra?"

Pai: "Sim, mas você tinha os verões de folga quando ela ia morar comigo."

Mãe: "Ela ia morar com você e a sua *mãe*. Com quem você ainda mora."

Pai: "É, mas não por muito tempo. As coisas vão mudar agora. Sabia que o palácio de verão tem 17 quartos?"

Eu que disse isso para ele!

Mãe: "E daí, Phillipe?"

Pai: "Então estou dizendo que uma pessoa poderia morar lá o ano inteiro sem problemas."

Mãe: "Phillipe, não está falando coisa com coisa."

Pai: "O cenário artístico da Genovia precisa de alguém como você, Helen, alguém real e cheio de vida. Impressões vulgares de mulheres nuas montadas em golfinhos em direção ao pôr do sol são vendidas por dezenas de euros lá. Por que não pensa ao menos..."

Mãe: "Mas, Phillipe, segundo a rádio, o tio daquela garotinha disse..."

Pai: "Prometo que tudo isso vai ser resolvido, Helen. Mas antes preciso dizer algo e não é sobre a Olivia. É algo que percebi hoje quando estava em frente ao juiz no tribunal. Helen, a verdade é que..."

"Princesa?"

É a Dominique. Ela está bloqueando a visão que tenho dos meus pais. Mal posso vê-los através das cortinas brancas grossas nas janelas das portas duplas da varanda.

"*Sim?*" Estou tentando desviar dela.

"O Sr. Moscovitz está aqui, mas sinto dizer que está no corredor batendo no Sr. Reynolds-Abernathy..."

*Quinta-feira, 7 de maio, 2h05,
apartamento do terceiro andar,
Consulado Geral da Genovia,
posição no Ranking da Realeza: 1*

Todo dia que se começa experimentando vestidos de noiva e se termina com o seu noivo batendo no seu ex-namorado é um bom dia, certo?

Ainda mais se, no meio disso, você consegue apresentar sua irmã perdida ao pai, e ninguém vai parar na prisão.

OK, bom, talvez não. Talvez seja por isso que não consigo dormir.

Provavelmente também porque o meu pé está latejando horrores, apesar da quantidade incontável de sacos de rolinhos primavera congelados que botei sobre ele.

E mais, o Michael ainda está acordado, digitando loucamente no teclado aqui na minha cama (curiosamente sem camisa).

Ele continua achando que não fez nada de errado, claro. Eis a sua versão:

"Eu entrei no apartamento da sua avó, completamente na minha, quando dei de cara com o seu ex-namorado vindo para o corredor. Ele não me viu, mas estava no telefone dizendo: 'Com certeza consigo descolar uns convites para o casamento real. Tenho entrada direta. Ela ainda está a fim de mim. Quantos você quer?' Então fui para cima dele. O que mais eu poderia fazer?"

"Ah, não sei", respondi. "Podia ter lidado diplomaticamente, *como um príncipe.*"

"Ah", ele disse, erguendo uma de suas grossas sobrancelhas. "Mas ainda não sou um príncipe. Então me pareceu mais lógico dar um soco nele."

"É, Michael, o que fez foi muito lógico. Bem racional, como o Sr. Spock em *Jornada nas estrelas.* Vocês dois têm tanta coisa em comum. Agora, graças a você. nossa própria empresa de contenção de crise está nos processando, e não faço ideia de como as coisas terminaram entre a minha mãe e o meu pai. Ela pegou o Rocky e saiu logo depois que a GRG separou a sua briguinha. E ainda não sei como a Olivia está porque a Grandmère também nos expulsou. Ela disse que você se comportou como um hooligan e que eu deveria devolver o anel e me casar com aquele simpático ex-namorado da Taylor Swift."

"Um hooligan!", Michael sorriu. "Ninguém nunca me chamou de hooligan antes. Gostei. Mas talvez você queira reparar numa coisa." Ele exibiu o queixo. "Nenhum arranhão. O cara não chegou nem perto."

"Uau", eu disse num tom sarcástico. "Você é fisicamente superior a um cara que escreveu um roteiro e um romance distópico juvenil. Deve estar muito orgulhoso."

"Ei", ele protestou. "Ele tentou me morder!"

"Que chato para você. Por acaso tem alguma ideia do esforço que precisei fazer para a Grandmère gostar de você? E foi tudo estragado em uma só noite. A gente devia cancelar o casamento. Ela nunca vai aprovar."

Michael fechou o laptop e o botou na mesa de cabeceira, depois puxou o cobertor do meu lado da cama. "Bom, quem sabe agora a gente possa ter o casamento que queríamos. Por que mesmo a gente precisa da aprovação dela? Vem aqui para a gente discutir isso."

Ele abriu um sorriso e deu um tapinha no lençol branco ao seu lado.

"Sério, Michael", eu disse. "Está realmente sugerindo isso? Depois de um dia como esse?"

"Achei que *eu* era um alienígena visitante no planeta. Mas parece que é você quem precisa de um toque humano no momento. Então, vem aqui."

Bom, acho que não custa tentar.

Quinta-feira, 7 de maio, 2h35, apartamento do terceiro andar, Consulado Geral da Genovia, posição no Ranking da Realeza: 1

Estou realmente me sentindo um pouco melhor agora. Até o meu pé está doendo menos.

Mas... com o que mesmo que eu estava preocupada? Estou com tanto sono que esqueci...

Enfim.

Três coisas pelas quais sou grata:

1. Fat Louie (que está dormindo ao meu lado, ronronando).

2. Irmãs mais novas.

3. Michael. Michael. Michael.

Quinta-feira, 7 de maio, 8h45, no híbrido a caminho do médico, posição no Ranking da Realeza: 1

Quando acordei hoje de manhã e me levantei, quase caí no chão. O pé que a tia da Olivia esmagou contra a porta está o dobro do tamanho normal.

Michael deu uma olhada e disse, "Chega. Vamos ao médico para um raio X", embora eu tenha dito que estou bem, de verdade.

(Eu estava tentando parecer forte. Não estou bem. Tenho quase certeza de que o meu pé não está quebrado porque já olhei no Google e consigo apoiá-lo no chão — se ignorarmos que quase caio toda vez — e isso significa que só deve estar torcido. Com certeza está com uma cor azul e verde horrível em algumas partes. E está tão inchado que o único sapato que cabe são minhas UGGs, o que é péssimo, porque princesas não podem usar UGGs em público. Não é ELEGANTE. Exceto em estações de ski.)

Então, agora estamos no híbrido a caminho do consultório do Dr. Delgado. Eu teria pedido para ele ir ao consulado, mas nós temos apenas detectores de metal, não máquinas de raio X.

Apesar da dor — que nem está tão ruim assim, mas talvez porque tomei um Tylenol —, não consigo parar de pensar em como está a Olivia. Meu pai me mandou uma mensagem dizendo que ela dormiu na casa da Grandmère. Depois que a notícia do parentesco real se espalhou, foi considerado perigoso demais para ela voltar a Cranbrook.

Mas foi *tudo* o que ele disse. Nada sobre a minha mãe e se ela o perdoou ou não.

E é claro que tudo que a minha mãe disse sobre o assunto (em uma mensagem de voz deixada em resposta às minhas, provavelmente quando eu estava no banho) foi:

"Mia, por favor, pare de se preocupar comigo. Estou bem. Apenas um pouco envergonhada com a cena que fiz na frente de todo mundo ontem à noite. Acho que nunca tinha percebido como... o seu pai é complexo sob a superfície. Enfim, ligo mais tarde. Tenha um bom dia, querida."

Encaminhei a mensagem para a Tina, a quem eu também havia encaminhado a gravação da conversa dos meus pais na noite anterior (embora grande parte tenha ficado abafada — afinal não sou exatamente a Carrie, de *Homeland*, por mais que goste de fingir que seria tão boa quanto ela na CIA —, então acabei precisando transcrever grande parte de qualquer modo).

Tina respondeu imediatamente:

> Seu pai conseguiu! Finalmente impressionou a sua mãe! E nem precisou usar um esporte altamente perigoso para isso!

Aham, claro. Tudo que o meu pai precisou fazer para ganhar a admiração da minha mãe foi alienar a população do próprio país ao esconder uma filha ilegítima por doze anos em uma cidade nos arredores de Nova Jersey. Fácil!

Ele estragou tudo de forma tão magistral que o consulado precisou cancelar nossa aparição no *Wake Up America* (não que eu fosse de qualquer forma) por causa da "quantidade inédita de ameaças de morte" recebidas.

Mas a GRG disse que não precisamos nos preocupar, porque as ameaças não são sérias (não mais que as de sempre pelo menos). Além dos antirrealeza, anarquistas, misóginos e loucos em geral de sempre, agora adquirimos alguns racistas e até mesmo uns antissemitas (Michael diz estar muito orgulhoso de finalmente acrescentar algo à família, mesmo que seja um grupo de intolerantes).

Eu comentei com o meu pai que ele não deve deixar a Olivia sozinha com a mãe dele, sob hipótese alguma, por um período maior do que duas horas. Não dá para saber do que aquela mulher é capaz. Tenho uma leve suspeita de que pode estar bolando uma transformação de visual. Embora não tenha sido a pior coisa do mundo para mim, não existe motivo algum para fazer isso com a Olivia. Ela tem apenas 12 anos e, além do mais, não sofre de nenhuma das trágicas escolhas de estilo que me assombravam aos 14 anos (tal como o "cabelo ruim" herdado do meu pai que a Grandmère relembrou na noite passada).

Enquanto isso, as notícias dos tabloides não podiam ser piores. Claro que não param de explorar o "escândalo" da recém--descoberta princesa ilegítima (embora eu não veja o motivo para tanto drama, afinal isso já aconteceu comigo), mas alguns dos veículos mais sensacionalistas estão tentando sugerir que o meu pai se aproveitou de uma guia aquática inocente (porque a mãe da

Olivia morreu num acidente de jet ski), e não que teve um caso com uma mulher sofisticada que pilotava aviões de milhões de dólares.

Não existe limite para a falta de nível que a mídia pode chegar para ir atrás de ibope/audiência?

Ah, chegamos no consultório do Dr. Delgado...

Quinta-feira, 7 de maio, 9h55, de volta no híbrido, posição no Ranking da Realeza: 1

Estou completamente chocada. Tão chocada que mal consigo escrever de tanto que a minha mão treme.

Mas *preciso* escrever sobre isso, porque — como a Olivia me lembrou ontem — às vezes, quando estamos sobrecarregados, a única forma de entender o que se passa é através da escrita.

Então, eis o que está acontecendo:

Em primeiro lugar, o casamento não foi cancelado. Na verdade, acho que terá que ser adiantado.

Além disso, meu pé não está quebrado.

Bom, não sabemos se está quebrado, porque o Dr. Delgado não quis tirar um raio X. Disse que não *podia* tirar um. Ele parecia surpreso que eu não soubesse o motivo. O Dr. Delgado entrou correndo na sala onde a enfermeira havia nos acomodado, instalando o Michael na cadeira e eu na mesa de exame, em seguida tirou os óculos e disse: "Ah, aí está você. Finalmente recebeu meu recado."

Eu respondi: "Não, que recado? Eu liguei para *você*."

Em seguida, mostrei o meu pé, levantado no ar, enquanto eu permanecia deitada na mesa (completamente vestida, devo acrescentar, embora a enfermeira tenha dito para eu me despir e me entregou um avental de papel, o que achei extremamente esquisito. Por que alguém botaria um avental de papel quando o único problema com você é o seu pé estar possivelmente quebrado? Michael também achou estranho, então obviamente não tirei a roupa, a não ser pela meia e a bota UGG).

"A mensagem que deixei no seu telefone há dias", Dr. Delgado explicou. "Deixei uma mensagem avisando que tinha recebido os resultados dos seus exames de sangue e urina da nossa última consulta."

"Ah." Sem entender nada, olhei de relance para o Michael, que havia guardado o telefone e encarava o médico tão intrigado quanto eu. "Bom, acho que não recebi sua mensagem. Recebo muitas mensagens. Tipo mil por dia. Tenho uma equipe que deveria selecioná-las, mas muita coisa aconteceu desde a nossa consulta. Você talvez tenha visto no noticiário..."

"Noticiário?", o Dr. Delgado parecia impaciente. "Não tenho tempo para ver o noticiário. É deprimente demais."

"Nisso eu concordo com você", Michael disse.

"Bom, nem tudo", mencionei, incomodada. Esses dois nunca tinham se visto na vida e já estavam aí criando laços instantâneos sobre a depressão do noticiário. "Algumas das notícias são boas, tipo o meu noivado. Dr. Delgado, esse é o meu noivo, Michael Moscovitz. Lembra que falei dele?"

O Dr. Delgado sorriu e estendeu a mão para o Michael, dizendo: "Bom, isso é uma boa notícia. É um prazer conhecê-lo."

"O prazer é meu", Michael respondeu. "Peço desculpas por não termos recebido a sua mensagem. Nós viajamos no final de semana."

"Bom, não tem problema", Dr. Delgado falou, ainda sorrindo, "sem problema. É sempre bom sair um pouco da cidade." Ele pegou a minha ficha médica e a abriu. "Bom, imagino que seja melhor assim."

"O que é melhor assim?", perguntei.

"Posso contar pessoalmente", ele respondeu, botando os óculos novamente para ler a ficha.

"Contar o que pessoalmente?"

Mas eu já sabia. Pelo menos achei que já sabia: eu tinha alguma doença sanguínea fatal.

Fazia total sentido. Claro que quando finalmente fico noiva do amor da minha vida, descubro que estou morrendo.

Mas tudo ia ficar bem, porque o meu pai tinha a Olivia, então a linhagem do trono estava segura. Não iria para nenhum dos meus primos extremamente esquisitos. Eu poderia morrer sabendo que fiz o melhor pelo meu país.

Só que não era totalmente justo, afinal ainda havia tanta coisa que eu queria fazer, como dançar com o Michael sob o luar na noite do nosso casamento; viajar pelas ilhas gregas com ele na nossa lua de mel; e quem sabe um dia ter filhos e ensiná-los a serem líderes sãos e cuidadosos do país que aprendi a amar tanto.

Como isso podia estar acontecendo, ainda mais *agora*, quando eu estava tão perto de conseguir tudo que sempre quis?

"Você está grávida, é claro", Dr. Delgado anunciou, ainda com o rosto virado para a minha ficha. "E, segundo o seu nível de HCG, está muito, muito grávida."

Eu quase caí da mesa. Aliás, se o Michael não tivesse esticado o braço e agarrado meu pulso — ele não conseguiu agarrar a minha mão porque eu estava apertando o papel da mesa com força demais —, eu provavelmente teria caído no chão.

"Hum", falei. "Não, isso não é possível. Tem que haver algum engano."

"Não", Dr. Delgado respondeu. "Definitivamente não houve um engano. Seus exames de urina e sangue confirmaram isso. Mas podemos fazer um ultrassom agora mesmo para termos certeza."

O consultório fica na 80 com a Park, longe demais de qualquer metrô e certamente não é um ponto geológico.

Mas, mesmo assim, tive certeza de que senti a mesa tremer debaixo de mim, como se houvesse um terremoto.

"Dr. Delgado, isso é impossível, porque eu tomo pílula e jamais pulo um dia. Sou muito responsável."

"Ela é", Michael concordou com um tom sério. "Na mesma hora, todas as noites, logo antes de botar o aparelho."

"Isso é bem interessante", Dr. Delgado comentou, fechando a ficha médica. "E não está sentindo absolutamente nenhum sintoma de gravidez? Nenhum enjoo matinal?"

"Claro que não", desdenhei.

"Nenhum cansaço?"

"Bom, quer dizer, estou sempre cansada, mas quem não estaria com a minha agenda? É desumano."

"Nenhuma mudança de apetite ou desejos alimentares estranhos?"

"Bom, sim, estou sempre morrendo de fome, mas isso é normal por causa do estresse de tudo que está acontecendo ultimamente. Amo coisas salgadas como pipoca de queijo, e quem não ama Butterfingers? Aquilo é muito, muito gostoso. E salgadinhos de wasabi... e cobertura de bolo de chocolate."

Reparei que o médico e o Michael me olhavam de forma estranha.

"Nenhuma sensibilidade nos mamilos?", o médico perguntou. "Inchaço?"

"Bom, sim, mas...", fechei a boca ao perceber por que eles me olhavam de forma tão estranha. "É completamente normal. Deve ser aquela época do mês."

"Claro", o médico respondeu gentilmente. "Por falar nisso, quando foi a sua última menstruação?"

"Ah, isso é fácil. Foi em... hum." Comecei a entrar em pânico. "Como sou uma mulher ocupada, não tenho tempo para lidar com cólicas e tal, então tomo a pílula com o ciclo prolongado, aquela em que só se fica menstruada a cada quatro meses, então faz um tempo, e com tudo que anda acontecendo, não consigo me lembrar de cabeça, mas sei que faz..."

"A última vez foi no Natal", Michael disse firmemente. "Era para estar menstruada agora, mas não está."

"Não, isso não é verdade", eu respondi. "Como você saberia?"

"Pode acreditar", ele disse. "Eu sei."

"Bom, está errado. Vamos ver, comecei o meu último ciclo de pílulas em..."

E então me dei conta de que não fazia *ideia*.

O que é a coisa mais vergonhosa para um hipocondríaco (ou qualquer ser humano responsável que habita o mundo moderno) ter que admitir.

"Eu teria que ver em casa", expliquei. "Mas tenho certeza de que tomei todas da maneira correta. Não pulei nenhuma."

"Sim,", Dr. Delgado concordou, num tom de tédio, olhando para a minha ficha. "É o que diz. Você sabe que os estudos mostram que a pílula anticoncepcional só é 99% segura contra a gravidez, mesmo quando usada corretamente."

Engoli em seco. "É, sim, eu sei, mas..."

"E você é uma mulher no auge da fertilidade, Sra. Thermopolis", ele continuou, "que viaja frequentemente entre fusos horários".

"Bom", eu disse. "Sim, mas ainda assim tento tomar meus remédios sempre na mesma..."

"Além do mais, imagino que você e o seu noivo tenham relações frequentemente."

Eu quis morrer quando o Michael respondeu: "O mais frequentemente possível." Acho que ele ainda não tinha entendido a gravidade do que estava acontecendo.

"Então não é completamente insensato supor que talvez possa ter existido uma falha nesse sistema em algum momento", Dr. Delgado afirmou. "Mazel tov. Vocês vão ser pais. Agora, o que acha de fazermos uma ultrassonografia?"

Foi nesse momento que percebi que sou uma *dessas* pessoas: uma dessas mulheres do programa *Eu não sabia que estava grávida*, que a Tina e eu adoramos ver juntas e zoar. Especialmente quando as mulheres vão acampar e, de repente, anunciam: "Eu estava sentada na privada e *plop!* Saiu um bebê!"

Tina e eu sempre juramos que *nunca* seríamos uma dessas mulheres, porque quem consegue estar tão fora de si a ponto de não saber que está grávida?

Eu! Eu consigo. *Eu estou!* Estou fora de mim a esse ponto! Podia estar naquele programa! *Oi, sou a princesa Mia da Genovia e não sabia que estava grávida.*

Que tipo de monstro eu sou? Pense em todas as coisas esquisitas que andei botando para dentro do meu corpo ultimamente:

- Schnaps austríaco.

- Conhaque de 200 anos do Napoleão roubado do escritório do cônsul.

- Champanhe em Exumas.

- Tylenol PM!

- Morangos cobertos de chocolate.

- Sacos e mais sacos de pipoca com queijo.

- Onze bilhões de xícaras de chá da Genovia (que NÃO é de ervas).

- Sem mencionar aproximadamente uma tonelada de magnésio, barras de Butterfinger, salgadinhos de wasabi, screwdrivers (cortesia de Lana Weinberger Rockefeller) e muito mais.

"Duvido bastante que tenha comido uma tonelada de qualquer coisa", Dr. Delgado falou com um tom calmante depois de eu ter confessado histericamente o meu diário alimentar da vergonha. "E nunca ouvi falar de um feto ser afetado por chá da Genovia, nem por uma dose ocasional de schnaps austríaco, nem alguns Tylenol PM. Os estudos mostram que a ingestão de álcool em pequena quantidade no início da gravidez raramente provoca danos ao bebê. Aliás, acredito que seja mais seguro uma ocasional taça de vinho do que uma daquelas saladas pré-lavadas horríveis..."

Ele é obviamente louco.

"Michael", eu disse ao meu noivo. "Sinto muito. Mas o nosso bebê vai nascer com três cabeças."

O Dr. Delgado tossiu. "Acho importante lembrar que as pessoas da minha geração nasceram de mães que ingeriam álcool e cafeína — e até fumavam — na gravidez, e a maioria se saiu muito bem. Não que eu seja de maneira alguma a favor de fumar e beber durante a gravidez. Estou apenas dizendo que por enquanto não há motivos para entrar em pânico. Vamos fazer a ultrassonografia para confirmar que o bebê não tem, bom, três cabeças."

Depois que o Dr. Delgado saiu da sala para chamar a enfermeira com a máquina, Michael me deu um tapinha na perna.

"Bom,", ele disse, "vocês da família Renaldo são quase tão bons quanto os Lannisters para tornar um casamento interessante."

Virei meu olhar choroso para o Michael, e vi que ele estava *sorrindo*.

"Michael", exclamei, escandalizada. "Como pode rir numa hora dessas?"

Ele deu de ombros e continuou a sorrir. "Você tem que admitir que é um pouco engraçado."

"Como é engraçado?"

"Ai, Michael, nada desse tipo jamais vai acontecer comigo porque eu cuido da minha saúde", ele disse, com um tom agudo que imagino que deva ser uma imitação da minha voz. "Foi o que disse quando pedi você em casamento."

Lancei um olhar de ódio para ele. "Que maldade. Como se *você* tivesse ajudado muito."

"Ei", ele protestou, se reclinando na cadeira e abrindo as pernas. "Estou mais do que disposto a mudar meu sobrenome e a abrir mão da minha cidadania. Até posso andar dois passos atrás de você em público depois que a gente casar, como um bom príncipe consorte. Mas a coisa da pílula vai ter que ser por sua conta, porque é bem óbvio que nada pode deter meus garotos."

"Você realmente acabou de chamar os seus testículos de 'garotos'?"

"Aham. Não é como se você não tivesse sido avisada, Mia. Como reportado — pelo bastião do jornalismo, *In Touch* —, eu *sou* o melhor amante do mundo."

"Está mais para o maior idiota do mundo."

Ele se levantou da cadeira, inclinou contra a mesa de exame e me beijou.

"Ah, vai." Michael encostou a testa contra a minha, sorrindo. "Você está feliz. Eu sei. Não foi exatamente como a gente planejou, mas é uma surpresa, não um desastre. Surpresas são coisas *boas*. Certo?"

A coisa mais frustrante de ser apaixonada pelo Michael Moscovitz é que é impossível ficar irritada com ele, ainda mais quando ele está com a mão no meu pescoço e a testa apoiada na minha e o seu cheiro de banho toma conta dos meus sentidos.

Então, só quero jogar meus braços em volta dele e dizer: "Ai, tudo bem, desisto, faço o que você quiser. O que importa?"

É muito difícil de resistir.

"Se a ultra mostrar que estou grávida de gêmeos", ironizei, "eu mato você".

"Se a ultra mostrar que você está grávida de gêmeos", ele sorriu, "tem permissão para me matar".

E aí — como uma pegadinha — a ultra mostrou *exatamente* isso.

"Eu diria que você está grávida de umas oito semanas", Dr. Delgado disse, parecendo contente, enquanto eu alternava entre o riso, o choro e o vômito (mas não por causa do enjoo matinal,

e sim porque a ultra mostrou que eu estava grávida de gêmeos).
"Tudo parece bem... em dobro. Parabéns."

Parabéns? Parabéns? Não, nada de parabéns!

"Obrigado!", Michael disse, parecendo completamente maravilhado. "Quando a gente pode contar para as pessoas?"

Eu nunca o vi tão satisfeito... bom, a não ser alguns minutos antes. Ele estava orgulhoso de si mesmo por ter contrariado as leis da natureza e da ciência ao me engravidar de *um* bebê com o uso de pílulas anticoncepcionais. Ao saber que tinha me engravidado de *dois*, o ego dele não aguentou.

(Aliás, *continua* sorrindo de orelha a orelha ao meu lado no carro.)

"Bom", Dr. Delgado falou, "a maioria dos casais espera doze semanas para compartilhar a notícia".

O sorriso do Michael desapareceu. "Ah. Até mesmo com os pais, que já estão meio velhos e ansiosos para terem netos há anos?"

"Olha, isso é de cada um", Dr. Delgado respondeu, fazendo o sorriso do Michael reaparecer.

"Calma", eu falei. "Isso não pode estar certo. Não posso ter *dois* bebês. Não estou pronta para ter *um* bebê." Olhei para o Michael, que ainda sorria de orelha a orelha, e lembrei de tudo que a Lana havia dito sobre a experiência do parto. "Eu quero uma segunda opinião."

"Bom, como quiser", Dr. Delgado disse controladamente. "Mas não vai ouvir nada diferente. Você com certeza está grávida de dois fetos de oito semanas. Claro que, como não tem ciclos regulares, acredito que podem ter dez semanas..."

"Dez!"

"A minha recepcionista tem alguns folhetos que pode lhe dar para saber mais sobre como preparar a casa para a chegada do bebê. Bebês, no caso."

"Não tem problema, doutor", Michael disse. "A gente vai se mudar em breve de qualquer jeito."

"Ah, é", o médico falou. "Para a Genovia?"

Michael olhou para mim de forma interrogativa. "Não é uma má ideia. Vamos precisar de muito espaço para os bebês. E é ridículo o quanto se paga em Nova York comparado ao que se consegue em outros lugares pelo mesmo valor."

"É verdade", Dr. Delgado concordou. "Por isso que a minha esposa e eu estamos procurando um lugar no interior."

"Ah", Michael disse. "É uma ótima ideia. O preço na cidade é muito alto."

Achei que a minha cabeça fosse explodir.

"Não", reclamei. "A gente não vai se mudar para a *Genovia*."

Michael parecia contemplativo. "É algo para se pensar", ele comentou. "Seria mais seguro, para você e para os bebês, ainda mais depois de tudo que a Dominique disse hoje de manhã sobre as ameaças."

Bebês? *Bebês?* Em qual realidade alternativa eu tinha caído, que estava de repente falando com o meu namorado sobre *bebês?*

Então o Dr. Delgado (que é clínico geral, afinal, e não um obstetra) olhou para o meu pé e disse que estava apenas torcido, não quebrado, e me disse para não o colocar no chão por alguns dias, depois me deu o nome de uma obstetra (para as "próximas consultas"), me encheu de vitaminas pré-natais, disse que tudo ficaria bem e nos mandou embora, desejando alegremente boa sorte com os "bebês".

- *Lembrete:* Não aceitar nunca mais um médico homem. Apenas médicas mulheres de agora em diante. Homens não têm empatia e *não entendem.*

Quinta-feira, 7 de maio, 10h05, no híbrido

O que vou dizer para o Sebastiano? Ele vai me matar. Agora o desenho que escolhi para o vestido não vai mais funcionar.

Calma, o que estou dizendo? Vestido de noiva? Quem se importa com um vestido de noiva? Tem seres humanos crescendo dentro de mim.

Mas, sério, o vestido vai ficar horroroso.

Quinta-feira, 7 de maio, 10h10, no híbrido, posição no Ranking da Realeza: 1

Acho que ainda estou em estado de choque porque só consigo pensar em como estou faminta, e não nos "bebês".

Mas nem mesmo sei o que mulheres grávidas podem *comer*!

Quinta-feira, 7 de maio, 10h15, restaurante Hi-Life, Upper East Side

Parece que grávidas podem ingerir o que quiserem, a não ser comidas cruas, não lavadas, malpassadas, pasteurizadas, frutos do mar, cafeína, álcool, ou coisas que contenham a palavra "ervas", porque não existem registros do que podem causar ao feto.

(Michael já baixou sete livros sobre gravidez no telefone.)

Estranhamente, não estou com vontade de ler nenhum livro sobre gravidez (embora ele queira muito que eu leia) ou os folhetos do Dr. Delgado. Prefiro simplesmente comer os meus ovos (perfeitamente mexidos, porque ovos crus podem conter bactérias) com a minha torrada integral.

Acho que eu deveria comer o máximo possível agora, antes que os enjoos matinais aconteçam (embora, segundo um dos livros que o Michael baixou, nem todo mundo tenha enjoos. Quem sabe não sou uma dessas sortudas. Mas os meus peitos estão me matando, então não sei).

Acredito que o Michael vai ser um bom pai. Não que eu tenha pensado o contrário um dia, mas faz apenas uma hora que ele sabe e já cancelou todos os meus compromissos do dia (disse vagamente à Dominique que estou me "sentindo mal") e já escolheu os nomes. Adam se for um menino e Leah se for menina. Estou me divertindo.

"Ah, jura? E se forem dois meninos", perguntei. "Ou duas meninas?"

Agora ele está olhando o aplicativo de nomes de bebês freneticamente. "Droga. Não pensei nisso."

"E mais", acrescentei, "se a gente tiver uma menina, não podemos chamá-la de Leah. Porque ela seria princesa Leah."

"Ai, meu Deus." Os olhos dele se iluminaram. "Não tinha pensado nisso. Princesa Leia da Genovia? Fantástico."

"Não, não é. Claro que poderíamos chamar a outra criança de Luke, se for um menino..."

Ele respirou fundo, os olhos brilhando ainda mais.

"Michael, eu estava brincando", falei. "Não podemos chamar nossos gêmeos de Luke e Leia."

"Bom, a gente *poderia*..."

"Não, não pode. E não acha que é um pouco cedo demais para escolher nomes? Temos problemas bem maiores."

"Já estou cuidando de tudo", ele respondeu, ficando sério. "Liguei para a minha corretora e disse que precisamos de um 'seis clássico'..." Um apartamento de três quartos, três banheiros, com sala de jantar e estar separadas, em um prédio pré-guerra, algo muito difícil de se encontrar em Nova York. "Ela conseguiu agendar quatro visitas."

"Não era disso que eu estava falando, Michael. Estava falando..."

"Ah, sei do que você estava falando. Acho que a gente devia se mudar para a Genovia e nos acomodar por lá antes dos bebês nascerem. Acho que é importante que a gente tenha um lugar em Nova York para que as crianças conheçam a cidade como a gente fez na nossa infância, mas na maior parte do tempo, elas deveriam morar na Genovia para que possam brincar ao ar livre, sem se preocupar em serem perseguidas por paparazzi ou por algum psicopata, esperando na porta de casa."

Toda a vez que ele diz *bebês*, sinto um enjoo. (Será que tenho enjoos matinais e não sabia? Deve ser apenas o cheiro do *maple syrup* na mesa ao lado.)

"Michael, concordo com tudo isso. Mas a gente não pode simplesmente largar tudo e se mudar para a Genovia. E o centro comunitário? E a Pavlov Cirúrgica?"

Ele deu de ombros. "Falei sobre isso quando a gente viajou: a Perin e a Ling Su podem cuidar do centro de olhos fechados. Foi para isso que você as contratou. Elas são ótimas. E eu posso comandar a empresa de qualquer lugar. Já planejava levá-la para a Genovia em algum momento, como todo mundo disse que eu faria."

Dei uma risada sarcástica. "Sabia que você só queria casar comigo para se aproveitar dos baixos impostos da Genovia."

Ele segurou a minha mão sobre a mesa e a apertou, olhando docemente em meus olhos. "O plano sempre foi esse, meu amor. Engravidar você de gêmeos para que nunca pudesse fugir, então me entregar ao lado negro. Quero dizer, economizar de forma significativa."

"Eu devia ter fugido no momento em que vi você."

"Não podia", ele disse. "A diretora Gupta teria deixado você em detenção por sair da escola durante as aulas."

Agora ele está debruçado novamente sobre os livros, parecendo tão preocupado que quase o perdoo por me botar nessa situação. Embora eu saiba que também sou responsável e que fui eu que inventei a coisa toda do bombeiro.

Não tem como ter sido a história do alienígena. Só inventei isso no final de semana passado.

É tão estranho como várias coisas que eram importantes para mim já não são mais. Tipo o Michael dizendo que vai passar a limpar a caixa de areia do Fat Louie por causa do risco de transmissão de toxoplasmose para os bebês. Nem vou discutir que apenas gatos que caçam e matam roedores — ou são alimentados com comida crua — são infectados pela doença e que é mais provável que eu pegue isso fazendo jardinagem (ha! Como se eu algum dia tivesse tocado num jardim) ou comendo carne crua do que através do Fat Louie. Ele nunca comeu carne crua e, como é um gato idoso de ambiente fechado, nunca caçou um rato na vida (embora costumasse deitar no parapeito — quando ainda cabia lá — para encarar os pombos na escada de incêndio).

Nem me importo mais com a minha posição no Ranking da Realeza. Não que eu tenha me importado um dia, mas *realmente* não me importo agora. Estou vendo o Brian Fitzpatrick do lado de fora da lanchonete, acenando freneticamente para mim (*como? Como os paparazzi sempre sabem onde estou?*) e não estou nem um pouco incomodada.

Sinto como se eu estivesse banhada por uma grande calma. Sei exatamente o que preciso fazer.

Isto é: ir para casa com o Michael, botar o pé machucado para cima, então assistir a todos os episódios de *Buffy, a caça-vampiros* sem parar (exceto para comer) até eu terminar tudo.

Aí, talvez — apenas talvez — eu me sinta preparada para a maternidade.

Mas não posso. A gente tem muita coisa para fazer. Tipo contar a novidade para os nossos pais. E avós. Os do Michael ainda estão vivos, assim como os meus por parte de mãe em Versailles, Indiana, sua cidade natal.

E, é claro, tenho a Grandmère com quem me preocupar. Sei que ela vai amar saber, logo após descobrir que é duas vezes avó, que vai ser bisavó (não. Ela nem vai amar saber isso).

Eu não *quero* fazer isso. Olha o que ela fez ao descobrir que o Michael e eu íamos nos casar.

Mas não temos opção. Essa notícia não é como um noivado real, não se pode esconder, ainda mais porque quando chegar a data do casamento — a não ser que a gente mude o dia —, vai dar para ver a barriga. Nem mesmo o Sebastiano tem talento o suficiente para esconder uma barriga de gêmeos com 18 semanas.

Ai, Deus! Mal consigo cuidar de mim mesma. Como vou cuidar de um bebê, ou *dois*?

Ah, esqueci. Sou uma princesa. Tenho empregados.

E se nos mudarmos para o palácio, teremos ainda *mais* empregados. Meu pai sempre reclama de ter tido uma babá diurna, uma babá noturna e vários tutores quando era criança, e isso somado aos instrutores de montaria, esgrima e línguas. Ele disse que só via os pais duas vezes ao dia, no café da manhã e na hora do chá, e achava que isso era normal e que todas as crianças viviam assim, até ser enviado para o colégio interno e os outros garotos enfiaram a cabeça dele na privada imediatamente.

Ainda bem que o Michael existe. Quando mencionei isso tudo agora há pouco, ele respondeu: "Bom, isso não vai acontecer com os nossos filhos porque jamais os mandaríamos para um colégio interno e teremos apenas uma babá, que será um robô adorável igual nos *Jetsons*. Já estou projetando tudo."

"Michael", eu disse, rindo, "estou falando sério".

"Eu *também*."

"Se você inventar uma babá robô, terei que lidar com as agitações sociais subsequentes que inevitavelmente ocorrerão quando a tecnologia robótica tirar trabalho dos humanos. Muito obrigada."

Ele pareceu aflito. "Desculpe. Não pensei nisso. Melhor adiar os planos de uma babá robô."

E então ele pediu ao garçom três muffins gigantes de blueberry para viagem.

"Para quem é isso?", perguntei estarrecida. "Lars? Você sabe que ele não come muffins. Ele os chama de gordins porque acha que são pura gordura."

"Não, não são para o Lars", ele disse, olhando para mim como se eu fosse louca. "São para você e os bebês, caso fiquem com fome mais tarde."

Ele vai ser o melhor pai.

15 horas, quinta-feira, 7 de maio, na limusine da Grandmère

Ainda não tive a oportunidade de contar a novidade para ninguém.

Porque ao sairmos da lanchonete, o Brian correu atrás de mim e, por algum motivo — provavelmente hormonal —, eu estava me sentindo magnânima, então parei para ouvi-lo pela primeira vez.

"Princesa, sei que deve estar muito chateada com as mentiras absurdas sobre o seu pai que estão sendo espalhadas por alguns dos meus colegas", ele disse rapidamente. Estava claro que havia ensaiado. "Gostaria de aproveitar essa ocasião para esclarecer a verdade aos leitores do Ranking da Realeza?"

E, embora a Dominique não fosse aprovar porque o Brian não trabalha para nenhuma grande rede de televisão (nem mesmo a cabo) — e, claro, teve o incidente completamente antiético do banheiro feminino do centro —, decidi que, mesmo sem perdoá--lo, ainda podia usá-lo a meu favor.

(Tem uma diferença muito grande entre as duas coisas, e é algo frequentemente mencionado em *Game of Thrones*, *Mad Men* e muitos outros programas de televisão. Você não precisa gostar *ou* perdoar alguém para trabalhar com essa pessoa.)

"Sim, Brian", eu disse, reparando que ele tinha se profissiona-lizado minimamente nos últimos dias e contratado um câmera — bom, havia uma mulher gravando a nossa conversa com uma câmera. "Eu gostaria de dizer a todos que meu pai, o príncipe da

Genovia, é o primeiro a admitir que cometeu muitos erros na vida, mas que sua filha Olivia não é um deles. Aliás, ele a considera um de seus maiores orgulhos — e eu concordo. O único motivo para não saberem da sua existência antes é porque sua mãe, que infelizmente faleceu uma década atrás, sabiamente pediu que a filha fosse criada longe do olhar da mídia. Como alguém que vivenciou o que é ser uma princesa adolescente sob os holofotes, com certeza compreendo a preocupação dela. Mas, agora que a informação circulou — e me responsabilizo completamente por isso —, peço que deem o espaço e o tempo que a Olivia precisará para se ajustar à sua nova situação e para conhecer a sua nova família."

Quando terminei, o Brian parecia tomado de alegria.

"Ah, princesa", ele suspirou no gravador. "Isso foi.. foi..."

"Foi o suficiente?", perguntei enquanto o Michael puxava a minha mão. Os outros paparazzi devem ter ficado sabendo pela comunicação secreta deles que eu estava dando uma entrevista e correram na minha direção para fazer perguntas, então a situação do lado de fora da lanchonete estava ficando um pouco caótica. O Lars estava começando a ficar irritado. Ele não gosta de locais fora do controle.

"Mais do que o suficiente", Brian comemorou. "Vou postar imediatamente. Obrigado. *Obrigado!*"

"Não, obrigada a *você*", eu disse e permiti que me levassem correndo de volta para o carro.

Brian fez exatamente o que disse: postou a entrevista meia hora depois. E em menos de quinze minutos foi noticiado por todos os canais, que consideraram a declaração positiva (embora a Dominique tenha ficado chateada que não pedi autorização ou os pontos importantes para ela).

Essa é a boa notícia. A má notícia é que, quando finalmente consegui falar com a minha avó, meu pior pesadelo foi confirmado:

Ela estava tentando mudar o visual da minha irmã.

Talvez sejam os hormônios (acho que vou repetir bastante isso pelos próximos meses), mas me vi correndo até o salão do Paolo, gritando: *Não tem nada de errado com o cabelo da minha irmã!*

Todo mundo me encarou em completo choque, especialmente o Paolo.

"Principessa", ele disse, com um secador de cabelo sobre a cabeça ensopada da Olivia. "Calma. Só fiz uma escova. Quer que eu deixe sair por aí com cabelo molhado?"

OK, talvez eu tenha exagerado. A Olivia claramente adora as novas unhas azuis e os cachos no cabelo (e a Grandmère, e não acho que é só porque ela deixou a Olivia chamar o poodle novo de Bola de Neve).

Mas às vezes acho que todo mundo enlouqueceu.

Nessa hora, Michael percebeu que tinha se esquecido de uma reunião importante no escritório e foi embora.

- *Lembrete:* Será possível que o Michael foi embora porque não conseguiu lidar com todo o estrogênio no recinto com três — possivelmente mais, caso um dos bebês seja menina — mulheres Renaldo? ~~Confirmar com o assistente se ele~~

~~realmente tinha uma reunião.~~ Não, não faça isso. Não seja essa pessoa.

Depois que todo mundo se acalmou um pouco, Grandmère, Olivia, Bola de Neve, Rommel e eu fomos almoçar no Four Seasons (para um momento "família"). Lá pedi todas as sobremesas do cardápio porque a Olivia não parecia querer comer mais nada e era o que eu estava com desejo, de qualquer forma.

(Embora a Grandmère tenha feito uma observação sobre como eu deveria estar "afinando" para o casamento, não aumentando a ingestão de calorias ao máximo possível. HA! Espere até ela descobrir a verdade.)

Agora estamos voltando para o hotel porque a Grandmère disse que meu pai está lá e que vai "ouvir sobre" o meu comportamento absurdo.

Ele vai "ouvir sobre" muito mais do que isso.

Coisas a fazer:

1. Marcar uma consulta com a obstetra.

2. Dar a notícia para a minha mãe de que ela vai ser avó. Avisar que nenhuma amiga dela vai poder usar a minha placenta para um projeto de arte bizarro!

3. Contar para a Lilly que ela vai ser tia. Perguntar se ela quer ser madrinha? Mas sem piadas sobre fadas.

4. Começar a entrevistar babás. Nenhum robô.

5. ~~Perguntar sobre o parto para a Lana.~~ Não, melhor não perguntar nada para ela.

6. Perguntar ao veterinário como preparo o Fat Louie para a chegada do bebê. Será que ele vai ficar com ciúmes?

7. E se o Michael quiser que o Boris seja o padrinho? NÃO.

Quinta-feira, 7 de maio, 19 horas, apartamento do terceiro andar, Consulado Geral da Genovia

Está tudo um desastre.

Quando cheguei no apartamento da Grandmère hoje de tarde e fui até a biblioteca para falar com o meu pai, interrompi uma reunião com os tios da Olivia e o advogado deles, Bill Jenkins, o pai da Annabelle.

Na verdade, eu não sabia que era o tio da Olivia porque nunca o tinha visto antes (exceto nas fotos tiradas pela investigação do José), mas era um ruivo, vestindo um terno cinza claro e uma camisa aberta no peito, com um monte de colares de ouro. Então, deduzi que era o inimigo mortal da Grandmère, o "polaco ruivo".

O pai da Annabelle era a cara dela, só que bem maior, do sexo masculino e de terno e gravata em vez de uniformizado.

Acabou que eu estava certa.

"A questão é, vossa alteza", o Sr. Jenkins dizia quando entrei na sala, "que o meu cliente não está disposto, nesse momento, a abrir mão dela..."

"Ah", eu disse, surpresa. "Perdão."

"Tudo bem", meu pai disse, desconfiado. "É melhor ouvir isso."

"Ouvir o quê?", perguntei. Instantaneamente tive um mau pressentimento sobre o que estava prestes a ouvir.

Infelizmente, eu não havia reparado que a Olivia tinha me seguido até a biblioteca (como aparentemente irmãs mais novas e filhotes de poodle costumam fazer).

Ao vê-la, o seu tio pulou da cadeira e disse: "Finalmente. Aí está você. Olivia, pegue as suas coisas, vamos para casa agora."

Eu fiquei chocada. Achei que a gente tinha resolvido toda a situação da visita.

Mas estava claro que não.

Era verdade que, como bons genovianos, a gente *tinha* deixado toda a história nas mãos de uma aluna de direito que ainda não tinha licença, uma firma de advocacia nova-iorquina contratada pela família real da Genovia e uma empresa de administração de crise comandada pelo tio do meu ex-namorado, que agora estava nos processando. Provavelmente não foi a melhor ideia.

Isso tudo só fez com que eu me sentisse ainda pior quando ouvi a Olivia dizer, com a voz mais doce possível: "Ah, eu sei que faltei a escola hoje, tio Rick, mas a gente avisou. A vovó ligou..."

"Não quero saber", o tio dela interrompeu, sem a menor simpatia. "Vá pegar suas coisas."

Eu sequer tinha sido apresentada a ele, mas já o detestava fortemente. E dava para ver pelo brilho perigoso nos olhos do meu pai que eu não era a única.

"Rick", Catherine disse. Ela parecia estar chorando. "Você precisa...?"

390

Nesse momento, o tio da Olivia gritou para a esposa calar a boca e lembrou-lhe que ela era a culpada de tudo aquilo por ter sido burra o suficiente para permitir que a Olivia deixasse Cranbrook comigo.

Então meu pai se levantou tão rapidamente da mesa que a cadeira caiu e gritou, "Gostaria de dizer isso novamente, Sr. O'Toole, dessa vez para alguém do seu tamanho?". Eu me virei para segurar a mão da minha irmã.

"Vamos para a outra sala", cochichei para ela, me dando conta de que a biblioteca não era o lugar mais seguro para a Olivia ou para mim naquele momento.

Enquanto eu a arrastava para a varanda onde os meus pais estiveram na noite anterior, possivelmente reconectando o amor de um pelo outro, o Michael chegou, sorrindo, de sua reunião fictícia. Ele estava completamente alheio ao que acontecia.

"Você contou...?"

"Ainda não", eu disse rapidamente, interrompendo-o. "Hora errada." Apontei a cabeça na direção da biblioteca. Ele olhou pela porta, viu o que se passava e perdeu o sorriso imediatamente.

"Entendi", ele afirmou e foi para a biblioteca ajudar o meu pai. Eu esperava que dessa vez fosse ajudar lembrando o meu pai de esperar seus advogados chegarem antes de tomar qualquer decisão, e não o tipo de "ajuda" que tinha dado ao J.P. na noite anterior.

"Entãaaaao", eu disse para a Olivia com a voz mais animada possível (e também o mais alto possível para tentar abafar o que acontecia na biblioteca). "Dá para ver muita coisa legal aqui de cima, né? Tem o parque e o lugar onde o meu namorado, Michael, me levou uma vez num passeio de carruagem, antes de decidirem que era melhor banir os passeios com cavalos, e fazendo um esforço, quase conseguimos ver o zoológico, onde eles têm as ilustrações dos animais que você tinha falado..."

"Não, não dá", Olivia me cortou. "É longe demais. Fiz alguma coisa errada?"

"Você?" Fui pega de surpresa. "Ah, Olivia, claro que não! Por que teria feito algo errado?"

"Então por que o tio Rick está tão irritado?", ela perguntou. "E por que o Sr. Jenkins está aqui? Achei que a tia Catherine tivesse deixado eu vir com você para Nova York."

"Ela deixou", eu disse, suspirando. "Mas as coisas ficaram um pouco mais... complicadas desde então."

Apenas ao ver a ansiedade no rosto dela, percebi que não tinha dito nada que a confortasse. O que eu estava fazendo, dizendo para ela que as coisas estavam complicadas? Ela já sabia disso!

E não adiantava nada dizer para ela não se preocupar. O medo de uma criança é perfeitamente real e merece ser reconhecido, e não dispensado, ainda mais quando, nesse caso, o medo estava relacionado diretamente a ela.

Que tipo de irmã mais velha eu seria se não respondesse às perguntas dela? Que tipo de mãe eu seria para os meus filhos se, ao tentar protegê-los, eu tentasse afastá-los de tudo que talvez os machuque? Uma coisa seria proteger contra um tiro, como o príncipe Albert tinha feito com a rainha Vitória.

Mas crianças que são protegidas da verdade pelos pais — censurando suas leituras, mentindo sobre quem são seus pais verdadeiros, amortecendo cada queda possível — são as que acabam se machucando mais quando entram no mundo real... não porque a verdade é tão horrível, mas porque não aprenderam as ferramentas necessárias para lidar com isso.

De repente, me toquei — um choque ainda maior do que a notícia do Dr. Delgado algumas horas antes — que as lições de princesa da minha avó eram sobre *isso*, por mais tediosas que fossem. Não eram sobre ter uma postura correta ou como usar um garfo, mas uma preparação para o mundo real. Um mundo maravilhoso, incrível, mas que às vezes é grosseiro e outras vezes é assustador, onde a maioria das pessoas é incrivelmente decente e bem-intencionada, mas que de vez em quando a gente se depara com alguém que quer se aproveitar de nós, ou até nos abusar e, quando isso acontece, nem sempre vai haver um guarda-costas — ou um pai — por perto para ajudar.

A Grandmère nunca amorteceu nenhum golpe, e era esse o motivo: eu precisava saber a verdade, assim como a Olivia, porque uma princesa precisa dessas ferramentas para sobreviver.

Bom, eu não seria tão cruel com a Olivia quanto a nossa avó tinha sido comigo, mas também não ia botar panos quentes.

"A gente descobriu umas coisas recentemente sobre o seu tio — foi por isso que fui até Cranbrook para te buscar, além de querer conhecer você, porque somos irmãs", expliquei, sentando-a ao meu lado no banco de metal enquanto os táxis buzinavam sob nós. "Ainda não provamos nada, pois a Guarda Real da Genovia ainda está investigando. Mas achamos que os seus tios estão usando o dinheiro que era seu para financiar a empresa deles..."

A Olivia não pareceu particularmente surpresa ao ouvir isso. Pelo contrário, quase parecia suspeitar do mesmo.

"Ah", ela disse. "Entendi. Eles não querem abrir mão de mim porque não querem abrir mão do dinheiro que o meu pai manda todo mês."

"Não", respondi rapidamente. "A gente não sabe se é isso. Tenho certeza de que a sua tia ama muito você."

Ao ver como ela parecia duvidar disso, acrescentei: "Do jeito dela."

"Então por que", Olivia quis saber, "eles trouxeram o pai da Annabelle junto?"

"Bom", continuei, "sua tia tem a sua guarda legal. Então, se ela mudou de ideia e não quer mais que você fique com a gente, não tem nada que a gente possa fazer... pelo menos por enquanto." Quando vi a expressão de tristeza no seu rosto, acrescentei, com um braço em volta dela: "Mas, Olivia, prometo que o nosso pai não vai descansar até conseguir a guarda total, se você quiser. Talvez demore um tempo..."

"Nãooooo!"

Foi o que a Olivia disse ao saltar do banco e correr para dentro do apartamento com a Bola de Neve atrás. Fiquei completamente sem reação, porque não era nem um pouco a cara dela. Ela era uma criança peculiar, mas geralmente muito calma...

Até não ser mais.

Corri atrás para ver aonde ela tinha ido e fiquei aliviada ao perceber que estava novamente na biblioteca... com os braços em volta do pai.

Ele, claro, estava tão surpreso quanto eu, mas passava a mão em seus novos cachos, dizendo: "Shh, Olivia, vai ficar tudo bem."

"Eu não vou!", ela gritou, bem alto para uma criança tão pequena. "Não vou voltar com eles para Nova Jersey!"

Meu pai se curvou e cochichou algo no ouvido dela. Não faço ideia do que tenha sido, mas fez com que ela o largasse levemente e parecesse um tanto quanto mais composta, embora continuasse a dar um olhar de desprezo para os tios.

Pude ver naquele momento que ela tinha herdado mais do que o amor por poodles da avó paterna. Também herdara a habilidade de destruir alguém com um simples olhar.

"Bom", a sua tia disse, nervosa. "É melhor a gente ir logo se quisermos evitar o trânsito."

Pela expressão do meu pai, entendi que ele também queria evitar algo, mas não era o trânsito. No entanto, estava se controlando de forma nobre.

Grandmère apareceu no foyer com Bola de Neve em uma coleira de cristais na hora em que a Olivia estava de saída.

"Não esqueça disso", ela disse com sua calma real e entregou a alça para a neta mais nova.

"Grandmère, não posso", Olivia protestou. "A Bola de Neve é *sua.*"

"Não mais", Grandmère respondeu e encerrou o assunto.

A Olivia pareceu um pouco mais animada, embora o tio Rick não tenha ficado muito feliz. Ele começou a falar das alergias, mas a Grandmère também lançou seu típico olhar de desprezo.

Nunca vi ninguém calar a boca tão rapidamente.

"Olha", sussurrei para a minha irmãzinha ao me despedir. "Vejo você em breve, OK? Obrigada pela ajuda com os cruzeiros. E não deixe de escrever no diário."

Ela assentiu, tão emocionada quanto eu. "Você também", Olivia cochichou.

Depois que eles foram embora, ficamos todos desanimados e tristes, até mesmo o Rommel, que havia deitado na sua cesta francesa e lambia os poucos pelos remanescentes. O meu pai tentou se sentir melhor ligando e gritando com os advogados sobre a incompetência deles.

Eu me acomodei ao lado da Grandmère e — com minha nova condição de futura mãe, na qual eu sentia que não apenas a entendia, mas também entendia tudo que era importante no universo — sussurrei: "Eu vi o que você fez."

Grandmère havia acendido um cigarro — e nem era eletrônico, o que era um sinal de como estava chateada. "Não faço a mais remota ideia sobre o que você está tagarelando, Amelia."

"Sabe, sim. Foi muito gentil da sua parte abrir mão do seu novo cachorrinho. Foi muito importante para a Olivia. E obrigada, Grandmère, por sempre me dizer a verdade e me preparar para o mundo adulto. Eu devia ter agradecido antes, mas... bom, nunca tinha percebido até hoje o impacto que você teve na minha vida."

Eu não deveria ter me surpreendido quando ela se virou e soltou a fumaça na minha cara.

"Nunca nem quis aquela cadela. Ela mordia o Rommel toda vez que ele chegava perto."

Imaginei que estivesse falando da Bola de Neve, não de sua neta perdida, mas era difícil saber. Eu estava tossindo demais, fazendo um esforço para que a fumaça não entrasse nos pulmões e ameaçasse os fetos em formação.

"Por que está parado aí sem fazer nada?" Grandmère continuou enquanto o Michael vinha ao meu resgate para saber se eu estava bem. "Seja útil e me prepare um drinque."

"Está tudo bem?", Michael perguntou, preocupado, ao me afastar da nuvem de fumaça.

"Sim", sussurrei engasgada. "Não sei o que passou pela minha cabeça. Ela é terrível. Espero que receba o que merece um dia."

"Acho que vai receber", ele sussurrou de volta. "Vai ser bisavó. De gêmeos."

Levantei os olhos e sorri. "HA! Obrigada pelo resgate, Sr. Bombeiro."

Ele sorriu de volta. "Disponha."

Ao desligar o telefone com os advogados, meu pai informou, exausto: "Acho que vamos consegui-la de volta amanhã à tarde."

Michael levantou uma sobrancelha, descrente. "Sério?" Para a minha avó, ele disse: "E você deveria estar fumando aqui dentro? Achei que o seu médico tinha dito..."

"Também preciso de um drinque." Meu pai pegou o decantador de whisky do bar que tinha formato de globo e era onde a minha avó guardava as melhores bebidas, então começou a servir. "Bom, quem não precisa depois de algo tão desagradável? Quem vai tomar?"

Meu pai deduziu que todos iriam tomar, porque serviu quatro copos. Michael e eu trocamos olhares. Tentei fazer com que ele lesse a minha mente. *Agora não. Não vamos contar agora. Não é a hora.*

Mas não conseguia dizer se tinha sido bem-sucedida.

"Hum", eu disse ao pegar o copo das mãos do meu pai. O cheiro fez os meus olhos lacrimejarem. "Não quero, obrigada. Não estou muito no clima."

"Bom, deveria estar", meu pai continuou. "Porque não são apenas más notícias." Ele levantou o copo. "Algumas horas atrás, o primo Ivan desistiu oficialmente da candidatura para primeiro--ministro da Genovia."

Mantive meu copo no ar enquanto o Michael e a Grandmère diziam "saúde" e tomavam um gole. "Uau, pai. Que ótimo."

"É *mesmo* ótimo", meu pai concordou. "Para a vice-primeira--ministra Dupris."

"Calma...", abaixei o copo. "Por que é ótimo para ela?"

"Porque também decidi desistir das eleições", meu pai explicou. Eu reparei que ele não fez contato visual com a mãe enquanto falava isso. "E quando eu desistir, ela será a única candidata possível."

Ouvi o som de vidro se partindo. Ao me virar, vi que a Grandmère havia atirado o copo de whisky na lareira de mármore. Ela tremia quase tanto quanto o Rommel, só que de raiva, não por falta de pelo.

"Eu *sabia!*", ela exclamou, o rosto coberto de ódio. "Eu *sabia!* É por causa *daquela mulher*, não é?"

Paralisada por essa reação, virei meu olhar impressionado para o meu pai. Incrivelmente, ele parecia calmo... e quase alegre. Certamente mais feliz do que deveria, considerando o que havia acontecido com a Olivia e o fato de que tinha acabado de anunciar que ia desistir de uma campanha na qual havia gastado milhões do próprio dinheiro.

"É, sim, mãe", ele disse alegremente. "Decidi aceitar o conselho da minha filha e parar de seguir o mapa."

"Mapa?", Grandmère exclamou. "Que mapa? De que baboseira está *falando?*"

"O tipo de baboseira que eu deveria ter levado a sério há muito tempo", meu pai respondeu, repousando o copo de whisky e se dirigindo ao foyer. "Vou pegar a estrada menos percorrida. Talvez não me leve aonde pensei, mas talvez me leve a um lugar ainda melhor. Certo, Mia?"

"Claro", concordei enquanto Michael e eu o seguíamos. Ele pegou o paletó e, ao fazer isso, percebi que havia uma penugem no seu lábio superior. Estava deixando o bigode crescer novamente. "Nunca se sabe. Aonde você vai?"

"Vou jantar com a Helen Thermopolis", ele disse para mim. E para a Grandmère, acrescentou: "Mãe, não espere acordada."

"Helen Thermopolis?" A Grandmère estava apoplética. "A *mãe* da Amelia?"

"Sim", meu pai respondeu. "Nós vamos ao novo restaurante vegetariano que abriu na esquina do apartamento dela. A Helen disse que a baba ghanoush é excelente."

"Baba ghanoush?" A Grandmère parecia prestes a ter um derrame. "Você vai comer *baba ghanoush*?"

"Sim, mãe." Meu pai parou em frente ao espelho de corpo inteiro, que foi instalado pela Grandmère ao lado da porta de entrada para que possa conferir se as sobrancelhas estão bem desenhadas antes de sair. Ele ajeitou a gravata, depois alisou o cabelo inexistente. "A Helen decidiu me dar mais uma chance. E vou reconquistá-la a todo custo, mesmo que seja comendo baba ghanoush." Ele olhou para nós de relance, então acrescentou deliberadamente: "Ou abrindo mão do trono."

Grandmère ficou tão chocada que o cigarro caiu de seus dedos no chão de mármore. Michael correu para apagá-lo.

"*Abdicar?*", minha avó gritou. "M-mas o que você vai fazer sem governar?"

Meu pai deu um olhar gélido para ela, tão cruel quanto os que ela havia me dado.

"Vou viver, mãe", ele disse gentilmente. Aliás, foi a gentileza na voz que me fez ficar arrepiada. Se tivesse dito a mesma coisa aos berros, não teria sido tão convincente. "Eu vou viver."

Em seguida, ele foi embora, fechando a porta ao sair de forma tão gentil quanto suas palavras.

No silêncio que se seguiu, o único som era a respiração ofegante do Rommel. Quando aventurei um olhar para a minha avó, vi que o rosto dela estava da mesma cor que o meu pé machucado... uma espécie de roxo acinzentado.

Ao reparar que eu a olhava, a Grandmère atacou: "Bom, espero que esteja feliz agora, Amelia. Se ele abdicar, você terá que tomar o lugar dele no trono. E será culpa sua.

"Como pode ser culpa *minha*?", perguntei. "Só porque eu disse que ele não precisava seguir o mapa?"

"Sim, sabe lá o que essa baboseira quer dizer. Você sabe perfeitamente que é preciso fazer sacrifícios ao herdar um trono. Bom, agora essa responsabilidade será *sua*, mocinha. Divirta-se planejando um casamento e uma coroação ao mesmo tempo! Aproveite a lua de mel porque, assim que voltar, será princesa de um país que está se *despedaçando*!"

"Esqueceu de acrescentar uma gravidez", eu disse. "De gêmeos."

Ela me encarou. "O que você disse?"

"Um bebê." Tirei a foto da ultrassonografia do bolso e enfiei na armadura ao lado do piano. "Vou ter um bebê. Vezes dois."

Grandmère se arrastou até a armadura para ver a foto, Rommel ao seu lado. "Bebê?", ela murmurou. Pela primeira vez, eu a deixara sem palavras. Bom, quase. "Dois?"

"Sim", respondi. "E vai dar tudo certo quando eu comandar a Genovia. A cerimônia de casamento também vai dar certo. Embora a gente vá precisar de um vestido maior..."

"OK." Michael atravessou o foyer e me segurou pelo braço. "Chega. Vamos para casa. Até mais, Clarisse."

"Grávida?" Ela continuava parada, murmurando e encarando a foto. "*Gêmeos?*"

Não sei o que ela fez depois disso porque o Michael fechou a porta. Ele não gostou muito da maneira como contei a novidade para a minha família (bom, para a minha avó.)

Mas acho que fiz o melhor que pude nas circunstâncias atuais, embora eu admita que não eram ideais.

Agora estou na cama com o pé para cima (finalmente), comendo sorvete Rocky Road (eu totalmente vou marcar uma consulta com um nutricionista, como o Michael quer, mas até lá vou terminar de comer esse pote de sorvete) e assistindo ao seriado *Buffy, a caça-vampiros* com o Fat Louie e o Michael ao meu lado.

Suspeito que amanhã será um dia ruim — tipo, epicamente ruim — então, por enquanto, vou seguir o conselho do Dr. Delgado e praticar gratidão.

Três coisas pelas quais sou grata:

I. Por estar segura na minha cama ao lado da pessoa (e do gato) que mais amo no mundo, assistindo a esse programa maravilhoso.

2. Por ter uma irmã, embora não saiba como ela está. Espero que esteja bem. Ela não respondeu nenhuma das minhas mensagens de texto.

3. Por ter enviado a GRG até a casa da Olivia para monitorar os movimentos dela, inclusive amanhã na escola, porque não confio naquela garota Annabelle Jenkins.

E não importa o que dizem: não estou *espionando*, ou sendo invasiva. Apenas quero me certificar de que a minha irmãzinha está segura e bem cuidada.

4. Por ter uma mãe, algo que a Olivia não tem, embora eu não possa ligar para contar a novidade, porque não é algo que se diga pelo telefone, especialmente quando moramos na mesma cidade... *Oi, mãe? Estou grávida de gêmeos!*

Seria bom poder ouvir a voz dela. Mas sei que está com o meu pai, lidando com seja lá o que for que está rolando entre eles. Eu nem quero saber, sério. Apenas espero que estejam felizes.

5. E por estar vendo o episódio em que a Buffy recebe da turma dela um guarda-chuva como prêmio por protegê-los, o que ela nem esperava porque não sabia que eles sabiam que ela era a caça-vampiros e os estava protegendo esse

tempo todo. Mas eles sabiam e estavam gratos por isso. Eu choro toda vez.

Humm, são mais de três coisas. Tenho tantas coisas para agradecer. Acho que vou explodir.

Sexta-feira, 8 de maio, 00h05, apartamento do terceiro andar, Consulado Geral da Genóvia

<Lilly Moscovitz "Virago"   SAR Mia Thermopolis "FtLouie">

Por que você não para de me ligar? Estou estudando. A não ser que o consulado esteja sob ataque novamente e o Lars esteja comendo laranjas transgênicas com casca, eu não quero saber.

Foi mal. Tenho algo importante para contar. Mas não é sobre o Lars.

Vi o seu depoimento sobre a sua irmã. Ficou bom.

Valeu. Não adiantou nada. A tia dela apareceu e a levou de volta para Nova Jersey.

Como assim? A gente tinha um acordo!

Ela tem a guarda legal, portanto o acordo não é válido. Mas ela talvez tenha violado os temos da guarda. Os advogados do meu pai vão passar a noite vendo isso. Enfim, queria dizer, antes de você ouvir em outro lugar, que 3st0u gr4v1D4.

Ha ha ha, eu sei, li numas três capas de tabloide essa semana. São gêmeos.

Não, é sério, estou e são.

O meu irmão estava contando a verdade sobre "quebrar os dentes" do J.P. na casa da sua avó?

Sim. É verdade. Mas ele não acertou a boca dele. E não sei como a imprensa descobriu sobre os gêmeos antes de mim. Talvez seja porque me vigiam 24 horas por dia e notaram meu ligeiro aumento de peso.

Você realmente precisa diminuir a dose dos remédios, Thermopolis. Sei que está sob muita pressão, mas isso é insano.

Não estou tomando nenhum remédio. Só achei que você quisesse saber porque vai ser tia de verdade, mas se não quiser acreditar, tudo bem. Eu diria para perguntar ao seu irmão, mas ele está dormindo ao lado de um pote vazio de Rocky Road.

OK, agora tenho CERTEZA de que você está alucinando. Está tudo bem, a gente estudou um caso sobre isso na aula uma vez, mais de 30% das pessoas sofrem de alucinações logo antes de dormir ou acordar e elas podem soar muito convincentes...

OK, bom, então vou ficar esperando ansiosamente pelo seu pedido mais sincero de desculpas quando você perceber que estou certa e você está errada, ainda mais porque isso acontece muito raramente.

OK. Boa noite, PDG. Tente não operar máquinas pesadas.

Boa noite, tia Lilly!

Sexta-feira, 8 de maio, 9h35, apartamento do terceiro andar, Consulado Geral da Genovia

Aparentemente, a Grandmère não é uma dessas pessoas que acredita que mulheres grávidas — mesmo as grávidas de gêmeos — devem ser tratadas como uma flor delicada.

(Michael também não é, mas decidiu trabalhar de casa mesmo assim — pelo menos de manhã, pois ele tem uma reunião à tarde — porque eu preciso deixar o pé de repouso. Ele me trouxe café na cama.)

Mas acho que se arrependeu dessa decisão, porque a Grandmère não para de ligar desde as 9 horas, exigindo que eu volte imediatamente ao Plaza para me explicar.

Claro que não atendi. Decidi que era melhor mandar mensagem porque não estou com vontade de falar com ela agora e, também, estou curtindo demais a minha torrada com ovos.

<Princesa viúva Clarisse da Genovia "El Diablo"

SAR Mia Thermopolis "FtLouie>

> Achei que tinha me explicado perfeitamente ontem à noite. Deixei a explicação na sua armadura.

Amelia, está sendo obtusa. Já falou com o seu pai hoje? Porque eu falei, e sabe o que ele me disse? Disse que além de abrir mão do cargo de primeiro-ministro, ele vai abrir mão da regência. Ele e a sua mãe estão "apaixonados", sabe lá o que isso quer dizer. Ele vai abdicar, Amelia! Vai oficialmente abdicar do trono!

Acabei de ter o meu primeiro enjoo matinal oficial.

Sexta-feira, 8 de maio, 9h55, apartamento do terceiro andar, Consulado Geral da Genovia

Ou talvez tenha sido apenas o enjoo de pensar que, em alguns meses, não vou apenas me casar... também vou comandar um país.

(Apenas oficialmente, porque o país é uma monarquia constitucional e vai ser governado de verdade pela madame Dupris. Mas ainda assim.)

Coitado do Michael! Fez um café fofo para mim! Todo desperdiçado.

E agora estou morrendo de fome novamente.

Sexta-feira, 8 de maio, 11h45, apartamento do terceiro andar, Consulado Geral da Genovia

Bom, acabou de acontecer algo meio constrangedor. Enquanto eu engolia o segundo café da manhã que o Michael fez, alguém bateu na porta, e adivinhe quem era? Meus pais. Juntos!

Eu não deveria ficar tão surpresa, afinal o meu pai ainda é oficialmente o príncipe da Genovia e eu moro no consulado, mas ainda assim.

Eles disseram que queriam me contar a "novidade" pessoalmente.

Claro que precisei fingir que a Grandmère não tinha estragado tudo, e também que não tinha acabado de vomitar no lavabo, e também que o meu namorado não tinha dormido aqui, o que eles obviamente devem saber que o Michael faz de vez em quando, uma vez que estamos juntos há milênios, estamos noivos, o meu pai recebe um relatório da GRG de tudo o que eu faço — estou deduzindo — e eu estava vestindo uma calça de pijama e uma camiseta que dizia VISITE A BELA GENOVIA com um pé para cima na cama desarrumada.

Mas foi constrangedor de qualquer jeito.

"Bom, Mia", meu pai disse, com o maior sorriso que já vi em muitos anos... talvez desde sempre. "Sua mãe e eu temos algo para contar."

"Ótimo", Michael disse, trazendo correndo duas xícaras de café. Ele adora receber visitas. "Mia e eu também temos algo para contar."

"Ah, vocês primeiro", minha mãe falou enquanto andava de um lado para o outro, bisbilhotando todas as minhas coisas. Ela sempre faz isso. Não é por mal.

"Não", meu pai discordou. "Na verdade, acho que a gente deveria contar primeiro, Helen."

"Deixe as crianças falarem antes, Phillipe", minha mãe reagiu. "Não seja um estraga-prazeres."

Meu pai pareceu um pouco surpreso de ser chamado de estraga-prazeres, mas depois de ponderar, disse, "Bom, tudo bem", com perfeita elegância.

Eu podia ver que essa seria a vida dele de agora em diante: minha mãe ia mandar e ele ia amar obedecer. Ele está acostumado com mulheres dizendo o que deve fazer — Grandmère —, mas a minha mãe é bem mais bonita e também não é mãe dele.

Michael veio até a cama e pegou na minha mão.

"Bom, diga", ele falou, apertando meus dedos para me encorajar. "Vai ter que contar alguma hora."

Era uma situação vergonhosa. Uma coisa é contar que você está grávida de gêmeos para a sua avó num surto de mau humor...

Outra, totalmente diferente, era anunciar uma gravidez para os seus pais, ainda mais após descobrir que eles estão juntos novamente depois de 26 anos e que o seu pai vai abrir mão do trono por causa disso.

Além do mais, reparei que existe uma moda online na qual os casais filmam os pais abrindo uma caixa com roupas de bebê, ou algo do tipo, e depois dizem, enquanto o casal fofo de idade segura um par de botinhas intrigado: "Estamos esperando seus netos!"

Geralmente, isso faz com que os futuros avós chorem.

Eu queria que o Michael e eu tivéssemos preparado algo tão criativo. Bom, quem sabe para os Drs. Moscovitz.

Resolvi simplesmente dizer a verdade.

"Bom", eu falei, "fui ao médico ontem para tirar um raio X do meu pé, porque a tia da Olivia o esmagou contra a porta, e parece que estou grávida de gêmeos. Então, a gente provavelmente vai precisar adiantar a data do casamento. Espero que não seja um problema muito grande".

Eu queria ter pensado em filmar a reação deles porque foi demais. Os *dois* começaram a chorar, o que me deixou bem feliz, e me abraçaram e soluçaram e nos disseram o quanto estavam felizes com a notícia.

Mas teve um momento enquanto estavam nos abraçando e chorando e dizendo como estavam felizes em que o meu pai ficou um pouco emotivo *demais*. Quando eu disse para ele jogar fora o mapa, não quis dizer para que também jogasse fora todos os filtros. Ele me disse que a minha mãe o fazia o homem mais feliz do mundo e que agora eu o fizera o homem mais feliz da galáxia e que só precisava que os advogados bolassem um acordo para que tivesse pelo menos a guarda compartilhada da Olivia para ser o homem mais feliz do universo.

"Sabe, sua mãe e o Rocky vão se mudar para a Genovia no verão", ele contou, "assim que eu reformar o palácio de verão. Espero que até lá as coisas já estejam resolvidas com a Olivia, e você estará casada, e eu terei abdicado, e poderemos ser uma grande família feliz".

413

"Calma aí", eu disse. "Vão renovar o palácio de verão? Se você, minha mãe, Rocky e a Olivia — espero — vão morar no palácio de verão, onde a Grandmère vai morar?"

"No palácio principal", meu pai respondeu, me apertando com força. "Com você e o Michael. Ela pode ajudar com os bebês. Será *maravilhoso.*"

Maravilhoso para quem? Não para mim. Nem para o meu marido, que terá de morar com a minha avó. Fico feliz em ver o meu pai tão bem e é ótimo que a minha mãe também esteja feliz e, sim, sei que estou reclamando de morar num palácio, o que é equivalente a reclamar sobre sapatos de diamantes apertados, mas é um palácio com a *Grandmère,* que gosta de fumar dentro de casa enquanto folheia o jornal... e depois pelo resto do dia até retirar os cílios postiços e desligar a luz para dormir.

Sexta-feira, 8 de maio, 11h45, apartamento do terceiro andar, Consulado Geral da Genóvia

A vice-primeira-ministra acabou de ligar para me dar os parabéns por eu ser a mais nova monarca regente. Eu a parabenizei de volta por ser a mais nova primeira-ministra.

Claro que nada disso será anunciado oficialmente até a semana que vem, o que é bom, porque esperamos ter resolvido a questão da guarda da Olivia até lá. Meu pai está no telefone com os advogados nesse instante. Aparentemente, houve algum tipo de avanço.

Antes de desligar com a vice-primeira-ministra, perguntei o que o primo Ivan tinha dito sobre doar três navios para o abrigo de refugiados.

Ela disse, "Ele concordou perfeitamente!", e eu respondi, "Ótimo."

Ela comentou que acredita que seremos uma dupla incrível. Eu concordei.

Espero que não tenha percebido que, enquanto nos falávamos, eu estava com a cabeça no chão do banheiro.

Sexta-feira, 8 de maio, 13h52, no híbrido a caminho de Cranbrook, Nova Jersey

Os advogados conseguiram fazer um acordo com Bill Jenkins (e, supostamente, com os tios da Olivia).

Os detalhes são confidenciais — eu podia descobrir se perguntasse, mas não quis saber. Imagino que envolva um depósito considerável na conta do Rick O'Toole ou a promessa de não o prender por fraude na pensão.

De qualquer forma, estou a caminho de Cranbrook — dessa vez com o meu pai — para buscar a Olivia.

Assim espero. Estou de dedos cruzados para que não dê nada errado. As coisas estão indo bem demais hoje para eu ficar esperançosa — tirando a parte sobre eu e o Michael termos que morar com a minha avó e o enjoo matinal, ou seja lá o que for.

Estou me sentindo um pouco melhor. O ginger ale está ajudando.

A Grandmère sempre insiste em dizer que o segredo para envelhecer bem é uma boa hidratação, mas às vezes me pergunto se esse não seria o segredo para viver bem.

Meu pai certamente está seguindo o conselho dela. Ou é o bom e velho *amoooor*. A cor dele voltou ao normal, e já posso ver uma sombra no lábio superior (ele não fez a barba hoje de manhã. Já está bem melhor). Ele não para de tagarelar sobre a minha mãe, e como ela é incrível, e quão bem ele se sente agora que ela está o deixando entrar na sua vida novamente, e como ela vai ser ótima com a Olivia (embora a gente tenha concordado que era melhor fazer essa viagem sem a minha mãe — e a Grandmère. Elas têm personalidades um pouco fortes demais).

Agora que superei o choque inicial — assim como o choque inicial de ter gêmeos —, acho que vou ser ótima nessa coisa de governar. Talvez a madame Dupris, a Olivia, os gêmeos e eu possamos fazer alguma coisa de verdade com aquele pequeno principado litorâneo. Se a Lilly conseguir a licença, eu talvez veja se é possível contratá-la como procuradora-geral. E contratar a Tina, se ela um dia terminar a faculdade de medicina, como cirurgiã geral.

(Embora a gente realmente devesse contratar pessoas locais. Mas não existem tantos genovianos interessados em carreiras legais ou médicas por causa das distrações provenientes de praias cristalinas e cassinos.)

Para dizer a verdade, não estou nem muito preocupada com a Grandmère. Ela tem outros palácios herdados da família Grimaldi que ficam a um passo da rue de la Princesse Clarisse da Genovia. Quando os gêmeos nascerem, tenho um pressentimento de que vai querer se mudar para um desses palácios, especialmente se quiser receber interesses amorosos, como o monsieur De la Rive.

Então estou aqui, deixando o meu pai falar sem parar, me dizendo como eu estava certa sobre ele abandonar o mapa e como ele teria se poupado de tanto sofrimento se "tivesse feito isso antes".

Estou me controlando para não dizer que se "tivesse feito isso antes", nunca teria conhecido a Elizabeth Harrison e a Olivia não existiria. Tenho certeza de que no fim das contas ele descobrirá isso sozinho.

Uuuuh, a Tina mandou mensagem:

<Tina "TruRomantic"   SAR Mia Thermopolis "FtLouie">

> Oi, como você está? Desculpe incomodar, mas queria dizer que amei a entrevista que você fez com o Brian F.! Seu cabelo estava ótimo! Outra coisa, a gente ainda vai usar a cor creme para as madrinhas, né? Porque vi um vestido na internet que é muito bonito e talvez o S. pudesse dar uma olhada? Ou ele ficaria chateado com sugestões? Sei como são os estilistas. Pelo menos na TV e, é claro, nos romances da Danielle Steel.

> **Valeu! Me mande o vestido. Vou encaminhar para o S. Ele vai ter muitos desafios com o casamento de qualquer jeito, por outros motivos.**

> Sério? Por quê? Não me fale que sua avó está mudando tudo de novo... Mia, não é justo, o casamento é SEU! Deveria poder ter um bufê de nacho se quiser! É um pouco fora do comum, mas não é como se fosse inédito.

> **Não é o bufê de nacho. 3st0u gr4v1d4.**

> ...

...

...

Tina, acho que o seu telefone está com problema, as três últimas mensagens vieram sem nada escrito.

Não, apertei enviar sem querer antes de escrever de tão animada que fiquei! Ai, Mia!!!!!

Mas tem certeza? Porque sabe que no mês passado você achou que estava com dengue.

Não, foi confirmado com um exame de sangue e urina. Mas, agora que você falou, acho que sei por que pensei que estava com dengue no mês passado.

O QUE O MICHAEL DISSE????

Ele está muito orgulhoso de si mesmo.

De si mesmo? Por quê? O que ELE tem a ver com isso? Assim, além do óbvio.

Conto mais tarde pessoalmente. Agora estou no carro com o meu pai. Estamos indo buscar a Olivia.

Ai, Mia!!! Mas e o VESTIDO?????

Sim, exatamente. Prioridades.

Você entendeu. O que vai fazer????

Vou dar um jeito. Falou com a Lana ultimamente?

Não. Por que eu teria falado com ela?

Pare, T.! Sei que estão planejando uma despedida de solteira "surpresa" no Crazy Ivan's da Genovia.

Ah, não! Como descobriu?

Lana já me perguntou. Depois o Boris contou tudo para o Michael. O que quer dizer que você tem falado com a Lana E o Boris.

Bom... a gente queria fazer uma coisa especial para os dois!

Bom, não preciso de nada especial. Já tenho vocês! E não faz sentido fazer uma despedida de solteira insana quando nem posso beber. E seria mais legal fazer algo para todo mundo junto. Talvez a gente devesse ir para Buenos Aires comer filés com os meninos.

Só que não vai ser uma despedida de solteiro se A GENTE for!

Mas nenhum deles é solteiro de verdade, né? Pelo menos o Michael não é, e ele vai ser pai de gêmeos.

GÊMEOS??????

Foi mal, Tina, preciso ir, chegamos na casa dos O'Toole. Tchau!

ESPERE! GÊMEOS?????

Sexta-feira, 8 de maio, 17h45, sala de espera, Hospital de Cranbrook

Bom, as coisas certamente não aconteceram como eu esperava.

Embora as pessoas aqui na sala de espera do hospital em Cranbrook sejam muito agradáveis, o que é mais do que posso dizer sobre os tios da Olivia.

Na verdade, Catherine até tentou ser simpática quando chegamos, nos recebendo e oferecendo café, que eu obviamente não bebi, mas não ofereceu mais nada.

Contudo, o marido dela agiu como um garoto arrogante, dizendo: "Na verdade, a Olivia que deve decidir onde quer morar e posso afirmar que prefere ficar aqui. Ela sabe que será melhor se mudar para Qalif com pessoas normais que ela já conhece do que ir para a Genovia com um monte de esnobes da realeza que ela não conhecia até dois dias atrás."

Sério? Em que planeta? Eu quis perguntar.

Não dava para dizer se ele estava tentando arrancar mais dinheiro ou simplesmente sendo obtuso (para usar a palavra favorita da Grandmère). Parecia muito óbvio que a Olivia queria morar com o pai, especialmente depois daquele *Nãooooo!* que ela gritou ao saber que os tios haviam chegado para levá-la de volta a Nova Jersey.

Mas eu disse, exercitando minhas habilidades diplomáticas, "Bom, quando a Olivia voltar do colégio, veremos o que ela tem a dizer. Até lá, vamos ficar aqui tomando um café delicioso com esses biscoitos sem glúten tão gostosos." Observação: não eram gostosos. "Não importa o que ela decidir, nós vamos acatar."

Meu pai não gostou nada do que eu disse. Sei porque ele ficou se mexendo no sofá branco, olhando para o Rolex.

Mas o que podíamos fazer? A gente chegou cedo demais e a Olivia ainda não estava em casa e, de qualquer jeito, era *mesmo* uma decisão dela, independentemente da justiça. Eu sabia que o meu pai não gostaria nunca de vê-la infeliz e certamente faria o possível para evitar uma disputa judicial com a tia dela — e Rick O'Toole.

Eu estava puxando assunto com a Catherine O'Toole sobre sua cerimônia de casamento — eles tinham uma foto imensa de uma cerimônia na praia na parede — quando a porta da frente se abriu e a minha irmã entrou com o uniforme branco *coberto de sangue*.

Acho que nunca gritei tão alto na vida.

Então saltei do sofá e corri até a Olivia, berrando seu nome, tentando descobrir de onde vinha o sangue.

Engraçado como as pessoas reagem de formas diferentes em momentos de crise. Meu pai fez exatamente a mesma coisa sem gritar. Lars, que estava jogado numa cadeira, saltou de pé como se tivesse levado um choque e ligou correndo para a equipe da GRG enviada para proteger a minha irmã, exigindo uma explicação.

Mas como os tios da Olivia reagiram? Os dois nem levantaram do sofá! Não até eu derrubar o meu café (quando saltei).

Somente *então* a tia dela se levantou. E foi apenas para limpar o precioso tapete branco.

423

"Olivia." Meu pai estava passando os dedos pelos braços da filha à procura de ossos quebrados. "Onde está machucada? De onde vem o sangue? Quem fez isso com você? *Quem fez isso com você?*"

"Está tudo bem", Olivia afirmou, através da toalha de algodão que segurava no rosto. "É só o meu nariz."

"Ela está bem", fomos assegurados por uma garota ruiva que entrou na casa atrás dela. "Só levou um soco na cara da Annabelle Jenkins."

Tudo que consegui dizer ao ouvir isso foi "Graças a Deus."

Pode soar horrível, mas o que quis dizer foi: *Graças a Deus que foi só a Annabelle Jenkins e seu punho, e não o DemagogoReal com uma arma, faca ou ácido.* Podia ter sido tão, tão pior. Fiquei muito aliviada.

Mas, um segundo depois, fiquei com raiva. Não porque eu estava errada, mas porque a minha irmã tinha levado um soco na cara e aparentemente certas pessoas — como a escola e os filhos do tio Rick, que entraram se arrastando ao lado dela e agora estavam parados sorrindo sarcasticamente para mim — tinham permitido que isso acontecesse.

Obviamente não se pode proteger as crianças de tudo — como já disse antes —, mas devem existir forma razóaveis de proteção, especialmente se você está pagando por isso, o que, P. S., eu estou.

"Onde estava a Guarda Real da Genovia?", exigi saber, encarando o Lars, que ainda estava no telefone. "Mandei que a acompanhassem o dia todo. Por que não impediram que a Annabelle fizesse isso?"

"O pai da Annabelle disse que ia processá-los", Olivia disse atrás da toalha. "E todo o sistema educacional de Cranbrook, se encostassem na filha dele. Eles disseram que ligaram para avisar, mas que você estava numa reunião e não podia ser incomodada. Eu não sabia que a reunião era *aqui*, sobre mim."

Rick deu uma risada ainda sentado no sofá. "Ha ha. Esse Jenkins. Precisamos admitir que o cara é bom."

Foi então que o meu pai perdeu a cabeça. Acho que teria dados seus próprios socos se eu não tivesse me metido e dito: "OK, chega. Vou levar a Olivia ao médico agora mesmo."

"Imagine, não precisa fazer isso", Catherine falou, envergonhada. Não pude deixar de observar que, durante todo o conflito entre o meu pai e o marido dela — que tinha sido meio feio —, ela não tinha parado de esfregar a mancha no tapete por um segundo. "Tenho certeza de que não é nada grave, mas o nosso pediatra é perfeitamente capaz..."

"Você deveria avisar ao seu pediatra que o nosso médico vai requisitar o histórico da Olivia." Peguei a mão da minha irmã. "Porque acredito que esse incidente provou de forma contundente que esse ambiente não é seguro — ou estável — o suficiente para ela. Se discordarem, podem pedir que o advogado de vocês entre em contato com o nosso. Vamos, Olivia. Vamos buscar as suas coisas."

Comecei a puxá-la em direção à escada para que ela pudesse juntar as coisas. Eu estava muito irritada.

Mas, embora estivesse sentindo um claro desconforto físico — algo que eu compreendia; meu pé não estava muito bem também —, ela se demorou um pouco, esperando para ver o que ia acontecer em seguida.

Assim, meu pai parou de encarar o Rick com ódio e disse: "Sim. Sim, claro, Mia, você está certa. Vamos."

E se agachou para pegar a Bola de Neve — que também estava fascinada pela mancha —, depois nos seguiu pela escada.

Mas é claro que a tia não conseguia deixar para lá.

"Mas e a promessa que fiz para a minha irmã?", ela perguntou friamente. "Prometi que criaria a filha dela da forma mais normal possível..."

"Você e eu sabemos, Catherine", meu pai retrucou, no tom mais arrasador que eu já vira, até mesmo no parlamento, "que a Elizabeth queria acima de tudo que a filha fosse amada. E pelo o que posso ver aqui, isso está longe de ser verdade".

Vi os tios da Olivia trocarem um olhar. Talvez eu tenha imaginado coisas, mas acho que vi culpa — culpa e talvez um pouco de vergonha — nos olhos deles.

Antes que eu percebesse, a Olivia havia sido puxada de mim e a Catherine estava agachada na frente dela.

"Olivia", ela disse, chorosa. "Sabe muito bem que amamos você. Sei que não foi mimada, mas fiz isso porque a minha irmã queria que você soubesse como vivem as pessoas comuns. Ela não queria que a filha crescesse e se tornasse uma princesa rica e esnobe que apenas se importa com beleza e capas de revista."

Ela teve a audácia de olhar para mim. O quê? *Eu* era a princesa esnobe de quem ela estava falando?

"Não é isso que você quer, não é, Olivia?," Catherine perguntou. "Crescer e se tornar uma princesa rica e esnobe?"

"Não", Olivia exclamou, horrorizada. "Claro que não!"

Catherine sorriu e afrouxou levemente a pegada nos braços da sobrinha. "Ai, graças a Deus", ela disse. "Fiquei preocupada."

"Não quero morar com você porque quando cheguei em casa a sua única preocupação foi a mancha no seu tapete idiota." Olivia apontou para mim e para o meu pai. "*Eles* se importaram com o que tinha acontecido comigo. E é por isso que quero morar com eles. Agora, alguém pode me trazer um pouco de gelo? O meu nariz está doendo muito."

Se os gêmeos forem só um pouquinho da maravilha que Olivia era, vou me sentir um sucesso como mãe. Não que eu tenha tido algo a ver com o quanto ela é incrível, claro.

Assim que a gente receber o raio X para saber se o nariz está quebrado (se estiver, ela precisará se consultar com um cirurgião plástico), podemos ir para casa.

Para a Olivia, isso significa ir para Manhattan e depois — possivelmente amanhã, via avião real — para a Genovia.

Não quero ofender o local de nascimento da minha irmã, mas se eu nunca mais precisar pisar em Cranbrook, Nova Jersey, serei uma pessoa extremamente feliz.

Ah, o Michael mandou uma mensagem:

<Michael Moscovitz "FPC" SAR Mia Thermopolis "FtLouie">

Por que o TMZ postou fotos suas na emergência de um hospital em Nova Jersey? Está tudo bem???

Rs, está tudo bem. Comigo, ao menos. O., no entanto, levou um soco na cara da garota má do colégio. Mas ela vai ficar bem.

Que bom. Fiquei assustado. Achei que tivesse algo errado com você. Ou com os bebês.

Estamos todos bem. Exceto que estou morrendo de fome e não tem nada para comer aqui.

Volte. Para. Casa.

Estou indo. Mas antes vou levar a minha irmã no restaurante favorito dela como prêmio por ser tão corajosa.

Estou com medo de perguntar.

Deveria. É o Cheesecake Factory. Ela nunca foi.

Quando chegar em casa VOCÊ vai receber um prêmio por ser tão corajosa.

Uuuh, promete?

Mais que prometo, juro.

Palais de Genovia

Por ordem de

Príncipe Artur Christoff Phillipe Gérard
Grimaldi Renaldo da Genovia

você está cordialmente convidado para o casamento de

Sua Alteza Real Princesa Amelia
Mignonette Grimaldi Thermopolis Renaldo

com

Sr. Michael Moscovitz

No Salão do Trono do Palais de Genovia

Sábado, vinte de junho de 2015, meio-dia

RSVP ao: Lorde Chamberlain Palais de Genovia

Traje cerimonial   Recepção após a cerimônia

Sábado, 20 de junho, 14h05, quarto real do palácio da Genovia

Leitor, eu me casei com ele.

Ha! Sempre quis escrever isso!

É tão perfeito que eu queria ter criado essa frase. Mas não posso roubar o crédito: é de *Jane Eyre*. Só devo confessar que nunca o li inteiro (embora seja um dos meus livros favoritos) porque nunca consegui lidar com as partes deprimentes no começo, quando ela está presa no orfanato.

E, certamente, não vou ler as partes deprimentes *agora*. Tenho ordens médicas para ler somente coisas adoráveis, alegres e não estressantes, o que até a minha mãe — uma das pessoas que me forçou a vir aqui "descansar" entre a cerimônia e a festa, embora eu tenha dito que não estou cansada — disse que é um bom conselho.

"Eu li *O senhor dos anéis*, de J.R.R. Tolkien, quando estava grávida de você", ela admitiu. "E sempre me perguntei se foi por esse motivo que você ficou desse jeito."

Suponho que ela queira dizer uma líder inata, como o Aragorn, e não uma criatura troll ansiosa, como o Gollum, que fala sem parar com aquela língua presa sobre o seu "precioso".

Não perguntei porque, sinceramente, não quero saber. Ultimamente, muitas pessoas do meu passado me contaram coisas demais que preferia *não* saber. É de se esperar quando se reúne um grupo imenso de pessoas do seu passado ao mesmo tempo, mas, ainda assim, é um pouco arrasador. A despedida de solteira foi sofrimento suficiente — embora tenha sido exatamente como eu queria, apenas nós garotas na piscina do palácio. Sem ninguém precisar ir ao Crazy Ivan's!

Exceto, claro, que a Lana precisou mostrar o book do concurso de beleza da bebê Iris (literalmente. Ela contratou um fotógrafo profissional e tirou fotos da filha).

E depois a Lilly causou um escândalo na GRG ao ser vista pelas câmeras de segurança saindo do quartel-general às 0600 (seis horas da manhã em termos militares), vestindo apenas um sorriso e uma saída de praia (e obviamente nada por baixo).

Ela está morrendo de vontade de contar o que (e quem) estava fazendo lá, mas toda vez que começa, eu boto os dedos nos ouvidos e grito: "La, la, la, la, la."

Eu não *quero* saber (mas é claro que já sei).

Meu objetivo era ter o casamento menos dramático possível.

Mas descobri que isso é quase impossível quando se tem um pouco mais de um mês para organizá-lo (a Grandmère insistiu para adiantarmos a data, como eu suspeitava, para que eu não estivesse "de barriga" na frente de todos), ainda mais quando esse casamento tem dois mil convidados e o mundo inteiro de espectador.

É parcialmente por isso que não escrevo há tanto tempo no diário: não é brincadeira fazer uma mudança — com o seu namorado — para um país estrangeiro, planejar um casamento real, ajudar a irmã caçula a se adaptar na nova escola e ter enjoos matinais, tudo ao mesmo tempo.

- *Lembrete:* Conferir se o remédio para enjoo é seguro para gestantes. O médico (assim como a Tina) disse que sim, mas é melhor confirmar no Google. Agora que finalmente parei de vomitar, não quero que volte logo na lua de mel, só porque vamos ficar num iate.

E, é claro, também teve "o incidente".

Não tenho certeza se quero falar disso num dia tão feliz, especialmente porque é apenas um pontinho negro na minha felicidade. Eu nem teria ficado sabendo se o Michael não tivesse cancelado a viagem de despedida de solteiro para Buenos Aires.

"Eu não quero deixar você sozinha", ele disse quando perguntei o motivo, tão casualmente como se dissesse, *Vou nadar na piscina real,* algo que ele faz frequentemente. Muitas vezes assisto da varanda do quarto. É uma vista e tanto.

"Michael, não faz sentido. Nunca estou sozinha. Moro num palácio com a minha avó, cem funcionários — muitos com treinamento em Krav Maga, a arte israelense de combate — e minha mãe, meu pai, irmão e irmã, que estão ficando aqui até o palácio deles terminar de ser reformado. Nunca consigo um *minuto* sozinha. Vá se divertir comendo animais mortos com o Boris e seus amiguinhos virtuais esquisitos."

Então ele tentou dizer que não "queria uma despedida de solteiro" e que "não estava a fim" de ir para Buenos Aires, mas eu *sabia* que era mentira, porque o peguei algumas vezes procurando na internet "Os melhores restaurantes de carne na Argentina" (do mesmo jeito que as outras pessoas pegam seus namorados olhando pornografia).

Não tive outra escolha senão mandar a irmã dele investigar. Eu precisava saber o que estava acontecendo. Na verdade, pedi para a Lilly descobrir mais pela Tina do que por mim, porque eu estava começando a suspeitar que algo ainda mais bizarro tinha acontecido com o Boris do que a traição com aquela blogueira. Talvez o Michael tivesse descoberto que o Boris comandava uma rede de prostituição com menores de idade, ou algo do tipo com as Borettes, e ele queria se manter o mais longe dele possível (compreensível).

Mas logo a Lilly descobriu a história real, e não era nada disso. Não tinha nada a ver com o Boris:

Michael havia descoberto a verdadeira identidade do DemagogoReal... e era alguém que a gente conhecia! Alguém do meu passado.

Alguém tão improvável que eu jamais o considerei como suspeito.

A Lilly ainda estava em Nova York, e eu estava aqui, na Genovia, então ela me ligou. Nem mandou mensagem. Ou procurou saber a diferença de fuso horário.

"É o J.P.", ela disse antes de falar oi.

"O quê? Quem é J.P.? Do que está falando? Você sabe que aqui é uma da manhã? Eu estava dormindo."

"Foi mal. Mas o DemagogoReal é o J.P. Acabei de desligar com o Michael, que confirmou."

"Michael? O Michael está lá embaixo na sala de jogos, jogando sinuca com o Lars."

"É, está lá agora. Mas antes estava falando comigo. E disse para não contar para você, mas quando deu um soco no J.P. na casa da sua avó, o Michael roubou o telefone dele porque queria saber para quem mais ele havia tentando vender convites do casamento. E ele viu todos os posts do J.P. como DemagogoReal, o seu stalker."

Fiquei horrorizada. "Ai, meu Deus!"

Pensando bem, faz completo sentido. Não sei como não percebi isso antes. Era tão inacreditável que alguém que conheço tivesse tanta raiva de mim e fizesse comentários tão cruéis sobre mim e a minha família.

Mas quem mais teria tanto motivo para isso? Ou pelo menos *acharia* que tinha motivo, porque desde que o conheci, J.P. sempre quis me usar, de um jeito ou de outro.

Agora só consigo pensar em quantas horas ele perdeu na frente de todos aqueles computadores, usando um codinome para espalhar o ódio, quando podia ter gastado fazendo algo positivo para si e para o mundo. Ele tinha talento — o livro não era meu estilo, mas muita gente teria adorado. Qual caminho tortuoso ele havia decidido seguir?

O errado, obviamente.

"Por que o Michael não me contou?", perguntei à Lilly.

"Porque no dia seguinte você descobriu que estava grávida de gêmeos, bobinha. Ele não queria chatear você. Enfim, ele disse que não há motivo para preocupação porque está tudo resolvido."

"O que isso quer dizer, que está tudo resolvido?", questionei. "Como está tudo resolvido?"

"Bom, teve notícias do Demagogo Real ultimamente?"

"Não." Pensando melhor, fazia sentido. Eu não tinha visto nenhum post ou ameaça desde aquela noite com J.P. na casa da Grandmère. Mas isso não era necessariamente algo positivo. "Ai, meu Deus, Lilly! O que o Michael fez com o J.P.?"

"Não fez nada. Não seja idiota. Apenas entregou o telefone para a GRG."

"Ai, não", gemi.

"Ah, tá", Lilly ironizou. "Você acha que o J.P. está trancado em alguma sala sob o palácio que nem o presidente fez com o namorado da Olivia Pope em *Scandal*?"

"Não", falei. "O novo namorado da Grandmère trabalhava para a Interpol. Aposto que prenderam o J.P. lá."

"Bom", Lilly disse, "melhor assim. Então acho que o romance distópico imbecil dele nunca vai ser publicado. E o J.P. aprendeu uma lição valiosa: não se meta com a princesa da Genovia."

Claro que nada disso explicava por que o Michael não queria ir para a Argentina, então precisei confrontá-lo assim que ele voltou para o quarto.

No entanto, ele pareceu somente chocado com a traição da irmã e disse para eu não me preocupar: Lars havia dito a ele que o J.P. tinha se "voluntariado" para ir trabalhar numa geleira russa para "clarear as ideias" e não voltaria para os Estados Unidos por muitos meses, possivelmente anos.

"Michael", eu disse, descrente. "Se voluntariou? Não me parece nem um pouco a cara do J.P. Ele odeia trabalho físico. E nada disso explica por que você não quer ir para a Argentina na sua despedida de solteiro."

"Eu já disse", ele respondeu, entrando na cama. "Não *quero* uma despedida. Se eu for a Buenos Aires comer filés, que seja com você."

Era difícil rebater isso.

Ah, por falar — ou escrever — do diabo: Michael acabou de chegar para ver como estou. Ele está tão lindo com seu fraque! Quando eu estava caminhando para o altar e o vi ali, tão nervoso — em parte por causa das muitas câmeras à nossa volta, com aquelas luzes extremamente fortes em nossos olhos —, mal pude acreditar na minha sorte.

Mas é claro que não tinha nada a ver com sorte. Nós dois nos esforçamos muito — e passamos por muita *coisa* — para chegar até aqui. A gente devia receber uma espécie de recompensa só pelo o que tivemos que aturar com a Grandmère nas últimas semanas. Existiram muitos momentos em que pensei seriamente em fugir para Bora Bora e morar lá para sempre sob um nome falso para escapar dela.

Mas, depois de hoje à noite, tudo chegará ao fim.

Pelo por duas semanas, enquanto estivermos no iate sem ter que ouvi-la reclamar de como tudo que a gente faz é errado...

"Por que não está descansando?" Michael quer saber.

"Eu *estou* descansando."

"Escrever no diário não é descansar."

"Sério? Também vai me criticar?"

Quando se engravida — especialmente de gêmeos — as pessoas só se importam (incluindo seu parceiro, às vezes) com o que está crescendo dentro do seu útero, especialmente se for uma pessoa de linhagem real. Desde que perceberam que os tabloides estavam certos e que eu estava de fato grávida de gêmeos, só querem saber:

- O sexo dos bebês. (Michael e eu sequer sabemos. A gente pediu para ser surpresa.)

- Quais serão os nomes (e todos têm muitas sugestões, embora a gente não tenha pedido. Temos ideias próprias para os nomes, melhores até que Luke e Leia, tipo Frank e Arthur, e Helen e Elizabeth. Mas é claro que todos vão odiar essas ideias, então as mantemos em segredo).

- De tocar na minha barriga, para dar sorte ou apenas por eu ser a nova "princesa do povo"... o que acho que significa que os gêmeos serão os "filhos do povo" e isso é bom. Mas sério. Limites. Tenham *limites!*

- De dar conselhos, desde dicas de maternidade a quanto você deve descansar, o que deve ou não deve comer, beber, fazer, vestir etc.

Mas é bom ser adorada, acho.

Michael deu um sorriso e sentou na cama ao meu lado, empurrando levemente o Fat Louie.

"Não estou criticando", ele disse. "Estou cuidando de você. É o meu novo trabalho, além de andar sempre dois passos atrás de você, protegê-la com a minha vida e chamá-la de 'senhora'."

"Você não precisa de fato me chamar de 'senhora' até a coroação", expliquei, estendendo o braço para apertar a mão dele. "Como está tudo lá embaixo?"

Ele acenou com a cabeça para as portas da varanda, por onde eu podia ouvir nossos pais e familiares, todos os padrinhos, madrinhas, convidados de honra e todo o resto — mas especialmente a Grandmère — rindo a todo volume e aproveitando o champanhe e os mini queijo-quentes (eu ganhei essa. Mas não teve bufê de nachos ou taco. No entanto, comeremos macarrão com queijo e lagosta mais tarde) nos jardins reais abaixo.

"Não consegue saber pela zona?", ele disse. "Estão odiando. Simplesmente terrível. A cerimônia foi um desastre."

"Não foi nada", eu disse. "Andei vendo na TV." Levantei o controle. "Está gravado. Passaram na CNN. Quer ver?"

Ele resmungou. "Não. Por que eu ia querer ver a minha cabeça enorme na CNN?"

"Sua cabeça não é enorme. A cabeça do marido da Lana é enorme."

Michael arregalou os olhos. "Eu sei! Já viu aquilo? O que há de errado com ele?"

"Não sei, mas se a cabeça dos nossos bebês for desse tamanho, com certeza vou fazer uma cesariana. Agora consigo entender perfeitamente do que a Lana estava falando quando disse que fez uma."

"Isso foi cruel", Michael comentou. "Do que mais as garotas falam, além das cabeças gigantes dos maridos? Uau, acabei de ouvir o que eu disse e pareceu bem mais pornográfico do que eu pretendia."

"Não sei", respondi. "Mas sei que estou começando a me sentir infantilizada. Quando vou poder sair daqui e voltar para a festa?"

"O que o médico disse?"

"O médico disse duas horas. Tina disse que ele estava sendo reacionário."

"Ah, e a Tina tem um diploma médico, então a gente com certeza deve levá-la a sério."

"Bom, acho que fazia tempo que a Tina não se sentia tão bem."

"Sim, acho que sim", Michael concordou com um sorriso, mas ele é cavalheiro demais para acrescentar: *Eu avisei.*

Tina não foi a única a se surpreender que o Boris P. era o "entretenimento excelente" contratado pela Grandmère no lugar do DJ que Michael e eu queríamos.

Fiquei um pouco irritada quando soube. Eu não teria *nada* do meu jeito no meu casamento?

Bom, exceto o noivo que é o homem dos meus sonhos, claro. E meus pais, juntos e felizes pela primeira vez na minha vida. E a minha nova irmãzinha, e todos os meus melhores amigos que vieram, assim como o meu vestido que acabou ficando realmente maravilhoso, depois que o Sebastiano tirou o foco da barriga levantando a cintura e acrescentando Ms de diamante — de Michael e Mia — no lugar dos laços sugeridos por Lilly. Eles não só melhoraram todo o tule, como refletem a luz e brilham intensamente!

Mas até a presença do Boris acabou sendo bem-vinda, porque ele concordou em cantar todas as músicas da playlist do Michael e também — de forma bem dramática, no meio do jantar de ensaio no salão de eventos — mostrou para Tina que as fotos da blogueira eram de fato photoshopadas, como ele tinha dito esse tempo todo.

"Olha, é uma foto minha com você", ele insistiu (algo que ela teria percebido se tivesse se dado ao trabalho de vê-las como eu e a Lilly havíamos dito). "Lembra do final de semana que a gente foi para Asheville? Ela recortou o seu rosto e colou o dela por cima. Não sei como conseguiu as fotos. Deve ter hackeado o meu telefone. Você sempre disse que eu precisava de uma senha melhor... Tina." Ele ficou envergonhado. "Acho que não foi muito difícil para ela descobrir."

Claro que isso a deixou morta de vergonha — Tina não queria que ninguém soubesse que eles tinham fotos nuas um do outro.

Mas eu achei fofo... e isso me permitiu anunciar sabiamente: "Aquele — ou aquela — que não tem fotos nuas que atire a primeira pedra."

(A Grandmère não gostou muito, ainda mais porque eu disse isso na frente do Papa. Mas acho que ele deve ter achado engraçado, pois reparei há pouco tempo que é uma das frases mais populares nas redes sociais.)

"Talvez o próximo casamento", eu disse, ajeitando a gravata cinza-claro do Michael, "seja o da Tina e do Boris".

Ele ponderou. "Talvez... acho mais provável que seja o da sua mãe com o seu pai."

"Mais um casamento real?" Tentei levantar os braços sobre a cabeça num gesto dramático de frustração, mas acabei tirando o corpete do lugar, expondo o meu colo de forma exagerada.

Nesse momento, Michael se levantou e começou a tirar o casaco.

"Com licença", eu disse. "O que acha que está fazendo?"

"Ficando mais confortável", ele respondeu. "Não tenho que vestir outra coisa mais tarde de qualquer jeito?"

"Sim. Um smoking. Mas isso é daqui a quatro horas."

"Isso aqui não é um smoking?"

"Não. É um fraque."

Ele balançou a cabeça. "Nunca vou me acostumar com essa coisa de realeza. São tantas regras. Regras *demais*... é o que a sua irmã diz."

"Quando ela disse isso?"

"Mais cedo, quando a sua avó disse para ela ser menos liberal na hora de jogar as pétalas."

Resmunguei um pouco mais. "Ela nem deveria ter sido uma daminha! É velha demais. Tinha que ter sido madrinha."

"Não importa. Acho que ela estava muito feliz hoje", ele disse, repousando o paletó na cadeira. "Ela acabou de me dizer que ama a escola nova. Está fazendo aula de arte."

"Ah, que bom."

Eu sou a única pessoa que não ama a Academia Real de paixão, e é porque a madame Alain, do consulado, é a diretora, o que é totalmente minha culpa. Fui eu que pedi para ela ser transferida de volta para a Genovia.

Como eu ia saber que ela seria a diretora da escola da minha irmã mais nova recém-descoberta?

Agora continuo tendo que ver a madame Alain toda hora, sempre que a Olivia tem um concerto ou uma competição de equitação.

Mas tudo bem. A Olivia está feliz e é o que importa.

Michael começou a tirar a gravata e depois a camisa.

"Michael", eu disse, curiosa, me apoiando nos cotovelos. "O que *está fazendo?*"

"Vou me juntar a você." Quando ficou apenas de cueca, ele deitou na cama ao meu lado, incomodando fortemente o Fat Louie, que lançou um olhar ofendido e se retirou para o lado oposto do colchão. "Se você vai descansar, eu também vou."

"Mas, Michael — vai perder a festa."

"Não, não vou", ele respondeu, levantando minha mão esquerda e beijando meu novo anel de casamento — o mesmo usado por minha ancestral, a princesa Mathilda. "A recepção de verdade só começa daqui a quatro horas. Você acabou de me dizer. E só tem festa de verdade onde você também está."

"Own, Michael", eu disse, com os olhos enchendo de lágrimas pela doçura dele.

Mas é claro que choro por tudo ultimamente, até mesmo com comerciais de sanduíches, e também, óbvio, quando as crianças fofas de Qalif fazem um chá da tarde no navio para me agradecer por ter encontrado um lar para suas famílias (mesmo que seja temporário, até encontrarmos um local em terra firme) e também para me desejar boa sorte como noiva e princesa regente da Genovia.

Até o Paolo me fez chorar mais cedo, enquanto preparava o meu cabelo para o casamento, ao se abaixar para perguntar: "Então, os sapatos de diamantes estão cabendo hoje? Continuam apertados?"

Levantei a minha saia para mostrá-los. "Cristais Swarovski", eu disse, sorrindo. "Mas estão servindo bem, obrigada por perguntar."

Michael repousou os lábios no meu ombro, que estavam expostos, porque o corpete do vestido caía mais toda vez que eu gesticulava, o que acontece frequentemente.

"Não existe um tipo de regra na qual o noivo e a noiva precisam mostrar provas de que consumaram o casamento?"

"Michael", eu disse, com a voz ligeiramente abafada, porque os lábios dele agora estavam na minha boca. "Não é necessário. Primeiro, porque estamos no século XXI. Segundo, já estou grávida."

"Ah." Ele olhou para baixo, suas sobrancelhas escuras adoráveis franzidas pela decepção. "Bom, acho que a gente deveria apresentar provas mesmo assim, para ter certeza."

"Ah, você acha?"

"Sim, acho."

Eu sorri para ele. "Quem você pensa que é, hein, me dando ordens desse jeito? Um príncipe ou algo do tipo?"

"Bom, sim, Sra. Moscovitz", ele disse e me beijou. "Eu sou."

Este livro foi composto na tipologia Centaur MT Std,
em corpo 12,5/17,3, e impresso em papel off-white,
no Sistema Cameron da Divisão Gráfica
da Distribuidora Record.